U0091661

不娶閒妻 下

文創風 759

安小雅 著

目錄

第二十九章　出遊

不得不承認章昊霖的這個法子還挺有用的，直到抵達早點鋪子前，舒清淺與章昊霖二人都沒有再被人群擠散。

待舒清淺與章昊霖吃飽，出了早點鋪子，外面街道上果真如章昊霖所言，行人已經比他們來時要少了一些。

舒清淺轉頭看向章昊霖，問他道：「接下來去哪兒？」

章昊霖反問她道：「妳可有想去的地方？」

舒清淺笑道：「三殿下不是說趙大人已經將這雲城中好吃、好玩之地都告訴你了嗎？我聽你安排。」

章昊霖點頭。「那咱們去雲城大牢看看。」

舒清淺無語。這是在開玩笑嗎？雲城大牢怎麼都不像是有好吃、好玩的地方呀……

她見章昊霖並無玩笑之意，想來是有正經事兒辦，左右自己也沒什麼事，便與他一道去了那雲城大牢。

雲城大牢外，有官差攔下了他們，待章昊霖取出一塊腰牌給那官差看過後，那官差立即主動放行，還招來一人跟著章昊霖他們，介紹道：「這位是這牢房中的文書老李，您二位若有什麼想知道的，都可以問他。」

老李朝他二人作了一揖。「二位貴人喚小的老李就行。」

章昊霖朝老李點了點頭，便由老李引路，與舒清淺一同走進大牢之內。

這座大牢並不是很大的樣子，且一路走過，大部分牢房都空置著。舒清淺疑惑道：「你們這雲城大牢倒是挺空的。」

前頭的老李聞言笑道：「咱們這兒的大牢相比其他府衙的牢房，確實少了不少犯人，不過也還不至於空置。」老李指著旁邊一排牢房解釋道：「這些牢房裡都是有關押犯人的，只是他們此刻都在西山那邊勞作呢！」

「勞作？」舒清淺知道有些重刑犯會被安排到採石場之類的艱苦之地服役，不過這雲城怎麼都不像有那麼多重刑犯的地方。

「小姐莫要誤會，西山那邊並不是什麼艱苦之地，所謂的勞作大多也只是種種地、種種花這些耗費體力的事情。」老李道：「您二位也知道，咱們雲城商人眾多，衝突難免也多，但大都是些雞毛蒜皮的小事——比如今天誰占了誰的位置，明日誰又搶了誰的貨源之類的。這些小衝突雖不至於造成什麼傷害，可天天爆發十幾起衝突，也不是辦法。於是趙大人便想了這個法子，只要有人鬧事，而鬧事之人又未觸及律法的，一律按情節輕重罰去西山勞作三至十日。」

舒清淺聞言了然，笑道：「那這個法子可有效果？」

老李道：「效果太好啦！現在最多兩、三天才會發生一、兩起小衝突，且旁人一說要報官，那些人就不敢繼續鬧下去了。去西山勞作雖算不上多辛苦，可一旦被抓去勞作，那幾日便不能出來做買賣了，商人重利，自是捨不得這些損失的。」

「這個法子的確抓住了那些商人的弱點。」舒清淺笑道：「難怪這雲城的街市雖繁忙，卻十分有秩序，原來是趙大人治理有方。」

那老李笑呵呵道：「趙大人常告訴咱們這些獄卒，審訊犯人時一定要抓住犯人的弱點，攻心為上，如此方能事半功倍。」老李言語間對趙希仁滿是敬佩。

老李領著兩人拐過一個彎角，面前是一扇上了鎖的鐵門。「這裡面關押的便都是重刑犯了，昨日帶回來的那幫山匪也關在此處。」

章昊霖沒打算再進去看，只問了老李那些人勞作的西山在何處，便離開這雲城大牢。大牢外，舒清淺笑道：「現在我終於明白一個好的父母官，對一個地方有多重要了。」

顯然趙希仁就是個很有想法的好官。

章昊霖與舒清淺去到北門取馬騎上，按照那老李所指的方向，出城前往西山。

這西山與舒清淺之前想像中的荒涼破敗不同，反而是一片莊稼繁茂、鬱鬱蔥蔥的景象。農田中有不少穿著同樣衣裳的人在勞作，每處的田埂上都有幾名官差在巡邏，不過讓舒清淺不解的是，一旁竟還有不少年邁的老人家和黃口小兒在田地或果園裡幹活。

舒清淺與章昊霖將馬匹拴在一旁的矮樹上，朝那些老人家走去，走近後才發現他們雖在幹著活，卻都有說有笑，並無半分不滿之意。

舒清淺見田埂上有一頭髮雪白的老婦人正坐著休息，她與章昊霖對視一眼後，便走了過去，在那老婦人身旁的大石頭上坐下。她指向那群老人與孩童，問道：「大娘，不是說此處是官府之地嗎？你們怎麼也在這裡幹活？」

那大娘倒還挺和善的，回道：「姑娘不是本地人吧？」

舒清淺點了點頭。「小女子路過此地，覺得有些奇怪罷了。」

那大娘道：「此地雖是官府之地，但趙大人將這些莊稼的收成全分給咱們這些沒有田地的孤寡人家了。咱們雖年紀大了，幹不了什麼重活，但能過來幫忙做點事兒，心裡也舒坦一些。」大娘又指了指一旁的茶水道：「我年紀大，什麼都做不了，只能每日給大家夥兒準備一些涼茶放在這兒。」

「原來如此。」舒清淺笑道：「那趙大人對你們還真不錯。」

聞言，老婦人立刻點頭同意道：「可不是嘛，能遇到趙大人這樣的好官，是咱們的福氣啊！」隨即又指向另一邊在田地裡服役的那些犯人道：「別看這些人是在此服役的，他們大多都是好人。幾個月前有一位在這裡服了幾天役的商人，見咱們生活貧困，之後那位商人每個月都會特意派人給咱們送些衣物、米糧過來呢！」

舒清淺與老婦人又說了一會兒話，方起身與章昊霖一道在周圍轉了一圈，才下結論道：「賞罰有度，民風淳樸，真是個不錯的地方。」

章昊霖亦點頭同意，兩人騎上馬後，便離開了西山。

雲城中有一條自西向東穿城而過的河流，當地人叫它「流星河」。流星河的河道兩旁都是臨河而建、高高架在河面之上的木屋，這些木屋建築獨特，不但成為雲城裡一道特有的風景，亦形成了熱鬧的水上集市。

這水上集市裡的商品五花八門，臨河的住戶會將買賣的商品擺在與湖面相接的臺階上，划船經過的路人可以隨時停下來購買；亦有商人會將物品擺在船隻上，再將船停在矮木橋下方叫賣，木橋上路過的行人只需微微彎腰便能買東西。

章昊霖問舒清淺是要步行還是坐船，舒清淺毫不猶豫地選擇了坐船，於是兩人從碼頭處租了一條小船，讓船夫帶著他們在這水上集市繞一圈。

水上集市除了在水上之外，其實與一般集市沒有多大區別，不過單單在水上這一點，便足以令舒清淺感到興奮了。

船家帶著他們二人在這流星河上自西向東地前行著，由於舒清淺時不時地被水道兩邊的商品吸引，停船購買，所以一段完整的河道繞下來，日頭已漸漸西沈。下船時，除了租船費用外，章昊霖還多給了船夫一小塊銀子。

得了打賞的船夫自然很是高興，離開前還不忘與岸上的章昊霖和舒清淺道：「您二位若是要賞景，前面那座石橋上，便是最佳的去處了。」

舒清淺看了看不遠處的那座石橋，問章昊霖道：「過去看看嗎？」

章昊霖手中提著不少小紙包，甚至還有一只酒罈，都是剛剛在水上集市時舒清淺買的。他抬了抬手中的東西，道：「過去看會兒風景吧，正好順道將這些吃食給解決了。」

舒清淺也沒覺得讓章昊霖替自己提東西有何不妥，只道：「那咱們趕緊過去吧。」

那座石橋上已經有不少吃過晚飯、出來吹風的人了，章昊霖與舒清淺便在橋下柳樹旁的石凳坐下，章昊霖終於得以將手裡的大包小包放下，置於石桌上。

遠處與流星河交接的天際，通紅的圓日在水面上映出一片紅色的倒影，天上的雲彩變幻莫測，幾種顏色交織在一起，整個天幕顯得壯闊而寧靜。

舒清淺看著似乎就罩在頭頂的雲彩，與章昊霖道：「我要收回要將這雲城改名為花城的話了。」

章昊霖也抬頭看著似乎近在咫尺的天際。「這種景觀，怕是只有在這雲城之中，方能欣賞得到。」

那輪圓日很快便消失在天際。石橋一側，水市兩旁的商家都高高掛起了燈籠，水市上的船隻也都豎起燈籠；而石橋另一側的水面上，則映出了尚未全部暗下去的天幕。

舒清淺與章昊霖坐在橋下，看著兩側一靜一動的兩種景象，都頗為享受此刻的美好。

天色漸漸全部暗了下去，黑色的天空中悄悄地爬上一輪彎月與許多閃閃的繁星。舒清淺看著星月落在黑色河水中的倒影，遠遠看去如同流星墜入河中，難怪這條河流會叫流星河，果然是有著如其名一般的景致。

星月的升起對那端吵鬧的水市並沒有什麼影響，那頭的河面上高掛的燈籠照得如同白晝，如果不是燈籠在水中映出的倒影，也許真會有人誤以為這是白天。

舒清淺伸手取過那只酒罈，揭開酒罈的封口，直接對著罈口喝了一大口酒。這酒是下午在水市上，一位雲城當地婦人推薦給她的，涼涼的酒水入口後卻是一陣燒心的感覺，特別暢快。

一旁的章昊霖直接從舒清淺手中拿過那只酒罈，也對著罈口喝了一口，顯然這一罈子酒要比那些個果酒、奶酒更對他的口味。

舒清淺的目光不自覺地落在章昊霖身上，她突然想起自己兩世都對這個男人如此癡迷的原因了。

她上輩子第一次見到章昊霖時，瞧見他舉手投足間的淡定、灑脫，便無可救藥地被吸引住，雖然她見過很多比章昊霖更加灑脫之人，但那些人都不曾帶給她這般觸動。

章昊霖身在皇家，自幼喪母，沒有母妃的庇佑，亦沒有父皇的偏愛。這樣的身世環境之下，可能會造就出一個爭強好勝、心思深沈之人，亦可能會造就出一個唯唯諾諾、察言觀色之人；但舒清淺卻不明白章昊霖如何在此種環境下，養成淡定、灑脫的性子。

她看得出來他的灑脫並不是故意偽裝，是打從心底真正地覺得自在與清淨，而這些正是舒清淺求而不得的東西。

不僅上輩子的舒清淺求而不得，即使是這輩子的她，亦做不到這般灑脫自在。重活一世，她不停地告誡自己要放下，不能再陷入貪、嗔、癡之中，但她卻清楚地知道，自己所謂的隨遇而安都是假象，她依然會渴望著權力，雖然理智將她的渴望壓下，但內心的波動卻無法忽視。

舒清淺羨慕著章昊霖的心態，只要與章昊霖在一起時，她自己似乎也能被他周身這種從內而外的灑脫所感染。她喜歡與他在一起時的感覺，總覺得他能讓她成為那個自己一直渴望變成的自己。

章昊霖感受到舒清淺的目光，他轉過頭，見舒清淺正盯著自己發呆，於是便伸出手指，在她眼前晃了晃。「看著我幹麼？」

舒清淺回過神。「在想您何時能將酒罈還給我？」

章昊霖拒絕道：「這罈酒雖算不上烈酒，不過後勁挺足，妳喝一口嚐嚐味道就夠了。」說著他把桌上的小紙包都推到舒清淺面前。「妳吃這些。」

舒清淺一邊伸手拆著那堆糕點、小吃，一邊看著章昊霖手中的酒罈吐槽道：「我買這罈酒時，您還不讓我買，結果現在倒好，這酒竟全部進了您的肚子。」

章昊霖無視她的抗議，繼續提著酒罈，仰頭喝了一大口。

第三十章　西南

兩人差不多在晚市結束時，才起身準備回雲城府衙。

與京城不同，即便是夜已深，雲城的街道上依舊有不少行人，大都是推著車運載第二天要賣的商品的商人們；也有不少人會在晚市結束後，去一旁通宵的小酒館裡喝上一杯，然後回家繼續為明日的買賣做準備。

舒清淺與章昊霖慢慢行走在青石板鋪成的街道上，看著身邊行色匆匆了一天，此刻終於放緩腳步的人們，聽他們談論著這一天的生意與遇到的各種人與事。

舒清淺很喜歡這種充滿煙火氣的感覺，尤其在重生之後，這種感覺能讓她真正感受到自己還活著。帶來這種感覺的，不是名聲地位、功名利祿這些讓人膨脹、實則虛無的東西，而是看得見且摸得著的柴米油鹽醬醋茶。曾經舒清淺最為不屑的這些，如今卻是最能讓她安心的。

回到府衙後，時間已經很晚了，章昊霖將手中剩下的吃食遞給舒清淺，並道：「明日上午好好休息，下午便要出發去西南王府了。」

舒清淺點了點頭，兩人便各自回了房間。

丫鬟早已準備好熱水，舒清淺沐浴過後伴著空氣中淡淡的花香味，一身清爽地進入了夢鄉。

從雲城去往西南的水路大多為高山間狹長且湍急的水道，所以石印安排的船隻乃幾葉輕舟，並非大船。

章昊霖與舒清淺上了中間一艘船，石印與其他護衛則分別上了首尾的兩艘船，剩下的一艘船上載的是馬匹與行李。

由於是順風前行，所以船隻行進的速度很快。第一次走水路的舒清淺對一切都很感興趣，她拒絕了章昊霖讓她在船艙內休息的提議，興致勃勃地出了船艙，站在船頭看著兩岸陡峭的山壁與鬱鬱蔥蔥的山林。

章昊霖坐在船艙內，看著外面一臉興奮的舒清淺，好心提醒道：「妳站穩一些，當心過會兒暈船。」

舒清淺連頭都沒回地說：「我才不會暈船呢——」話音未落，舒清淺突然指著一旁的石壁，驚奇道：「您快看那邊有一群猿猴！」

章昊霖探出身子，順著舒清淺手指的方向看去，果然瞧見在不遠處的石壁上正攀著一大群足有半人高的猿猴。

舒清淺彎腰，從矮桌上拿起一枚果子，躍躍欲試地問章昊霖道：「您說我若是將這果子扔過去，牠們能接到嗎？」

章昊霖伸手拿過她手中的果子，放回桌上的果盤內。「牠們接不接得到果子我不知道，但牠們絕對會用石塊砸妳。」

「真的嗎？」舒清淺看了看那群猿猴，又頗為懷疑地看向章昊霖。「猴子這麼凶？」

章昊霖重新坐回船艙內，靠在座椅上閉目小憩。「這懸崖峭壁可是牠們的地盤，自然會比一般的猴子凶悍。」

舒清淺聳了聳肩，遺憾地看了那群猴子一眼，便盤腿坐在船頭矮桌前的蒲墊上，拿起那果子自己吃了起來。

舒清淺看著這藍天白雲、青山綠水的景致，也不覺得無聊，反而有一種身心舒暢的感覺。她撐著腦袋，安靜地看著兩岸鬼斧神工的山壁與清澈見底的江水中偶爾游過去的大魚，整個人開始放空起來。

不知過了多久，舒清淺突然感覺肩頭一重，她下意識地回頭，見是章昊霖，尚未完全從發呆中回過神來的舒清淺，不禁眨了眨眼看著他。

章昊霖將手中的披風搭到舒清淺的肩，無奈地道：「在發什麼呆呢？外面下雨了妳都沒感覺？」

舒清淺這才後知後覺地發現剛剛還晴空萬里的天空，此時已經被烏雲席捲，飄起了絲絲細雨，雨勢雖然很小，但多淋一會兒也能將衣衫打濕。

「雨雖不大，但也不能就這樣淋著。」章昊霖彎腰為舒清淺披好披風。「妳若要繼續坐在這裡，至少把披風披上。」

舒清淺伸手將披風的帶子繫好，笑道：「這江景配上這細雨，倒也別有一番情趣。」「待妳染上風寒，便不會覺得有情趣了。」章昊霖彎下腰，伸手到舒清淺身後，準備為她將披風後面的兜帽戴好，不料船隻正好一個顛簸，他重心不穩，竟將舒清淺結結實實地抱了個滿懷。

這突如其來的親密接觸，讓兩人都愣住了。舒清淺緩緩地抬起頭，兩人頓時四目相對，他們竟就這樣直勾勾地看著對方，都未移開視線，也沒有收回動作。

直到船尾傳來船夫的聲音。「起風了，二位坐穩嘍！」

兩人這才如夢初醒般，將目光看向別處後迅速分開，又同時起身準備往船艙走去，卻在慌亂之間再次不小心撞在一起。

章昊霖下意識地伸手扶住舒清淺，強掩住尷尬，清咳了一聲道：「當心些。」

舒清淺低頭看著腳下，道了聲「多謝」，便立刻抬腳走進船艙。

章昊霖在外面站了一小會兒，定了定心神後，也跟著走進船艙。

船艙內只有兩間房與最外面一間小小的廳堂，章昊霖走進船艙時，舒清淺正淡定地坐在廳堂窗邊的軟凳上看著窗外，只有藏在衣袖中、正不停扯著自己衣襬的手指，彰顯了她此刻內心的波動。

章昊霖猶豫了一下，還是在她身邊坐了下來。

舒清淺轉頭看了看他，章昊霖亦看著舒清淺。

「剛剛——」

「我——」

兩人同時開口，卻讓氣氛更加尷尬了。

舒清淺狀似無意地笑了笑道：「您先說。」

章昊霖也不推辭，直接開口道：「我剛剛不是有意的。」

舒清淺點了點頭。「我知道。」

又是一陣沈默，就在舒清淺思考著要不要找個話題來說一說的時候，章昊霖倒是先開口了，他搖頭笑道：「原本只是意外之舉，現在這樣解釋來、解釋去的，反倒顯得奇怪了。」

聞言，舒清淺也終於正常起來，跟著笑道：「可不是嘛，咱倆還是隨意些好。」

雨勢漸漸大了起來，章昊霖看了看外面道：「雨有些大了，我先去將矮桌與蒲墊收進來。」一說完，便彎腰走出船艙。

舒清淺看著章昊霖的背影，她此刻心中所想遠不似嘴上說得那般隨意。剛剛章昊霖的尷尬與無措，讓她在那麼一瞬間誤以為章昊霖對自己應該也不僅僅是知己的情誼，然而就在她想要確認這個想法時，他卻又一句話打破了她的幻想。舒清淺無奈苦笑，果然這一世太過順利，以至於她又開始奢求不該奢求的東西了。

章昊霖收拾好矮桌與蒲墊走進船艙後，見舒清淺還坐在窗邊發呆，開口提醒道：「雨勢變大，天氣也轉涼了，妳別一直坐在窗邊吹冷風。」

舒清淺伸手將窗戶稍微關上一些，問章昊霖道：「這船的速度倒是比我想像的還要快，應該用不了多久便能抵達西南了吧？」

章昊霖點頭道：「現在下雨了可能會慢一些，估計最多明日中午時分便能抵達。」

舒清淺笑道：「我一直以為水路會很慢呢！沒想到竟比陸路快了這麼多。」

「這是因為咱們提前看好風向才出發的。」章昊霖回道：「否則這段路程，咱們至少要在水上慢慢航行個六、七天。」

舒清淺了然，隨即笑道：「不知靈曦他們是否已經抵達西南王府？趕了這麼些天的路，靈曦肯定覺得無聊了！不過幸好還有晉王同行，晉王是個有趣之人，靈曦與晉王也挺聊得來的模樣，一路上應該不會太悶。」

章昊霖聞言，似是想起了什麼，皺眉問舒清淺道：「我見靈曦與盛言風似乎之前便認識的樣子，妳知道此事嗎？」

舒清淺想了想，道：「柳葉節那會兒，晉王在暢文苑中曾出手相助過靈曦，許是那一回？」

章昊霖聽了舒清淺的話，眉頭依舊緊鎖，考慮到盛言風的身分，他並不希望靈曦與他有過多的接觸，畢竟靈曦是當朝幾位公主中較為受寵的，這一身分很容易會被外人利用了去，尤其是盛言風這種藩王。

舒清淺見狀，笑他道：「您這模樣像極了擔心女兒的父親呢！」

章昊霖也不否認，直言道：「靈曦只有我一個兄長，她的事情我自是要多上心的。」

舒清淺失笑。「沒想到您還是個專制霸道的。」

章昊霖糾正道：「這不叫專制，我這是為她把關。」

舒清淺揶揄道：「總不會靈曦每交一個朋友，您便要為她把一次關吧？您若真這樣做，當心靈曦會討厭您。」

章昊霖笑了笑，不置可否。若是普通的朋友自然不需要他把關，怕只怕那些心懷不軌、刻意接近靈曦的人。

西南外的官道上，正與盛言風騎著馬走在隊伍中間的安樂公主，突然打了一個大大的噴嚏。

一旁的盛言風開口道：「可是著涼了？昨日便告訴妳不要淋雨，妳偏不聽。」

安樂公主皺了皺鼻子，瞥他一眼，嫌棄道：「就昨日那毛毛細雨，路上的垂髫小兒都還在四處跑來跑去地玩耍，我披著披風、戴著兜帽，又怎會著涼？」

盛言風聳肩。「可妳剛剛打噴嚏了。」

安樂公主耍賴道：「肯定是清淺和三哥在念叨我了，我才會打噴嚏的。」

「算算時間，估計他們這兩日也該抵達西南王府了。」盛言風看著安樂公主笑道：「在前面的那個岔路口，咱們便要分道揚鑣了。」

安樂公主看了看前面不遠處的岔路，開口道：「反正你也要去給我外祖父賀壽，還不如直接與咱們一道去西南王府，省得你先回晉州再過來西南王府，麻煩。」

盛言風搖頭笑道：「這不合規矩。」

安樂公主噘嘴，不滿地道：「京中規矩多，不在京中規矩也多。」

盛言風寵溺地看著安樂公主小聲吐槽的模樣，承諾道：「以後妳來晉州時，定然什麼規矩都沒有。」

安樂公主聞言笑道：「你若是有規矩，我還不樂意去了。」

盛言風回道：「衝著妳這話，即便是有規矩我也得廢掉。」

兩人說話間，馬車很快便行至岔路口，蕭簡和安樂公主繼續往西南的方向前行，盛言風則帶著自己的人馬朝晉州方向疾馳而去。

與章昊霖所料無二，他們果然在次日中午時抵達了西南的碼頭。

舒清淺遠遠地便看到站在碼頭上的一行人，除了安樂公主之外，站在最前面的還有一年逾四十的男子。

章昊霖對舒清淺道：「那位是我大表兄，西南王府的長孫，世子蕭廷。」

岸邊的安樂公主見到他們的船隻後，立刻高興地與他們揮手示意，舒清淺亦心情很好地朝著安樂公主揮了揮手。

船隻靠岸後，章昊霖先跨上碼頭，隨後彎腰扶著舒清淺跨上岸來。

一旁的安樂公主拉過舒清淺道：「我昨日便到了，還想著你們今日能不能到呢。」隨即又問道：「清淺，妳可有暈船？」

舒清淺搖頭道：「並未。」

「妳竟然也不暈船？」安樂公主憶起自己當年的模樣，與舒清淺抱怨道：「妳可知當年我第一次坐船時，五天的路程就暈了四天，還有一天實在是沒了精神，在船上昏睡了一整天才沒有暈船。」

「這麼嚴重？」舒清淺笑道：「其實我覺得這水路可比陸路要方便不少。」

安樂公主身後的蕭廷迎上來，道：「昊霖表弟與舒小姐這一路舟車勞頓，趕緊都別在這碼頭上站著了，府中的廚子已經準備好午膳，咱們還是先回府吧。」

章昊霖與蕭廷道：「今日煩勞大表兄親自來碼頭接咱們了。」

舒清淺亦與蕭廷見禮。「清淺見過世子。」

蕭廷一邊安排幾人上馬車，一邊道：「你們遠道而來，在下理當要親自來接。更何況已經好幾年未見到昊霖表弟了，為兄還挺懷念以前一道喝酒、舞劍的日子呢！」

章昊霖笑道：「這次一定陪大表兄喝個痛快。」

後面已經上了馬車的安樂公主聞言，探出頭道：「大表兄，你與我三哥喝酒可記得別讓大表嫂知道，昨日表嫂還在說你嗜酒如命，不懂得愛惜身子呢。」

蕭廷大笑。「那還煩勞靈曦表妹幫我在妳表嫂面前保密了。」

一行人浩浩蕩蕩地朝西南王府而去。

舒清淺坐在馬車中，看著街道上的行人與兩旁的建築，不禁感慨西南果然是富庶之地，這規模與繁華程度完全不遜色於京城，且路上行人大多是一副和樂的神情，可見生活過得十分安樂富足。

馬車在穿過兩條街道之後，終於停了下來，舒清淺透過車窗看著眼前恢弘大氣的西南王府，讚道：「真氣派。」

一旁的安樂公主笑道：「西南王府不僅外觀看著氣派，裡面的院子更加漂亮別致，妳進去便知。」

舒清淺隨著安樂公主一起下了馬車，王府中的下人訓練有素地幫他們提走行囊。

蕭廷領著眾人進府，道：「祖父他們都在前廳等著咱們呢，咱們先去見過祖父，過會兒再與大家一道直接去飯廳用膳。」

章昊霖點點頭，又回頭看了看舒清淺道：「我外祖父與兩位舅舅都是極好相處的，妳不必拘謹。」

舒清淺笑道：「好。」

章昊霖與蕭廷率先朝前廳走了過去，舒清淺和安樂公主則跟在他們身後。

前廳之中，果然有不少人在等著他們，章昊霖朝舒清淺招了招手，示意她過來，一起先向坐在主位上的西南王行禮。

西南王看著許久未見的外孫，向來嚴肅的臉上露出一抹笑意。「兩年未見，霖兒倒是越來越有男子漢的模樣了。」說著，目光又落在一旁的舒清淺身上，點了點頭道：「妳便是舒清淺吧？果然是個有靈氣的小姑娘。」

章昊霖又帶著舒清淺見過蕭毅與蕭宇兩位舅舅以及幾位表兄弟，一番寒暄過後，眾人才一道去了飯廳。

用過飯後，因為知道章昊霖與舒清淺長途跋涉，身子疲累，西南王也沒有多留他們說話，只是讓他們先去院中休息，而靈曦則被蕭廷的夫人拉去了自己院中說話。

蕭廷親自帶著章昊霖與舒清淺去了東面的某處院落中，對章昊霖道：「丫鬟們早早便將房內的床鋪整理好，這院中的空房都是乾淨的，靈曦昨夜也是住在這裡，你們若還有什麼需要，直接與我說便是。你們好好休息休息，我就不打擾了。」

待蕭廷離開後，舒清淺抬頭看了看這院落匾額上用篆書書寫的「長靈居」三個字，忍不住道：「這匾額與這院落的名字倒是別致。」

章昊霖亦抬頭看了看那塊頗為古樸的匾額，開口道：「這是我母妃以前在西南王府時住過的院子，這『長靈居』三個字，亦是出自母妃之手。」

聞言，舒清淺頗為意外地再次抬頭看了看那塊匾額上的三個字，所謂字如其人，這三個字入筆有力，筆鋒分明，然而整體看上去卻又柔和圓潤。舒清淺透過這幾個字便能猜出章昊霖的母妃，生前定是一位外柔內剛的巾幗女子。

走進長靈居中，舒清淺便被眼前這座漂亮的院落給驚呆了——白色的牆壁，紅色的地磚，方形的乳白色立柱整齊地在長廊下排開，支撐著高高的屋簷，立柱上精細地雕刻著不同的繁複花紋。

院落中間是一處小巧別致的花園，花園中有一座用漢白玉修成的涼亭，涼亭下方亦是一座漢白玉的小拱橋，拱橋彎彎地橫過一條溪流，細細看去，那溪流中的水竟是活水。舒清淺不知這一汪活水是如何引進這小小的花園之中的，她在心中默默讚賞著當初設計的工匠。

走進廳堂，室內的建築同樣極具特色，這間屋子比其他屋子幾乎要高出一倍，色彩明豔的地毯與從兩旁柱子上垂下來的絲帶顏色相映成趣。廳堂中間一張看上去極為舒適的軟榻，昭示了這間屋子的前主人是個頗為享受生活之人，上方的屋頂也畫上許多有趣的花紋與圖案，整間廳堂大氣卻又帶著濃濃的個人色彩。

章昊霖見舒清淺似乎頗為喜歡這間廳堂的模樣，笑道：「母妃以前喜愛歌舞，經常會召一些舞姬、琴姬在此表演，所以這間屋子才會有如此的設計。」

舒清淺伸手拂過一旁精緻的雲石燭檯，自言自語地道：「您的母妃肯定很喜歡在西南的生活。」她心中不解，實在不明白明明可以在這西南無拘無束、養尊處優一輩子的嬌貴郡主，為何會願意遠嫁京中，自願住進那看似奢華、實則如監獄一般的深宮大院？

章昊霖似乎沒有聽到舒清淺的喃喃自語，只是道：「我帶妳去看看房間，妳就住在靈曦隔壁如何？」

舒清淺點頭笑道：「這個院落如此別致，你就算讓我住在花園裡的那小涼亭裡，我都沒有意見。」

章昊霖笑道：「我若真將妳安排在涼亭中，怕是妳以後再也不敢與我一起遠行了。」

第三十一章　吃醋

將舒清淺安頓好之後，章昊霖並沒有回房休息，而是直接出了長靈居，來到西南王的院中。

章昊霖走進院子時，西南王正躺在院中菩提樹下的藤椅上閉目小憩，一旁還有一個丫鬟在煮著茶。

許是聽到了腳步聲，西南王睜開閉著的眼睛，瞧見是章昊霖，也不意外，只揮了揮手示意一旁煮茶的丫鬟先退下。

丫鬟退出院子後，章昊霖上前扶著西南王坐起身，自己則在一旁茶桌前的矮凳上坐了下來，繼續烹煮著壺中上好的普洱茶。「孫兒聽蕭福說您前些日子晚上經常咳嗽，最近可好些了？」蕭福是這西南王府的管家。

西南王道：「老夫身子骨雖然還算硬朗，但畢竟年歲不饒人，稍不注意便會有些小病纏身。」

茶水已經煮開，章昊霖小心地將爐子的火滅掉，提起茶壺為西南王倒上一杯茶水，遞了過去，道：「外祖母去得早，雖幸得二位舅舅一直在您身邊，但您還是得善自保重身子。」

西南王接過茶杯，笑道：「老夫會注意的，老夫還指望多喝幾年你給我泡的茶呢。」說著，西南王喝了一口杯中的茶，問道：「最近京中可有何變故？」

章旻霖也替自己倒了一杯茶，回答道：「這兩年父皇越發多疑了，甚至連太子都不能完全信任。」章旻霖搖頭笑了笑。「太子依舊是那般心軟的性子，無功也無過，倒是二哥的野心越來越藏不住了。」

西南王點頭。「老夫聽說之前安縣賑災之事，你被那章旻瑄擺了一道？」

「也算不上是被設計。」章旻霖笑了笑，道：「不過是二哥擔心孫兒搶了他的風頭，父皇又聽信謠言，擔心孫兒名聲太過，才有了這樣一齣鬧劇。」

西南王頗為不屑道：「你那皇帝爹爹以前也和這章旻瑄同一個德行。」並不忘叮囑章旻霖道：「你雖性子沈穩，能力也強，我西南王府更是你的後盾，但在京中卻只有你自己一人面對這些牛鬼蛇神之事，你平日行事定要小心為上。」

「外祖父放心。」章旻霖道：「有母妃留給孫兒的那支暗探，再加上這麼多年孫兒培養起來的各路人脈，不說要做什麼大事，若僅僅想保全孫兒與靈曦，還不成問題的。」

「當年還是玲兒想得周全，說什麼也要冒險帶一支暗衛去京中。」西南王說起早逝的女兒，眼中滿是散不開的思念。「如今看來，你與靈曦能平安長大，也多虧了玲兒當年的先見之明。」

章旻霖亦有些傷感，道：「母妃雖然早逝，卻為孫兒與靈曦將後路都鋪好了，否則這些年來孫兒獨自在京中，也無法有今日的名望。」

西南王則不以為然地道：「你母妃為你留下的資源、人脈是一方面，但更多的還是你自己的能力與性子使然，小小年紀不但護住了自己，也護住了什麼都不懂的靈曦。」

章昊霖回道：「小時候母妃還陪伴了孫兒許多年，但靈曦幾乎從有記憶起，就沒了母妃的陪伴，她只有我一個兄長。」言及此，章昊霖頓了頓，繼續道：「這些話聽著也許有些虛偽，但孫兒確實並非傾心權勢之人。這麼多年來，孫兒步步為營，也只是為了自保，以及讓深居宮中的靈曦不被欺辱罷了。」

「這一點，你與你母妃倒是極為相似。」西南王陷入了回憶之中。「玲兒也是這樣的一個人，她可以在西南王府中做一名無憂無慮、心無城府的逍遙郡主；亦可以為了親人，入宮為妃，在那吃人之地謀得一片屬於自己的容身之所。」西南王的目光落在一旁的菩提樹上，道：「這棵樹還是玲兒出生那年，老夫親手種下的，如今這棵樹已經這般高大，玲兒卻早已化為一抔塵土。」

章昊霖知道外祖父是想起了往事，也不出言打擾，只是將外祖父的空杯重新添滿茶水，安靜地陪在一旁。

許久後，西南王方從往事中回過神來，問章昊霖道：「對了，那個叫舒清淺的小姑娘是怎麼回事？」

章昊霖言簡意賅地道：「如孫兒之前在信中所言那般，舒清淺乃左相家的二小姐、暢文苑園主。」

西南王看著自家外孫，搖了搖頭道：「不老實，以老夫對你的瞭解，你怎會在信中對一個無關緊要之人交代得如此清楚？」

章昊霖無奈，只得實話實說道：「因為孫兒之前答應過舒二小姐，說有機會要帶她到西南看一看，所以那日在給您的書信中便特意提到了她。孫兒知道以外祖父對孫兒的瞭解，定會讓舒二小姐一道過來西南的。」

西南王道：「你這小子倒算計到老夫頭上來了。」

章昊霖有些不好意思地解釋道：「孫兒不敢，但這件事當時也不便在信中直說，只能用這種方式了。」

西南王笑道：「老夫見那姑娘知書達理，與你也甚為熟稔的模樣，還以為你要帶外孫媳婦兒來見老夫了。」

外祖父這番直白的話語，讓章昊霖有些尷尬，只能端起茶杯，掩飾道：「孫兒與舒二小姐只是好友。」

西南王見他那模樣，心中也有數，只笑道：「你們年輕人的事情，我一個老頭子也不過問了，以後有了外孫媳婦兒，記得帶來給老夫看看就行。」

章昊霖只得點頭應「好」，心中卻不自覺地浮現出舒清淺的笑顏。

該問的事情都問完了，西南王喚來丫鬟道：「去把棋盤拿過來。」隨即又轉頭對章昊霖道：「咱們祖孫倆殺幾局，讓老夫看看你的棋藝有沒有長進。」

長靈居中，舒清淺午睡一小會兒後，便起身了。她在這長靈居內轉了一圈，見章昊霖與安樂公主都不在，便走出院子，想要逛一逛這看上去頗為宏偉的西南王府。

走出長靈居沒多久，舒清淺便看到一個熟悉的身影，她與迎面而來的人打招呼道：「蕭公子。」來人正是蕭簡。

「舒二小姐。」蕭簡一身騎裝，顯然剛從外面回來，見到舒清淺，他驚喜地道：「昨夜下雨，在下還以為你們要等晚上才能抵達呢，沒想到還挺早的。」

舒清淺笑道：「昨晚江面上的雨只下了一小會，之後又一路順風，並未有什麼影響。」

蕭簡又問道：「舒二小姐準備出門？」

「午睡剛醒，便想著在這西南王府四處轉轉。」舒清淺答道：「沒想到一出院門便遇到蕭公子了。」

蕭簡聞言，毛遂自薦道：「正好在下無事，舒二小姐對這王府也不熟悉，若不介意，在下為舒二小姐做個嚮導如何？」

「那敢情好。」舒清淺笑道：「我還擔心自己這般瞎逛，要是去到什麼不該去的地方就不好了。」

章昊霖在西南王的院子裡，陪西南王下了近一個時辰的棋。

西南王看著棋盤上雙方旗鼓相當的和局，道：「棋藝倒是見長。」

章昊霖笑道：「平日裡在京中無事，便只能下下棋，打發、打發時間了。」

西南王站起身道：「好了，老夫累了，你也先回去休息吧。」

章昊霖待西南王走進屋內後，這才轉身出了院子，回到長靈居。

走進長靈居後，章昊霖見靈曦尚未回來，而一旁舒清淺的屋子裡也沒有人，便喚來一名丫鬟詢問道：「舒小姐與安樂公主都不在嗎？」

丫鬟回道：「安樂公主未曾回來，舒小姐方才睡了一小會兒，起身後便也出去了。」

「出去多久了？」章昊霖繼續問道：「她一個人嗎？」

「差不多有大半個時辰了。」丫鬟道：「舒小姐說她就在這府中四處轉轉，沒讓人跟著。」

章昊霖沒再多問，點點頭道：「知道了，妳先下去忙吧。」

章昊霖在屋內坐了一會兒，想了想後，決定還是出門去找舒清淺。這西南王府挺大的，再加上建築格局與京中的宅院有所不同，不熟的話很容易找不著路。

章昊霖還未踏出院子，便看到不遠處有兩人朝著長靈居走來，正是舒清淺與蕭簡。他看著那兩人有說有笑的模樣，下意識地皺了皺眉。

不過那兩人並未注意到院內的章昊霖，還在繼續聊著之前的話題。

舒清淺好奇地問：「後來在這藏書閣發現的那個女子怎麼樣了？」

蕭箇神秘地道：「後來那女子便消失了。但有人說曾在月圓之夜，在藏書閣的樓頂見過一隻白尾狐狸，那狐狸的一雙眼睛，生得與那女子極為相像。」

舒清淺吃驚。「這麼說，那女子竟是白狐變的?!」

蕭箇聳肩。「誰知道呢？」

舒清淺若有所思地道：「看來以後要去那藏書閣，還得挑正午時分去了。」

蕭箇哈哈笑道：「妳若想去，找我一道便是。」

兩人說笑間，已經走進了長靈居。

舒清淺看到站在長廊下的章昊霖，打招呼道：「三殿下這是又準備出去？」

章昊霖下意識地搔頭道：「沒有，我剛從外祖父那兒回來。」

舒清淺笑道：「我就說怎麼一直沒見到您呢，原來是在西南王那邊。」

一旁的蕭箇也與章昊霖打了聲招呼。「昊霖表弟。」

章昊霖朝蕭箇點了點頭，又看向舒清淺問道：「你二人這是一起出去了？」

舒清淺回道：「我本欲獨自在這府中轉一圈，沒想到剛好碰上蕭公子，便與蕭公子一道逛逛了。」她轉頭看了看蕭箇，笑道：「還多虧蕭公子為我領路，不然在這偌大的王府中，我定然要迷路的。」

蕭箇擺手道：「舒二小姐不必客氣，能在這西南王府中為妳做嚮導，是在下的榮幸。」

章昊霖看著蕭箇與舒清淺客套的模樣，突然覺得有些礙眼，所幸蕭箇說了幾句話後，便與他二人告辭離開了。

待蕭簡離開長靈居後，舒清淺看著章昊霖與往常無異的表情，卻依舊感覺到章昊霖此刻心情不佳，於是試探地開口道：「發生什麼事了嗎？」

章昊霖搖搖頭，看了眼舒清淺，便轉身準備走進屋子。

舒清淺覺得莫名其妙，卻還是跟了上去，鍥而不捨地追問道：「沒有發生什麼事，那您為何心情不好？」

章昊霖本不欲多說，卻耐不住舒清淺的軟磨硬泡，最後只能無奈地開口道：「我沒有心情不好，只是覺得妳下次出門時，應該與我說一聲。」

舒清淺盯著章昊霖，似乎在思考他說的是真是假。

章昊霖被舒清淺盯得有些心虛，補充道：「畢竟是我帶妳來西南的，若妳出了什麼事，我也不好與左相大人交代。」

舒清淺看著章昊霖，心中默默吐槽。

——之前不是一直否認我來西南與你有關麼？現在怎麼就承認是你帶我來西南的了……

不過心底吐槽歸吐槽，舒清淺還是不忍心直接戳破他前後不一的謊言，只是笑咪咪地看著眼前之人保證道：「我知道了，下回出門之前，我一定提前告訴您，如何？」

章昊霖清咳了一聲，解釋道：「我並不是想限制妳的行動，只是擔心妳在這西南人生地不熟的，若出了什麼意外可不好。」

舒清淺點頭。「我知道您是關心我。」說完，她轉了個話題，問章旲霖道：「您可知道王府內那座藏書閣的傳說？」

章旲霖點頭。「知道。」

舒清淺有些好奇地道：「您居然也知道啊！剛剛蕭公子與我說時，我還覺得很有趣，想回來告訴你呢。」

聽舒清淺提起蕭簡，章旲霖心中的異樣感受又冒了出來，他看了舒清淺一眼，毫不留情地潑冷水道：「那個傳說是以前府中嬤嬤用來騙孩子的！妳若是喜歡這類故事，明日我便帶妳去藏書閣中找幾本西南志怪故事給妳看。」

舒清淺聞言，忙搖頭道：「我可不敢看志怪故事，不過您倒是可以陪我去藏書閣尋一些其他的書籍。」

看著舒清淺略顯害怕的神情，章旲霖覺得心情又好了一些，笑道：「我明日便陪妳去藏書閣看看。」

次日，章旲霖起床洗漱完畢後，原本會有丫鬟將早膳送進各人的房間內，不過今日那丫鬟卻是空手進來，朝章旲霖行了一禮後，道：「三殿下，舒小姐請您過去一道用早膳。」

章旲霖雖有些意外，卻也沒覺得不妥，便隨著丫鬟走出房間。

氣派的長廊下已擺上一張矮桌，矮桌左右放了兩塊蒲墊，舒清淺正坐在其中一塊上面，見章昊霖過來，她笑咪咪朝他揮了揮手，道：「三殿下早啊！」

章昊霖在另一塊蒲墊上坐下，問道：「怎會想找我一起吃早飯？」

舒清淺不急著回答章昊霖，只是先朝那丫鬟說道：「可以把早膳擺上來了。」

待那丫鬟離去後，舒清淺方解釋道：「本是想邀您與靈曦一道用早膳的，不過靈曦的丫鬟說她昨夜陪同世子夫人遊園到很晚才回來，吩咐了今早誰都不准打擾，所以便只有您與我二人了。」

章昊霖伸手取過桌上已經倒好茶水的杯子，喝了一口後，笑道：「幾位表嫂都很喜歡靈曦，她這幾日怕是不得閒了。」

說話間，丫鬟已經提著食盒過來。

丫鬟將食盒中的碗筷擺上桌，接著兩只蓋著蓋子的白玉盅分別擺在章昊霖與舒清淺面前，還有一只碧玉壺與兩只碧玉小杯放在矮桌中間。待丫鬟擺完後，便退至長廊下。

章昊霖看著眼前精緻的白玉盅，問舒清淺道：「這裡面是什麼？」

舒清淺伸手揭開章昊霖面前那盅上頭的小蓋，一股清新甘甜的味道混合著米粥的濃香撲鼻而來。

章昊霖有些意外地挑了挑眉。「原來是百花粥。」他說完便拿起一旁的小勺舀了一口，淺嚐之後，發現那甘美獨特的味道確實與記憶中的一致。

舒清淺見章昊霖一下子便認出了這百花粥，自嘲地笑道：「還想給您獻寶來著，卻忘了這西南王府中的東西，您可比我熟悉多了。」

章昊霖見她失望的模樣，出言寬慰道：「這百花粥我也是多年前吃過一次，印象頗深，若不是妳今日的獻寶，我還真想不起來西南王府內還有這一美食了。」

舒清淺雖然有些想要吐槽章昊霖安慰人的功力，不過最終還是決定給三殿下留一些面子，道：「您以前嚐過，但我可是第一次嚐到。聽說這百花粥只有西南王府內有？」

章昊霖點頭。「這是府內大廚自創的，工序繁雜，一般人家就算是想做，也花不起這麼多時間去準備材料。」

舒清淺邊喝著粥，邊同意道：「我昨日聽蕭公子提起過這百花粥的製作工序，這小小一盅粥的材料，差不多要花上一整年的時間去準備，確實不易。」

原本心情頗佳的章昊霖，在聽到某個稱呼時略微皺眉。「蕭簡？」

舒清淺倒是沒察覺到章昊霖這細小的情緒變化，繼續解釋道：「是呀！若不是蕭公子同我介紹，我又怎麼會知道這百花粥呢？這粥還是他吩咐廚房準備的。」

聞言，章昊霖突然覺得口中原本甘美香甜的百花粥，一下子變得有些難以下咽。

「對了。」舒清淺放下勺子，伸手取過那小玉壺，在兩只碧玉杯中分別倒上壺中佳釀，笑咪咪地遞了一杯給章昊霖。「您認得百花粥，那可曉得這是何物？」

章昊霖接過碧玉杯，杯中透明的液體要比清水黏稠一些，有些淡淡的香味。他輕嚐了一口，搖搖頭。「不知。」

「這叫百花釀，是這王府中的大廚今年剛用花露釀造出來的。」舒清淺得意洋洋地道。她自己也端起玉杯，嚐了一口，忍不住讚道：「好喝。」

章昊霖看著舒清淺享受的模樣，問道：「這也是蕭簡告訴妳的？」

「事實上，這百花釀是蕭公子送給我的。」舒清淺笑道：「在大廚釀好之後，所有百花釀就都分完了，這一小壺還是蕭公子自己留下來捨不得喝的。」

章昊霖看著桌上的小壺，道：「蕭簡倒是挺好客。」

舒清淺同意道：「蕭公子是個有趣之人。」她也不與章昊霖見外，很隨意地表達了一下自己對蕭簡的看法。

不過言者無心，聽者卻有意，章昊霖方才心中湧起的一絲不痛快，此刻似乎又增大了幾分，如今竟連這百花釀也食之無味了。

舒清淺喝著百花釀，繼續道：「西南王府的學堂在何處？」

聞言，章昊霖笑道：「虧妳還記得這事兒，怕是我外祖父都忘記了。」本就是邀舒清淺來西南的託詞，想必西南王並不是真想讓舒清淺來弄什麼書院。

舒清淺瞇眼看著章昊霖。「去看一看總是好的。」免得被有心人傳回京中，平白讓章昊霖與西南王府惹來陛下的猜忌。

章昊霖見舒清淺堅持，便順了她的意。於是用完早膳後，兩人便出了長靈居，章昊霖詢問道：「藏書閣在這府中，學堂卻不在府內，不過也距離不遠，妳打算先去哪邊？」

舒清淺直接道：「先去學堂看看，之後再去藏書閣，這樣我才能安心地在藏書閣裡多待一會兒。」

章昊霖笑了笑，便與舒清淺一道朝府門口走去，路過主院時，身後有人喚道：「昊霖表弟、舒二小姐。」

兩人應聲回頭，發現身後那人正是令章昊霖一頓早膳食之無味的蕭簡。

第三十二章 小妖

舒清淺與蕭簡打招呼。「蕭公子。」

蕭簡問道：「你們這是準備去何處？」

舒清淺回道：「正欲去學堂看看。」

蕭簡笑著說：「真巧，我也剛好要去學堂呢！」

章昊霖忍不住開口道：「表兄去學堂做什麼？」

蕭簡道：「大哥家的那小子前幾日被先生訓了，大哥擔心他情緒不佳會影響學業，左右我有空閒，便打算替大哥去學堂看看那小子的表現如何。」

於是原本的兩人行，在出府前便成了三人行。

路上，蕭簡與舒清淺道：「今早可有嚐過百花粥？」

舒清淺點頭讚道：「百花粥果真如蕭公子所言那般美味，配上你送給我的百花釀，堪稱極品。」

蕭簡開心地道：「舒二小姐若是喜歡，明年的百花釀我會預先給妳留一份下來。」

舒清淺笑道：「這如何好意思。」

章昊霖默默走在那談笑的二人身側，只覺得記憶中學堂就在離王府不遠的地方，怎麼今日走了這麼久還沒到。

在舒清淺與蕭簡的談笑以及章昊霖的腹誹間，三人終於到了學堂。

學堂內書聲琅琅，每間書屋內都有一位先生正在授課，孩童們搖頭晃腦地跟著先生們學習著經史子集。

舒清淺發現書屋內除了衣著華貴的世家子弟外，還有許多衣著普通的平民百姓家的小孩也在一起學習，便問蕭簡道：「這不是王府專設的學堂嗎？怎麼會有這麼多孩童在此？」

蕭簡與有榮焉地道：「祖父說多給孩子們讀些書總是好的，所以這學堂除了世家子弟可以就讀之外，西南普通百姓家的小孩只要年齡符合，並通過入學考試，同樣可以來這裡免費讀書。」

舒清淺點頭，心中對西南王的欽佩之意又增添一分，難怪這西南之地數十年來仍繁盛如初。

三人走過一排書屋，最裡面有間院子上頭寫著「人杰書齋」四個大字，舒清淺猜想這裡定是王府中孩童專用的書齋了。

尚未走近，三人便聽到了書齋內不似前面書屋書聲琅琅，反而傳來一陣陣的嘈雜聲，中間還時不時傳來爭執聲。

蕭簡一愣，隨即快步走至書齋門口，見裡面一群小孩正鬧哄哄地圍著兩人，被圍在中間的一大、一小二人正在對峙，那大人顯然就是先生了，而那小孩……

章昊霖問蕭簡道：「那可是成兒？」

蕭簡皺眉點頭。「大哥果然沒猜錯，就知道這臭小子不會這麼聽話。」說罷便抬腳要走進書齋，隨即又回頭看向身後欲一同進去的章昊霖與舒清淺，抱歉道：「成兒自尊心極強，若我教訓他時被你們看到，怕是會起反效果了。」

舒清淺心下明白，立刻收回腳步，順手拉住章昊霖道：「那我正好與三殿下四處看一看，蕭公子趕緊去看看你的姪兒吧！」

蕭簡匆匆朝二人作了一揖，便急忙走進書齋，準備去處理那個正在與先生吵架的臭小子。

被留在書齋外的舒清淺與章昊霖對視一眼，舒清淺笑道：「我現在終於相信，西南王說讓我幫忙建書院的話真的只是託詞了，這是我見過各方面都最完善的學堂了。」

章昊霖問道：「還要繼續看看嗎？」

舒清淺點頭。「難得來一次，我想再好好地轉一圈，說不定以後還能借鑑一二。」

章昊霖一邊陪同舒清淺往前走去，一邊道：「難不成有京中的暢文苑還不夠，妳還打算辦所學堂？」

舒清淺搖頭道：「我可不願再做這出頭之事了，別到時候辦個學堂又攤上什麼陛下、太子的，我只不過是區區一名小女子，真承受不起啊！」

章昊霖看著舒清淺故作恐懼的表情，忍不住調侃道：「讓妳的暢文苑被父皇與太子看上，那是我的錯，倒是害得妳這小女子受驚了。」

舒清淺眨了眨眼，反問道：「既是您的錯，可有想好該如何補償小女子了？」

「得了便宜還賣乖。」章昊霖說完，大步往前走去。

舒清淺小跑步追上章昊霖，抱怨道：「那是您自己說的，您倒又不認帳了。」

兩人看完學堂後，便直接去了王府的藏書閣。

藏書閣前，舒清淺看著眼前足有四、五層高的小樓，道：「這裡也太大了吧！」

章昊霖道：「除了藏書外，這藏書閣裡還存放著西南地區歷年來的所有卷宗，所以規模看起來會嚇人一些。」章昊霖邊說，邊帶著舒清淺走進藏書閣。

二人與藏書閣內看管書籍、卷宗的人，詢問了一下各類書卷擺放的大概位置之後，便自行找了起來。

「妳想找何書？」章昊霖見舒清淺在一排排書架前仔細地尋找、查看，便開口問道。

舒清淺的手指劃過一排書冊，目光從上面掃過，隨後才回頭回答道：「一本西南藥王的手札，據說收藏在西南王府內。」

「妳是說藥王葉冕吧！」章昊霖挑了挑眉。「妳涉獵得倒是挺廣。」

舒清淺謙虛道：「一般、一般，略感興趣而已。」

聞言，章昊霖笑著搖搖頭，便幫著舒清淺一同找了起來。

書閣內的書卷分類得十分齊整，但就算如此，想在一堆醫書中找到一本不起眼的手札，也是要費些心神的。

顯然平日這類書卷很少有人翻閱，越往裡走，書卷上很多都積著厚厚的灰塵。

舒清淺的注意力都集中在書卷上，突然間，她感覺身後的衣襬被一陣風帶起，舒清淺下意識地回頭，似乎看到腳下有一抹小小的白影閃過。

她只當是自己一直盯著書卷眼花了，定了定神後，又回過頭繼續尋找葉冕的手札。然而她心中突然想起昨日蕭簡所說的那個狐妖的傳說，心下不禁有些害怕，手腳也不受控制地變得冰涼起來。

舒清淺抬頭看了看距離自己有三、五步遠的章昊霖，默默地快步跟上他。

前面的章昊霖聽到了身後的響動，回頭見舒清淺幾乎緊挨著自己，他開口問道：「怎麼了？」

舒清淺訕訕地笑了笑，轉移話題道：「可有找到？」

章昊霖聳了聳肩，反問道：「妳確定西南王府裡有這本手札？」

被章昊霖這麼一問，舒清淺反倒猶豫起來。「是一位雲遊的神醫告訴我的，我也不是很確定。」

章昊霖看了看身後已經找過的大半書架，道：「罷了，左右只剩下一小部分沒找，就都找一遍吧，妳也能安心。」

聞言，舒清淺點了點頭，便繼續查看剩下的書架，只不過她始終都與章昊霖保持著一步的距離，似乎這樣便能將那個傳說帶來的莫名恐懼驅逐出心底一般。

約莫又過了半盞茶的時間，就在舒清淺越發懷疑這藏書閣內是否會有這本手札的時候，她的目光突然落在書架最高層的某本書冊上。舒清淺眼睛一亮，她踮起腳尖，準備伸手去取那本書冊，沒想到指尖剛觸及那本書冊，突然有一條白色且毛茸茸的尾巴掃過她的手指……

「啊——」舒清淺尖叫著收回手，一下子撲向章昊霖，緊緊地從後面抱住他的腰，一張被嚇得煞白的臉則深深埋在章昊霖的背上。「有狐妖！」

章昊霖被舒清淺突如其來的舉動弄得一愣，隨後在聽到那句「有狐妖」時，忍不住笑出聲來。他本想轉過身子，無奈舒清淺抱得太緊，章昊霖只得任由她抱著，背對著她道：「什麼狐妖，莫不是傻了？」

章昊霖的聲音讓舒清淺找回了理智，她略微鬆開緊抱著章昊霖的胳膊，章昊霖這才得以轉過身子，正面看向舒清淺。然而只有瞬間，舒清淺再次尖叫著抱緊了章昊霖。「腳！狐狸在咬我的腳！」她感受著腳背上有一團熱呼呼、正在動的東西，緊閉著眼睛不敢睜開。

章昊霖被抱得動彈不得，只好費力地低頭朝舒清淺的腳邊看去，發現確實有一團白色又毛茸茸的東西在她的腳邊晃著尾巴。

章昊霖伸手拍了拍舒清淺的背，強忍著笑意道：「妳看看在妳腳邊的是什麼？」

舒清淺僵直著身子，緩緩睜開眼睛，小心翼翼地透過章昊霖與自己之間的縫隙中往下看了一眼。在一眼掃到那條毛茸茸的白色尾巴後，舒清淺隨即害怕地閉上雙眼，忽然覺得不大對，便再次睜眼看去——

「喵嗚——」一隻白色的小奶貓踩上了舒清淺的腳背，小腦袋在她的腿上拱了拱，隨後又抬起圓圓的臉看向舒清淺。

「噗哧！」見狀，舒清淺不禁笑出聲來。「原來是隻小奶貓。嚇我一跳，我還以為是那個故事裡的狐妖現形了。」

章昊霖笑話她道：「平日見妳挺大膽的，怎麼今日竟被一隻小貓嚇成這樣？」

舒清淺抬眼瞪他，這才發現自己還緊緊地摟著章昊霖的腰，不禁有些尷尬，忙收回手，想要與章昊霖分開。

章昊霖亦意識到此刻兩人之間的親密舉動，然而就在舒清淺想要放開他的瞬間，他下意識地伸手摟住了舒清淺的肩頭，將懷中的軟香溫玉留住。

動作一出，兩人都愣住了，安靜的藏書閣內，舒清淺清楚地聽見「怦怦」的心跳聲，只是不知這聲音是從自己胸腔中傳出的，還是從章昊霖的胸腔裡傳出，抑或是兩人共同的心跳。

舒清淺心中雜亂無章地浮現出無數想法，面對著某個呼之欲出的答案，她卻不敢再多想。她的額頭抵在章昊霖的肩膀上不敢動彈，生怕一動，便會發現這一切都是自己的幻覺。

此刻的章昊霖低頭看著舒清淺柔順的青絲，嗅著懷中熟悉的味道，思緒卻是異常清晰。

他終於明白自己這兩日來心頭那種異樣的感受源自於何，剛剛身體快於大腦一步的動作，已經讓他完全意識到自己對於懷中這個女子的情感。

「清淺。」良久的安靜過後，章昊霖終於開口喚了一聲。

舒清淺被這一聲「清淺」喚得心頭微顫，她的指尖抑制不住地微微顫抖起來。然而就像一件寄予了太多期待的禮物，在接過盒子的瞬間反而會不敢去打開，舒清淺局促地伸手推開了章昊霖，故作鎮定地轉移話題道：「這小奶貓真可愛，不知是誰家養的？」她一邊說著，一邊蹲下身子去撫摸那隻小貓。

章昊霖見狀，無奈地笑了笑，並不急著繼續說下去，左右已經明白了自己的心思，也不急在這一時半會兒的，便道：「王府內有許多野貓，丫鬟們會定期給牠們餵吃的，這隻小貓怕也是隻小野貓。」

見章昊霖順著自己的話說了下去，舒清淺不知自己心中是鬆了一口氣，還是失望更多一些，卻也只能順著這個話題道：「過會兒出去問一問，若是沒人要的小野貓，那我就要收養牠。」

舒清淺話音剛落，那小貓像是聽得懂她的話一般，親暱地繞著舒清淺的腳邊轉了一圈，舔了舔爪子後，又軟綿綿地「喵嗚」一聲。

舒清淺伸手將剛剛被這小奶貓嚇到而沒有取下來的書冊拿了下來，她撣了撣書皮上的灰塵，翻看了兩頁後，向章昊霖道：「那位雲遊的神醫果然沒騙人，這本手札確實在西南王府中。」

章昊霖瞧了瞧舒清淺手上那本毫不起眼的手札，道：「這般不起眼的手札，也虧妳能找得到。」

「幫我拿著。」舒清淺將手中的書冊遞給章昊霖，自己則彎腰抱起那隻還在自己腳邊舔毛的小貓。「走，去問問這貓有沒有主人。」

走出藏書閣，章昊霖喚來周圍的丫鬟詢問了一下，才知曉這隻小奶貓果然是剛來王府沒多久的小野貓，於是舒清淺順利地將這隻小貓據為己有。

舒清淺將小貓舉到自己面前，與小貓對視著，自言自語地道：「給你取個什麼名字好呢？」她略加思索，隨即靈光一閃。「就叫小妖好了。」

「小妖？」章昊霖不解地道：「為何起這樣一個拗口的名字？」

舒清淺振振有詞。「狐妖的妖，誰讓牠剛剛裝狐妖嚇唬人來著。」

章昊霖搖頭失笑。「妳自己膽子小，倒還賴在這小奶貓的身上了。」

兩人抱著小妖回到長靈居時，剛好碰到正準備出門的安樂公主。

章昊霖微微蹙眉道：「妳昨夜遊園晚歸，今日怎麼不在院中好好休息一日？」

安樂公主回道：「今日我答應了二表嫂、三表嫂一道去賞花、看戲。」話音剛落，舒清淺懷中的小妖正好懶洋洋地「喵嗚」了一聲，安樂公主立刻被吸引了注意力。「哇！好可愛的小貓。」

「牠叫小妖，是我和妳皇兄剛剛從藏書閣撿來的。」舒清淺將小妖捧至安樂公主面前。

安樂公主立刻伸手抱過小妖，只見小妖抬眼看了她一眼後，便瞇起眼睛，繼續窩成一團睡覺。

她伸手戳了戳小妖的圓腦袋，惹得小妖縮了縮脖子，伸出爪子胡亂地撓了幾下，可愛的動作逗得安樂公主越發喜愛。

安樂公主又逗著小妖玩了一會兒，隨後遞給舒清淺道：「我得出去了，不然兩位表嫂該等急了。等我晚上回來，再和這小奶貓玩。」

舒清淺見安樂公主精神雖然不錯，面色卻有些疲憊，忍不住開口道：「我看妳來西南後似乎都沒好好歇過，左右還得在西南待上好幾日，不如妳今日先休息，明日再去賞花、看戲也不遲。」

「那可不行。」安樂公主毫不猶豫地搖頭道：「這幾日我先應了幾位表嫂的邀約，到時候等盛言風來了，我才有時間陪他好好地逛一逛這西南。」安樂公主邊說，邊朝二人揮了揮手，便帶著丫鬟走出長靈居。

舒清淺忍不住笑道：「我就說靈曦這兩天如趕場子一般地轉個不停作甚，原來是答應了晉王要一道逛西南。」

一旁的章昊霖卻眉頭微皺，他總覺得靈曦對盛言風似乎過於上心。

待回到自己房中，舒清淺馬上喚丫鬟取來筆墨紙硯，然後便開始將那本手札謄抄一遍。待停下筆時，窗外早已經明月高懸。

舒清淺站起身，先是活動了一下手腳，才走至窗邊推開窗戶，透一透氣，卻意外地看到園子中的白玉亭內正坐著一個人，她定睛看了看，那身形確是章昊霖無疑。

舒清淺估算了下現在應該已經快到亥時了，心下不禁好奇章昊霖獨自在亭中做什麼，於是她披上披風，推門走了出去。

第三十三章　許諾

白玉亭內，章昊霖看到遠遠走過來的舒清淺，開口問道：「怎麼還沒睡？」

舒清淺道：「剛把葉冕的手札謄抄完，見您在這兒，便過來看看。」

走進亭中，舒清淺才發現小妖也在，正懶洋洋地蜷成一團，在章昊霖面前的石桌上睡覺。似是聽到了她的腳步聲，小妖的尾巴豎起，隨後又軟綿綿地垂放下來。

章昊霖示意舒清淺在旁邊坐下，道：「妳若真想要那手札，直接拿去便是，何必再謄抄一遍。」

舒清淺在章昊霖身邊的空位上坐下，搖頭道：「葉冕的手札失傳已久，如今能找到，我可不敢據為己有，能謄抄一份帶走，已經不知要羨慕死多少醫者了。」

章昊霖伸手為舒清淺倒了一杯茶水，舒清淺接過茶杯後繼續道：「我還寫了一份對於西南學堂的看法，若有機會，還麻煩您拿給西南王看一看。」

章昊霖點頭。「妳有心了。」他知道舒清淺是特意為之，畢竟陛下知道她來西南是受西南王之邀，前來修建書院的，若什麼都不做，難免落人口實。

舒清淺邊喝茶，邊問道：「這麼晚了，您在這裡做什麼？」

章昊霖指了指不遠處的幾株花，舒清淺順著他指的方向看過去，驚訝道：「這些曇花可是要開了？」

章昊霖道：「再等半個時辰左右，就該全部綻放了。」

「幸好剛剛我有推開窗，看到您坐在這兒，一時好奇想著要過來看看，否則就錯過這美景了。」舒清淺笑道：「不過，我竟沒發現到這裡有曇花。」

章昊霖笑道：「母妃喜歡曇花，雖然早年便離開西南，但這長靈居內的曇花卻是一直養著的。」似是想起了往事，他的嘴角帶著一抹笑意。「小時候，母妃也在宮中種過曇花，我那時經常吵著要看花開，卻又等不到那麼晚，總是等著、等著就睡了過去。次日醒來見花謝了，便又吵鬧著要看，結果竟是一回也沒看到過。現在我終於能熬夜賞花了，卻早已物是人非。」

舒清淺想像不出眼前一直以沈著淡然示人的章昊霖，小時候在自己娘親面前竟然也會有無賴撒嬌的一面，她的心中不禁有些心疼，若是可以，誰願意一直獨立堅強呢？

她怔怔地看著章昊霖，話語似不受控制般地脫口而出道：「以後若還想等曇花開，我陪著您便是。」

話音一落，舒清淺方意識到自己說了什麼，她有些後悔，但話一出口卻也無可奈何，只能祈禱章昊霖沒有聽清自己的話。然而如此安靜的夜晚，連風聲都清晰可聞，章昊霖自然不會漏聽她所說的。

章昊霖靜靜地看著舒清淺，她的局促與羞澀全落入了他的眼底，良久，他開口道：「那條紅繩……我現在才來向妳要，會太遲嗎？」

聞言，舒清淺猛地看向章昊霖，大大的眼睛中滿是難以置信，她愣了片刻後，才不確定地問道：「您口中的那條紅繩，是我想的那條嗎？」

章昊霖含笑看著她，反問道：「難不成還有其他的？」

舒清淺摸了摸掛在腰間的荷包，道：「您可知道這紅繩的含義？」

章昊霖見她這般瞻前顧後的模樣，心中更加確定了幾分，笑道：「自是知道的，所以才會開口向妳索要。妳可願給？」

舒清淺取下荷包，打開後，裡面有兩枚裝有紅繩的小荷包，她伸手取出一枚，想要遞給章昊霖，卻又有些猶豫，竟就這樣盯著手中的小荷包發起呆來。

章昊霖也不催她，只是安靜地看著眼前的人，給她充分的時間思考。

舒清淺盯著手中的小荷包，腦中卻忽然想起上一世章昊霖對她的評價——「此女貪圖虛名，好大喜功，絕非良配。」

舒清淺抬頭望向章昊霖，面前向她索要紅繩的，依舊是前世那個寵辱不驚的三皇子，然而她卻只是一個淒慘而死後有幸重生的改頭換面之人，她不知自己是否能將這條紅繩安心地交給章昊霖，或者是說，她甚至不知道此刻被章昊霖喜歡的這個自己，到底是不是真正的自己……

因為真心喜歡，才會更加小心翼翼。

良久的天人交戰，舒清淺終是開口道：「您可知我以前是怎樣的人？」

章昊霖看著她笑道：「怎樣的人？」

迎著章昊霖的目光，舒清淺有些心虛地移開視線，艱難地開口道：「以前的我貪圖虛名，好大喜功，甚至……自私到有些惡毒。」

舒清淺低垂著頭，如同一個等待宣判的囚犯般。她知道她本可以不用說這些話，高高興興地直接將紅繩交給章昊霖，然而她已經不是上一世那個為達目的、不擇手段的舒清淺了，尤其是面對著心愛之人，她不願意有一絲一毫的隱瞞。

章昊霖聞言，不但沒有表現出嫌惡，甚至連追問的意思都沒有，只是笑著說：「那又如何？我所認識的，從始至終都是坐在我面前的這個妳。」他的語氣如常，似乎只是在訴說一個事實。「從我認識妳開始，妳便是那個聰慧機敏又心地善良，且做事進退得宜的女子。」

章昊霖毫不吝嗇地讚美著舒清淺，他的目光始終落在舒清淺身上，見她依舊低著頭不說話，便又繼續道：「你可知我當初聽聞妳在安縣的所作所為時，便想要引妳為知己？那是頭一次有人能與我的想法如此契合，這一點即便是安賢也做不到。」他淡淡地敘述著心中一直以來對她的看法與感受。「後來在聚賢樓第一次見到妳，我其實挺意外的，沒想到妳竟是這樣一個清秀的小姑娘。從那之後的所有交集，妳一次次地令我刮目相看，我本以為我只當妳是知己、是好友，然而現在，我卻發現自己對妳的感情，遠不止如此。」

章昊霖接著道：「我只知道吸引我的，一直是在我眼前的這個妳，以前如何我不知曉，以後會發生什麼也尚未可知。就像這曇花一般，我既然花上兩個時辰來等待花開，那麼於我而言，那便是值得的。」

在章旲霖輕緩的話語聲中，舒清淺終於抬起頭，再次看向面前的男人。

章旲霖見狀，馬上伸手到舒清淺的面前問道：「現在這紅繩可願意給我了？」

舒清淺盯著他看了許久，最後露出一個甜甜的笑容，莞爾道：「這紅繩既然給了你，你便要好好保存，若是弄丟了，我定不會饒你。」她把手中的小荷包，放在他的掌心中。

章旲霖順勢將荷包與舒清淺的手一起握住，許諾道：「我會好好保存一輩子。」

聽到最後三個字，舒清淺的鼻子一酸，好不容易才強忍住眼淚沒有落下。「這可是你說的，我記下了。」

章旲霖握緊舒清淺的手道：「是我說的，妳只管記下便是。」

舒清淺感受著章旲霖手心的溫度，這種被包圍的溫暖觸感是如此真實。

重活一世，舒清淺想過要做一個賢良之人；亦想過要彌補上一世的過錯，與家人和樂融融地過一輩子；卻唯獨沒敢奢求能與章旲霖結為知己，甚至得到他的喜愛……然而這一切，她這輩子不爭不搶卻都順其自然地得到了。

舒清淺這才明白，上一世愛慕虛榮的她是多麼可笑又可悲。

章旲霖見舒清淺不說話，便捏了捏她的手問道：「在想什麼？」

舒清淺看著章旲霖在月色與燭火下顯得尤為溫柔的臉，癡癡笑道：「在想你。」

章昊霖顯然沒有想到舒清淺會如此直白，一時有些語塞，他慌忙地將那裝有紅繩的小荷包放進自己隨身的錢袋之中。「這紅繩我先收起來，以免剛到手便弄丟了。」

舒清淺瞪他一眼道：「剛剛還說要好好保存，現在便想著會弄丟了？」

章昊霖將錢袋收起來後，連忙轉移話題道：「曇花要開了。」

舒清淺立刻被吸引了注意力，果然那幾朵白色的花苞已經慢慢地舒展開來。月色撩人，有花、有茶、有情人，任誰都捨不得早早回屋入睡。

舒清淺與章昊霖坐在白玉亭中賞花、喝茶、聊天、說笑，一直到天色微白，盛開的曇花謝了之後，方各自回屋休息。

次日，難得安樂公主起了個早，去章昊霖與舒清淺的房門口轉了一圈後，卻發現平日總是早起的兩人，今日竟都不約而同地房門緊閉，還在房內睡覺。

安樂公主在院中等了好一會兒，那兩扇緊閉的房門依舊沒有任何動靜，她心中疑惑，便喚來正在院中打掃的丫鬟問道：「他倆還未起身嗎？」

那丫鬟如實答道：「昨夜三殿下與舒小姐似乎賞花、喝茶到今早方回屋，彩雲四更時分還來院中為殿下與舒小姐上過茶水、點心。」

「賞花？」安樂公主疑惑，隨後目光落在白玉亭外，看到那幾朵已經凋謝了的曇花，不禁抱怨道：「那兩人竟背著我偷偷賞曇花，等他們醒了，我定要好好地問一問。」

安樂公主見等不到那二人，便自行出了長靈居。

今日她並沒有去幾位表嫂那邊，而是直接去了西南王的主院之中，因為盛言風當日答應她會在西南王壽辰的前兩日抵達西南，而今日正是盛言風答應她的日子。

安樂公主在主院中陪著西南王用過早膳，又陪著說笑、逗趣了一會兒，把西南王逗得心情極佳，那笑得合不攏嘴的模樣與平日裡嚴肅不苟言笑的西南王，簡直判若兩人。

安樂公主的長相本就像極了她的母親，西南王只有蕭玲這一個女兒，而這一輩的諸多孫兒中又只有章靈曦這一個外孫女，再加上章靈曦自幼喪母，且久居深宮，西南王對這個外孫女自是偏愛許多，平日裡很少會外露出來的疼愛之情，在與章靈曦獨處時全都表露無遺。

從章靈曦平日的衣食起居，到宮中遇到的人情世故等，西南王恨不得都事無巨細地一一過問，而章靈曦也是個乖巧貼心的，祖孫兩人的獨處時光格外溫馨。

安樂公主在西南王這兒待了約莫一個多時辰，外面便有人來報晉王到了，她笑咪咪地挽著外祖父的手，一起在院中等著盛言風進來。

西南王見安樂公主格外高興的樣子，便問她道：「聽簡兒說，盛言風是與你們一路同行回西南的？」

安樂公主點頭道：「他還答應要邀我去晉州遊玩呢！」

西南王見安樂公主開心的神情，便也跟著笑道：「盛言風在這群晚輩中，也算是出眾的了，而且晉州挺不錯的，民風自由，離西南也近。」

安樂公主附在西南王的耳邊小聲道：「外祖父，其實我小時候在宮中就認識他了，那時候他還欺負我來著。」

西南王聞言立刻道：「竟敢欺負我外孫女，要不要外祖父找他算帳？」

安樂公主立刻笑得眉眼彎彎。「不用，要算帳的話，我自己來就行。」

外面正朝主院走的盛言風突然覺得耳朵有些癢，他不以為意地走進院內，一進門便見到幾日未見的安樂公主正笑咪咪地朝他揮手。

盛言風上前朝西南王行了一個後輩禮，問候道：「王爺，許久未見，您依舊精神。」

「你也不錯。」西南王笑了笑，示意盛言風進屋說話。

來到屋內，待丫鬟奉茶後，安樂公主特意坐到盛言風的對面，一雙亮亮的眼睛朝他眨呀眨的。盛言風瞧見了，嘴角忍不住露出一個笑容。

坐在上位的西南王將兩個年輕人的小動作收入眼底，但笑不語，與盛言風寒暄道：「你母親的身子可還好？」

盛言風回道：「家母身子尚可，每日參禪唸佛，也算自在。」

西南王道：「你也許久未來西南了，這兩日本王再派人陪你四處轉轉。」

聞言，一旁的安樂公主立刻毛遂自薦道：「我也許久未來西南了，正好與晉王結個伴出遊吧。」說完，還朝盛言風遞了個眼色。

盛言風有禮地道：「晚輩提前兩日來西南，便是想著許久沒過來，這一回可以乘機好好地看一看西南風光。」他又看向安樂公主，笑道：「既然公主願意同行，在下不勝榮幸。」

西南王道：「你們年輕人的事，自己商量便是，本王也就不摻和了。」隨即又看向盛言風道：「不過結伴可以，靈曦在西南人生地不熟的，你可得好好照顧她。」

盛言風點頭道：「王爺放心，晚輩自當照顧好安樂公主。」

安樂公主卻不樂意了，小聲抗議道：「我才不需要你照顧呢！」

三人又說了一會兒話後，盛言風與安樂公主方與西南王告辭，走出主院。

第三十四章　晉王

長靈居中，舒清淺直至日上三竿時方轉醒。她起身洗漱後，推開房門走了出去，看著外面晴朗的天空，竟有一種不真實的感覺。

昨夜章昊霖的話語言猶在耳，舒清淺的目光落在白玉亭外已經凋謝了的曇花上，心中卻是止不住地泛起從未有過的甜蜜感受。

「一大早的，在發什麼呆？」身後傳來了再熟悉不過的聲音。

舒清淺轉過身，看著章昊霖明顯也是剛睡醒的臉，忍不住笑道：「哪裡還是一大早？都快中午了！」

章昊霖抬頭看了看天空，無所謂地道：「左右也無事，即便已經到了晚上，我覺得還是一大早就行。」

舒清淺含笑看他。「我怎不知你竟是一個如此隨興之人？」

章昊霖也笑看著她道：「我這叫近朱者赤。」

有丫鬟過來詢問他二人要在何處用早膳，舒清淺示意道：「擺在白玉亭中便可。」

章昊霖聞言笑道：「怎麼？昨夜賞花還未賞夠？」

舒清淺則搖頭晃腦、振振有詞地道：「良辰美景，賞心樂事，僅僅一夜又怎麼夠呢？」

二人在亭中坐下，曇花雖然已經謝了，但花園中還開著許多其他的花，伴著藍天白雲、鳥鳴蝶飛，比起昨夜的明月燭火，確實另有一番滋味。

丫鬟很快便擺好早膳，今日是尋常的清粥小菜，不過心境不同，吃起來竟然不比那日的百花粥差。

章昊霖道：「等會兒吃完飯，和我一道去一趟外祖父那邊。」

舒清淺不解。「為何？」

章昊霖回道：「妳不是寫了一篇關於學堂的建議嗎?咱們一起拿給外祖父看。」

去見西南王本是一件很尋常的事，但由於昨夜舒清淺已經與章昊霖互表了心意，此時一聽到要去見西南王，她竟有些退縮，猶豫著與章昊霖商量道：「你昨夜不是答應幫我拿去給你外祖父看了嗎？」

章昊霖見她這般模樣，平添了幾分女兒家的嬌羞，他心中暗笑，嘴上卻道：「昨夜我是這樣答應妳的，不過現在反悔了。」

舒清淺無語地看著面前反悔還悔得頗有理的人，扶額感慨道：「為何我以前從未發現你還有這般無賴的一面？」

章昊霖卻是一本正經地回答道：「因為在昨天之前，妳沒有機會發現。」

舒清淺認真地想了想章昊霖的話，最後竟也覺得他說得有幾分道理，於是不自覺地點了點頭。「也對。」

見狀，章昊霖再也忍不住地笑出聲，他伸手揉了揉舒清淺的頭，提醒道：「快吃飯吧！菜都涼了。」

用過早膳後，舒清淺便隨著章昊霖一同來到西南王的院子，還未進院子，便聽到有丫鬟在院中閒聊。

「哎，妳看到晉王殿下了嗎？」一個小丫鬟問道。

「何止是看到……」另一個小丫鬟眉飛色舞地道：「剛剛還是我去奉的茶呢！」

那小丫鬟此言一出，惹得其餘人一片羨慕。「晉王殿下也快兩年沒來咱們西南王府了，如今生得是越來越好看了。」

「是啊、是啊！我不過遠遠地看了晉王殿下一眼，簡直連心都快跳出來了。」

小丫鬟們仍在笑鬧著，從旁經過的舒清淺忍不住對章昊霖道：「看不出來晉王在西南王府還挺受歡迎的。」

章昊霖不屑地道：「他來得倒是挺早。」許是擔心盛言風對安樂公主心懷不軌，原本對盛言風還很欣賞的章昊霖，現在一聽到這個名字就忍不住要皺眉。

走進院內，章昊霖與西南王說明來意，西南王顯然很滿意舒清淺此舉，看完舒清淺的建議後更是對她讚許有加。

舒清淺不禁鬆了一口氣，安靜地坐在一旁喝茶，儘量減少自己的存在感。

章昊霖見她拘謹的模樣，不覺有些好笑。他主動上前與外祖父閒聊，希望能讓舒清淺消除一些不自在。「外祖父，聽說晉王今日也到西南了。」

西南王點頭道：「在你們來之前，盛言風剛與靈曦一道出去了。」

「靈曦？」章昊霖忍不住皺起眉頭。「靈曦怎麼會遇到晉王的？」

西南王道：「今早靈曦過來陪老夫用早膳，又說了好一會兒話，恰巧盛言風到了，他倆便說要一起出門遊玩。」

章昊霖聽罷，沈默不語。

西南王似乎沒注意到自家外孫的表情，繼續道：「說來舒姑娘也是第一次來西南，昊霖，你有時間要記得帶舒姑娘四處看看。」

突然被點名的舒清淺忙放下茶杯，正襟危坐，一旁的章昊霖則笑道：「這一路上孫兒已經帶舒二小姐看過西南風光了。」

舒清淺立刻點頭道：「三殿下一路上對小女十分照顧。」

西南王的目光落在舒清淺身上，道：「老夫這外孫什麼都好，就是身上少了一些煙火氣，舒姑娘得多教教他。」

聞言，舒清淺倒是笑了。「關於這一點，王爺大可放心，小女什麼都缺，就是不缺煙火氣。」

舒清淺此言惹得西南王大笑出聲，又與舒清淺說了幾句家常後，方讓二人離去。

二人從西南王的院子出來後，剛好看到遠處有說有笑、正一道走過來的安樂公主與盛言風。
章昊霖見他們二人過分熟稔的模樣，想都沒想便走上前去。
「三哥、清淺。」安樂公主見到兩人立刻打招呼，顯然心情很好，卻還不忘抱怨一下今早發生的事。「我今早本想去找你們的，不過你倆昨夜竟背著我偷偷賞曇花，一個個都沒起來，我只能自己先出門了。」
舒清淺笑著解釋道：「我還不是見妳天天遊園、看戲的太累了，想讓妳多休息一下。」
安樂公主瞇著眼看她。「藉口。」
舒清淺笑了笑，並未否認安樂公主的指控，轉頭與一旁的盛言風打招呼道：「晉王殿下是今日剛到西南？」
盛言風點了點頭，亦與章昊霖、舒清淺二人打了招呼。「三殿下、舒二小姐，多日未見了。」
舒清淺問安樂公主與盛言風道：「你們這是準備出門？」
安樂公主道：「我剛剛陪盛言風去看了一下他要住的院子，現在正準備去街上逛逛，你們可要一道？」
舒清淺笑著搖了搖頭。「我昨夜沒睡好，得回長靈居休息一下。」
旁邊一直未開口的章昊霖，突然一臉嚴肅地糾正安樂公主。「靈曦，妳怎可直呼晉王名諱？不禮貌。」

聞言，安樂公主還未回話，盛言風卻率先道：「名字本就是被人叫的，無妨。」

章昊霖看了盛言風一眼，沒再多說什麼。

安樂公主已經迫不及待地道：「三哥，若沒什麼事，我便先與晉王出去了。」說著也不等章昊霖點頭，便拉著盛言風朝大門走去。

盛言風無奈地朝舒清淺與章昊霖拱了拱手，便跟著安樂公主離開了。

走出府門後，安樂公主方吐了吐舌頭道：「我三哥就喜歡教訓我。」

盛言風笑道：「三皇子很關心妳。」

安樂公主點頭。「這倒是，三哥是這個世上最關心我的人。」

盛言風笑了笑，想起剛才章昊霖看他的眼神中滿是戒備，他自然看得出來章昊霖對安樂公主的關切之心，不禁在心中暗嘆，看來追求安樂公主之路，可謂是長路漫漫啊！

安樂公主並不知道盛言風此刻所想，轉而問道：「你之前說外祖父的壽辰之後，就要邀我去你那晉州玩，到時候就算我三哥不同意，你也不許反悔啊！」

盛言風舉起手發誓道：「如果三皇子不同意，我哪怕是軟磨硬泡，也一定會說服三皇子。如何？」

聞言，安樂公主滿意地點了點頭。「好，這可是你說的。」

另一頭，舒清淺看著若有所思的章昊霖問道：「怎麼了？」

章昊霖搖了搖頭，本不欲多言，但轉頭看到舒清淺關切的目光，還是忍不住開口道：「我覺得靈曦與晉王是不是過於熟稔了？」

「怎麼，難不成你是在擔憂晉王心懷不軌？」舒清淺又道：「不過晉王年輕有為，玉樹臨風，怎麼也算是個良人吧？」還有句話舒清淺沒說，看看西南王府中那些小丫鬟見到盛言風時的激動模樣便能知曉。

聽舒清淺這樣說，章昊霖也未反駁，只是笑道：「我一直以為妳遇事總會理智地思考，沒想到妳還有這般小姑娘家的思考方式。」

「你這是誇我，還是損我？」舒清淺斜睨著他。「兒女情長之事，你倒是告訴我要如何理智看待？」

「倒是我的錯了。」與舒清淺說了幾句後，章昊霖的心情好了不少，解釋道：「我也想順其自然，不去多管，但晉王乃一地藩王，還是個很有實力的藩王，而靈曦又是當朝較為受寵的公主之一，以他們兩人的身分，讓我無法不去多想。」

舒清淺了然。「是我想得太簡單了。」思索一會兒後，又問道：「不然等靈曦回來，我去幫你問一問她心裡對盛言風究竟是何態度？你也好早些做應對。」

章昊霖點頭。「如此甚好。」

安樂公主回府後，便迫不及待地敲開了舒清淺的房門。「我聽丫鬟說妳醒著，便直接過來找妳了。」

舒清淺伸手給安樂公主倒了一杯涼茶。「怎麼滿頭大汗的，外面這麼熱？」

安樂公主接過茶杯一飲而盡後，又將茶杯遞至舒清淺面前道：「還要一杯。」連喝完兩杯茶，她方道：「外頭不大熱，就是街市上的人太多，這才擠出一身汗。」

舒清淺揶揄道：「若是三殿下知道妳跑去街上人擠人，肯定又要一臉嚴肅地說教了。」

安樂公主用力點頭道：「妳說得太對了！」她又叮囑道：「妳記得瞞著我皇兄。」

「妳放心，我定會替妳保密的。」舒清淺笑道：「別到時候是晉王說漏嘴了。」

安樂公主擺擺手，不以為然地道：「盛言風才不會說呢！」

舒清淺道：「妳就這麼信任晉王？」

「也不是說信任……」安樂公主想了想後，道：「這是直覺。」

「玄玄乎乎的。」舒清淺失笑，隨即正色問道：「妳覺得晉王這個人如何？」

安樂公主看了看舒清淺，言簡意賅道：「隨興自由，是個好人。」

舒清淺心中暗想，只要是認識盛言風的人，想來誰都不會覺得這位喜怒不形於色的晉王是個隨興自由之人；不知這一面是晉王刻意表露給安樂公主看的，或者這本就是掩藏在他表面之下的真實性情？

舒清淺見安樂公主一說起盛言風，便會不自覺地露出笑容，便不再迂迴，直言道：「妳皇兄擔心妳與晉王的關係，可他又不方便直接問妳，便讓我來問問妳到底是何想法。」

安樂公主聽著舒清淺這樣直白的問話，並沒有絲毫不悅，反而笑道：「我就說皇兄怎麼看不順眼盛言風似的，原來是這樣。」

舒清淺問道：「那妳是怎麼想的？」

安樂公主單手支著下巴，似乎在考慮該怎麼開口，過了一會兒，才看向舒清淺道：「清淺，還記得我第一次見妳時，就很羨慕妳能自由自在地生活嗎？與盛言風在一起後，我終於第一次明白什麼叫自由——那種無拘無束的感受，不僅僅是指脫離皇宮或離開京中後在言語和行為上的自由，而是心境上的自由。」她停頓片刻後，繼續道：「我曾不止一次地想過，盛言風若是與我一樣從小就被困在宮中，他一定依然會如現在一般自在，我喜歡如他這般的生活狀態。」

舒清淺聽聞安樂公主此言，心下明瞭，哪怕此刻安樂公主如今尚未意識到她自己心中對盛言風的異樣感情，卻也只是時間的問題了。思及此，舒清淺不禁開始擔憂起盛言風的態度。

因為上一世的糾葛，再加上自己現在已與章旲霖互表心意，此時的舒清淺甚至比章旲霖更希望安樂公主能獲得真正的幸福。

「哎呀！光顧著與妳閒扯，差點兒忘了過來找妳做什麼的了。」安樂公主一邊說，一邊從荷包裡拿出兩支髮簪，獻寶般地遞給舒清淺。「妳瞧這髮簪可好看？」

舒清淺接過髮簪後，忍不住讚道：「好別致的簪子。」這兩支髮簪的材質雖稱不上最上乘，但勝在上頭的雕花尤為精細。

「妳也覺得好看是不是？剛剛在街市上，我一眼便相中了這簪子。」安樂公主指著髮簪，為舒清淺介紹道：「這上面一為桃花、一為曇花，細緻得甚至能看清花瓣上的紋理。」說著，她將那曇花簪子遞給舒清淺道：「我本來只想買這桃花簪，不過後來看到曇花簪後，想起妳昨夜與我皇兄一起等曇花開，想必妳定會喜歡，便將這曇花簪子也買下來，打算送給妳了。」

舒清淺笑道：「妳真有心。」

「妳喜歡就好。」安樂公主瞇眼道：「要記得戴哦！」

「放心。」舒清淺立刻取下自己頭上原本的簪子，換上這支曇花簪。「這麼漂亮的簪子，我一定會常常戴的。」

安樂公主在舒清淺這裡坐了一會兒後便離開了，她晚上還與盛言風約好要一起遊船。

到了晚上，安樂公主出門時正好撞上章昊霖，免不了又被盤問一番。

章昊霖雖覺得靈曦與盛言風一道遊船頗為不妥，但見她高興的模樣，卻也不忍心不讓她去，於是只能吩咐石印一路隨行，名為保護，實則是去盯著盛言風是否有任何出格之舉。

舒清淺出來的時候，恰巧看到這一幕，只見安樂公主噘著嘴，身後跟著寸步不離的石印，忍不住笑道：「你這是要限制靈曦的自由嗎？」

章昊霖回道：「我若真要限制她，便不會准她與盛言風出去了。」

舒清淺見章昊霖眉頭緊鎖的模樣，忍不住伸出一根手指戳了戳他的嘴角，調戲道：「這麼嚴肅做什麼？來，笑一個。」

章昊霖抓住舒清淺不安分的手指，無奈地看著眼前笑得一臉無辜的女子，他拉著舒清淺的手在長廊邊坐下。「今日妳可有問過靈曦的意思？她怎麼說？」

舒清淺將安樂公主的原話告訴章昊霖，說完後便抬頭看著夜幕上掛著的彎彎月牙，繼續道：「不可否認，盛言風帶給靈曦的感覺，是她一直嚮往卻從未得到過的。」

章昊霖聽罷舒清淺的話，陷入了良久的沈默。

靈曦總是在他面前流露出天真無憂的模樣，他以為這就是真實的靈曦了，但靈曦的個性其實像極了他們的母妃——不戀權勢，只求自在，一直被拘束在深宮之中，即便獲得再多的寵愛，都不如粗茶淡飯、隨興鄉野，否則他們的母妃也不會年紀輕輕便香消玉殞了。自由的鳥兒被折斷了翅膀，哪裡還能無憂無慮呢？

舒清淺見章昊霖不說話，也大概能猜出他心中所想，出言安慰道：「你已經給了靈曦你所能給的最好的一切了。」

章昊霖轉頭看向舒清淺，朦朧的月色下，舒清淺靈動的雙眼顯得更加迷人。「可若不是因為妳，我一直未能真正地瞭解她。」

舒清淺笑得輕鬆。「小姑娘家的心思，豈能被你看透？」

章昊霖失笑。「妳這麼一說，還挺有道理的。」
舒清淺頗為自得地道：「我說的話什麼時候沒有道理了？」
章昊霖含笑看著舒清淺，舒清淺被看得反倒有些不好意思了，於是抬頭專心看月亮。
兩人就這樣安靜地坐著，也是別有滋味。

一日之後，西南王的八十大壽如期而至，雖有不少達官顯貴前來賀壽，甚至連明德帝也親自派人送來賀禮，但對於西南王而言，滿堂的孝順兒孫，方是最令他滿意的壽禮。
壽辰過後，章昊霖也開始計劃著要回京了。
這一日，章昊霖正在長靈居中與石印商量回京事宜，忽然有丫鬟來報說晉王殿下來了，章昊霖便讓人請晉王進來。
而此時，安樂公主正在舒清淺的房內說著話。「清淺，我有一事要拜託妳。」
舒清淺不解地看著她。「何事？」
安樂公主擔憂地道：「我與盛言風說好要同他去晉州看一看，盛言風正與我皇兄提及此事，但皇兄肯定不會同意的。」她雙手合十，一雙大眼睛楚楚可憐地望著舒清淺。「清淺，妳過會兒一定要幫我勸一勸皇兄，就說妳也想去晉州遊玩，讓皇兄同意咱們從晉州繞道回京。」
舒清淺推開窗，看了看外面，果然瞧見盛言風走進章昊霖的屋裡。舒清淺收回視線，問安樂公主道：「妳怎麼不自己去說？只要妳開口，妳皇兄什麼時候拒絕過妳的要求？」

「以前是從未拒絕過。」安樂公主也看到盛言風已經來了，言語間不禁有些急切。「但這次我直覺若是只有我自己去說，皇兄定不會同意的。」

舒清淺失笑。「又是直覺。」

安樂公主催促著。「清淺，妳到底同不同意？」

「走吧。」舒清淺無奈地笑道。

聞言，安樂公主立刻拉著舒清淺出門。「那咱們趕緊去皇兄屋裡。」

舒清淺則拉住安樂公主道：「先等一等，讓盛言風先與妳皇兄說完，咱們再過去。」

安樂公主想了想後，方停下動作。「也好。」

第三十五章　晉州

章昊霖屋內，待丫鬟奉上茶水並退出去後，章昊霖便開口道：「不知晉王今日來此，所為何事？」

盛言風也不迂迴，直截了當地說明來意。「聽聞三殿下即日將要回京，所以今日特來邀請殿下從我晉州繞道，在下也好盡一盡地主之誼。」

章昊霖想都沒想就開口回絕道：「多謝晉王美意，只不過繞道晉州多有不便，下次若有機會，定當專程拜訪。」

盛言風聞言，面不改色地繼續邀請。「殿下不必有所顧忌，從晉州繞道回京，一路平坦好走，反而能縮短一些時日，並無不便。」

章昊霖見盛言風如此堅持，早已猜到盛言風會邀請自己一行人去晉州，怕是另有原因，而這原因恐與靈曦脫不了關係。看著眼前的盛言風，他越發不順眼起來，正欲開口趕人，門外卻傳來一陣急促的腳步聲。

「皇兄。」安樂公主拉著舒清淺一路小跑步進來。

章昊霖皺眉看著安樂公主。「怎麼跑得這麼急？」

安樂公主身後的舒清淺偷偷地遞了個眼色給章昊霖，示意在他一旁的盛言風。

章昊霖心下明瞭，知道安樂公主是為了盛言風而來。

安樂公主在空位上坐下，似是這才看到盛言風一般地說：「晉王也在啊？來找我皇兄有事？」

盛言風知道安樂公主是擔心自己說服不了章昊霖，特意過來幫忙的，但見她如此拙劣的演技，不禁難掩笑意。「聽聞你們近日便要回京，特意過來邀請三殿下去我晉州看看。」

安樂公主看向她的皇兄，眨著眼睛問道：「皇兄你可同意？」

章昊霖剛準備開口，一旁的舒清淺卻看向盛言風道：「聽說晉州臨海，景色尤為宜人，且在晉州境內還有一座終年不化的雪山。」

盛言風點頭道：「舒二小姐真是博聞強識。」

「知道得再多，卻也不如親眼所見。」舒清淺看向章昊霖道：「殿下，咱們能不能繞道晉州？」

章昊霖看了眼舒清淺，又看了看一旁滿臉祈求的安樂公主，終是點頭道：「繞道晉州可以，但最多停留兩日。」說罷，他又看向盛言風道：「那便麻煩晉王了。」

盛言風笑道：「殿下一行人能來我晉州，真是蓬蓽生輝，何來麻煩一說？」

盛言風又與章昊霖閒聊了幾句，方告辭離去，而得到了想要的結果的安樂公主亦高高興興地回屋，讓丫鬟收拾東西去了。

屋內只剩下舒清淺與章昊霖二人，章昊霖無奈地看向舒清淺道：「妳明知我不想讓靈曦與盛言風多有接觸，為何還要那樣說？」
舒清淺亦無奈道：「靈曦特意過來拜託我，我也不好拒絕。我之前研究過路線，發現繞道晉州回京，確實能省一些時日，就算傳回了京中，惹來閒言碎語，你也好有個說法。」
章昊霖笑道：「妳想得倒是周全。」
舒清淺不以為然。「我自然得想得周全一些，可不能讓你白白落下把柄，皇子與藩王勾結這種事若傳到陛下耳中，那可是大罪。」
章昊霖看著舒清淺一本正經的模樣，覺得甚為可愛，笑道：「那妳更該讓我杜絕這種瓜田李下之事。」
舒清淺無辜道：「可我又不想讓靈曦失望，何況這樣能有機會多與晉王相處，也更容易瞭解晉王的為人，一舉多得。」
章昊霖搖頭，只道：「罷了，反正也應下了。」
定下回京的時間後，西南王以甚為滿意舒清淺所提關於學堂的一些建議為由，特意贈送好幾箱珠寶玉石和綾羅綢緞讓她帶回京中，還上了一道摺子給明德帝，對明德帝同意讓暢文苑園主來西南表示了感謝。
舒清淺看著那好幾大箱的東西，不禁汗顏，畢竟她什麼都沒有做，不僅白白來西南遊玩，還擔下了這虛名。

她猶豫著同章昊霖道：「不如你去與你外祖父說一聲，這幾大箱東西我實在是受之有愧。」

章昊霖隨手打開了一只箱子，見裡面是顏色豔麗的綢緞，笑道：「既是送妳的，收下便是了，作戲得做全套，更何況妳也確實提出不少有用的建議。」

舒清淺自嘲地道：「這西南的學堂已經好得不得了了，我那些建議本就是些錦上添花，哪裡值得西南王贈送這些個厚禮？」

章昊霖合上箱蓋，道：「妳若是不好意思，不如我陪妳去當面謝一謝我外祖父？」

舒清淺想了想後，點頭應道：「這樣也好。」

此時在主院中，西南王正逗弄著籠中的兩隻鸚鵡，見章昊霖與舒清淺二人來了，他擺擺手讓兩人不要多禮。

章昊霖看了看舒清淺與西南王，笑道：「清淺見外祖父送了這麼多東西，非得過來當面謝謝您。」

西南王看了看舒清淺一臉不好意思的模樣，開口道：「舒姑娘與昊霖如此投緣，本王也把妳當自家晚輩看待，這些東西就當是本王送給妳的見面禮了，如何？」

舒清淺低頭笑了笑。「既然王爺這樣說，那清淺便卻之不恭了。」

西南王滿意地看了看舒清淺，又看了看章昊霖道：「希望下次你二人還能一起來西南。」

章昊霖自是聽出了西南王的言外之意，笑道：「外祖父放心，下次孫兒定會再與清淺一道來西南看您的。」

西南王點頭。「甚好、甚好。」

從主院出來後，舒清淺頗為狐疑地問章昊霖道：「你外祖父剛剛那句話是何意？」

章昊霖繼續朝前走著，言語中滿是笑意。「妳這般聰慧，怎會聽不出是何意？」

舒清淺的臉頰突然有些發燙，追上前問道：「你外祖父怎會知道我二人已經、已經——」她一時有些害羞，說不出後面的話。

章昊霖則道：「外祖父是這個世上最瞭解我的人，否則當初也不會單憑我在信中提到了妳的名字，便知道我是想讓他開口邀妳一道來西南了。」

舒清淺沈默片刻後，點頭道：「嗯，咱們下回還一道來西南拜見你外祖父。」

次日，章昊霖一行人便與盛言風的人馬一道辭別了西南王，繞道晉州回京。

從西南到晉州，快馬加鞭不過小半日的時間，車隊中雖有行李等物拖延了速度，但也只需大半日便能抵達晉州。

舒清淺與安樂公主一起坐在馬車裡，原本安樂公主是想要騎馬的，不過章昊霖許是想要減少她與盛言風的接觸機會，毫不猶豫地拒絕了安樂公主的請求。

舒清淺見安樂公主噘著嘴，一臉不高興的樣子，出言安慰道：「為了縮短行路時間，這一路大多是走顛簸的小路，妳騎術一般，三殿下也是擔心妳的安全。」

安樂公主眯眼看著舒清淺道：「清淺，妳就不要為我皇兄說話了，我知道他是不喜歡我與盛言風多接觸。」

舒清淺繼續道：「三殿下這也是考慮到你二人的身分，不想讓妳被人騙了去。」

「這我也知道。」安樂公主嘆氣，隨即看向舒清淺道：「清淺，妳覺得盛言風會騙我嗎？」

「這我不敢說。」舒清淺搖了搖頭，又道：「但我卻知道妳皇兄定是為妳好的。」

安樂公主沈默不語，一雙大眼睛緊緊地盯著舒清淺。

舒清淺被她看得頭皮發麻，笑著伸手戳了戳她的臉道：「幹麼這樣看著我？」

安樂公主眯起眼，似乎要將舒清淺看個透澈。「清淺，妳老實交代，妳與皇兄究竟是什麼情況？」

舒清淺完全沒料到安樂公主會問這個，趕緊轉過臉不看她，裝傻道：「我聽不懂妳在說什麼。」

安樂公主「哼」了一聲，毫不留情地戳穿道：「昨日我看到皇兄拉妳的手了。」

舒清淺的臉有些控制不住地紅了起來，小聲囁嚅道：「就是妳看到的那種情況。」

「好啊！你們竟然瞞著我！」安樂公主控訴道：「我就說你倆好端端地怎麼會一起看曇花到天明，原來是這樣啊。」

舒清淺連忙伸手去摀安樂公主的嘴。「我的好公主，妳小聲點兒，這在馬車裡呢，外面都是人。」

安樂公主降低音量，眼神卻十分犀利。「老實交代，到底是什麼時候的事？」

既然被發現了，舒清淺也不再隱瞞，實言道：「就是那晚看曇花的時候。」

安樂公主突然笑了，道：「看來我之前送妳那曇花簪子，還真是送對了。」

舒清淺亦笑道：「所以妳送的簪子，我定會好好保存的。」

一直行走在顛簸小路上搖搖晃晃的馬車突然平穩起來，舒清淺估摸著已經上了官道，於是揭開簾子向外望去，卻被眼前的美景震撼住了。不遠處的山峰高聳入雲，山上全是鬱鬱蔥蔥的綠樹，只有那雲霧繚繞的山尖竟覆蓋著白色的積雪。

舒清淺正欲招呼安樂公主過來看此奇景，前面有一隨從騎著馬，走到馬車邊開口道：「安樂公主、舒二小姐，三殿下說此處景色甚為宜人，讓小的來詢問二位可要出來騎馬？」

舒清淺還未開口，安樂公主在一旁立刻回道：「自然是要騎馬的。」

二人出了馬車，翻身上馬，安樂公主深吸一口氣道：「感覺整個人都精神了。」

舒清淺亦活動了一下手腳，與安樂公主一起策馬跑到最前面。

章昊霖見她二人來了，詢問道：「剛才在馬車裡會否顛簸？」

舒清淺笑道：「雖有些顛簸，不過能看到此等美景，那點兒不舒坦完全可以忽略了。」

安樂公主指著不遠處的高山，開口問盛言風道：「此處溫暖宜人，怎麼那山頂上的積雪還不化？」

盛言風介紹道：「這是晉州境內有名的雪女峰，因為山峰高聳入雲，雖然山腳下四季如春，但越往上越寒冷，所以方會有這山下百花盛開，山頂積雪卻終年不化的奇景。」

安樂公主好奇地看了看四周。「這裡已經是晉州了？」

盛言風點了點頭。「正是。」

安樂公主笑著看盛言風道：「那在這裡豈不是你最大了？」

盛言風搖了搖頭，一本正經地道：「普天之下，莫非王土。」

安樂公主看著他假正經的模樣，忍不住小聲地吐槽了一句。「虛偽。」

盛言風又補充道：「不過公主在晉州想做什麼都可以。」

安樂公主這才笑嘻嘻地朝他比了個「說得好」的手勢。

章昊霖因為陪著舒清淺看風景，所以略落後於盛言風與安樂公主，此時他看著眼前連互動都顯得十分有默契的兩人，心情一時有些複雜。

舒清淺轉頭看著章昊霖，笑道：「這般難得一見的景色，你也別板著張臉了。」

章昊霖看了看舒清淺，露出一個無奈的笑容。

舒清淺朝他小聲地說了一句。「順其自然吧。」

章昊霖便也懶得再去管前面兩人，與舒清淺一道策馬賞景。

第三十六章　敲打

一行人在下午時分趕到晉王府，晉王府的管家早早便為眾人準備好了接風宴，以及各自的房間。

接風宴後，舒清淺想要在這風景獨特的晉州四處轉轉，她故意只拉著章昊霖作陪，好為安樂公主和晉王製造獨處的機會，於是兩人騎著馬就往海邊去了。

落單的安樂公主愉快地拉著盛言風，要他實行他的承諾，帶著自己在這晉州好好地逛一逛。

安樂公主在晉王府內大搖大擺地四處「巡視」，還不忘與身邊的盛言風調侃道：「盛言風，你這晉王府低調中透著華貴，倒是挺符合你的性格，是你自己設計的嗎？」

盛言風挑眉。「哦？妳說說我是什麼性格？」

「裝腔作勢。」安樂公主毫不留情地開口道：「表裡不一。」

聞言，盛言風也不惱，反倒笑出了聲。「沒想到我在妳眼中竟是這種人？」

安樂公主想了想，背著手，轉身面對著盛言風，邊後退邊道：「雖然你是個表裡不一之人，但你身上有一點卻是我很欣賞的……」

「哦？」盛言風伸手為安樂公主擋開一片落下的枯葉，好奇道：「哪一點？」

安樂公主頓住腳步，抬頭看著盛言風，一字一頓道：「不管你對旁人是何種性子，至少在我面前始終表裡如一。」

聞言，盛言風先是一愣，隨即笑了。他看著安樂公主，緩緩地說道：「我在妳面前從未偽裝過，也不需要偽裝。」

安樂公主定定地看著他，顯然在等盛言風繼續說下去。

盛言風的手指動了動，似乎想要去牽安樂公主的手，最終還是沒有動作，只是道：「從今往後，我也都會將我最真實的一面展現在妳面前。」

安樂公主的眼中倒映出兩個小小的盛言風，良久後開口道：「你這是承諾嗎？」

盛言風沒有猶豫地道：「是。」

安樂公主大大的眼睛彎了起來，轉過身繼續往前走。「盛言風，你還未回答我這王府是你自己設計的嗎？」

盛言風笑著跟上。「也不算我設計的，只是在原有的基礎上稍加改動。」

兩人談笑著越走越遠，揚起了身後幾片剛落地的枯葉。

安樂公主看完王府後，便在盛言風的帶領下去了晉州口碑最好的酒樓。

酒樓掌櫃的見是晉王親臨，熱情得不得了，直接免費請他們吃這一頓。

點完菜後，安樂公主笑道：「看不出來你平日這冷冰冰的模樣，倒還挺受晉州百姓愛戴的。」

盛言風攤了攤手道：「可能是我經常來這家酒樓吃飯的緣故，掌櫃的才會對我如此熱情。」

安樂公主被盛言風逗得直樂。「不如過會兒咱們再去街上轉一圈，讓我看看還有哪些你經常光顧的店鋪？」

盛言風見安樂公主笑得開心，心情亦十分愉悅。「那怕是這晉州十之八九的店鋪，都是我經常光顧的了。」

安樂公主頗為懷疑地道：「你就如此自信？可別被打臉了。」

盛言風笑道：「若是誰敢打我的臉，我明天便尋個由頭，關了他的鋪子。」

安樂公主嫌棄地看著他。「還沒來得及誇你，你便現原形了。」

盛言風笑得頗為無賴。「誰讓這晉州是由我說了算呢？」

聞言，安樂公主一臉更加嫌棄了。

幸好二人是坐在雅間內，否則晉州百姓若是見到他們平日裡不苟言笑的晉王殿下居然有如此無賴的一面，定會懷疑自己的眼睛出了問題。

用過飯後，酒樓掌櫃的免費送來一壺好茶給他二人。

盛言風為安樂公主斟上茶水，問道：「明早帶妳去海邊看日出如何？」

「好啊！」安樂公主想都沒想便答應下來，隨即笑道：「不過得瞞著我皇兄。」

盛言風將茶碗遞給安樂公主，道：「三殿下似乎管妳管得有些緊。」

安樂公主喝了一口茶水，隨口說道：「因為皇兄擔心我會與你私定終身。」她本是隨口一說，但話一出口，便後悔自己怎會說出這般容易惹人誤會的話，她心中暗嘆，定是最近與盛言風在一起時太過隨興了。

盛言風聞言，嘴角帶起一抹笑意，看著對面的安樂公主道：「若我想將三殿下的擔心變成現實，妳可願意？」

安樂公主有些意外地抬起頭，試圖從盛言風的臉上看出玩笑的表情，然而此刻的盛言風雖然嘴角帶笑，眼神卻是異常嚴肅，仔細看去，甚至不難從他眼底看出幾分緊張與忐忑。

她定定地看了盛言風半晌，方收回目光，輕聲道：「你可知若我現在答應了你，你今後將會面對些什麼？」

安樂公主並非不諳世事的小姑娘，即使她平日裡表現得再天真，她也不會不知道盛言風那藩王的身分，在她父皇眼裡是特別敏感的存在。

盛言風將安樂公主不經意間流露出來的傷感盡收眼底，他收起笑容，鄭重地道：「我知道，我也已經做好去面對一切困難的準備。」

在盛言風的記憶裡，似乎自父親去世之後，他便再也沒有任性過了。

明德帝的忌憚、叔伯們的各懷鬼胎，還有晉州城中數萬百姓的希冀，各種壓力使得他在一夜之間從原本散漫隨興的少年，變成了喜怒不形於色的藩王。

盛言風曾經以為他會在晉州孤獨終老，成為百姓口中的一代賢王，可現在他重新遇到了章靈曦，他這才發現原來這麼些年、這麼多事並沒有磨去他的稜角。他不是不會大笑，只是沒有了可以讓他大笑的人，但現在，這個人出現了，他不想再放開她了。

安樂公主沈默了片刻，隨即莞爾道：「你說……要是皇兄知道了咱們的事，會是何種表情？」

盛言風一愣，卻立刻在安樂公主的笑顏中反應過來，他的面上露出毫不掩飾的狂喜，伸手握住安樂公主放在桌上的手。「妳答應了？」

安樂公主瞪了他一眼。「放肆！」面上卻是帶著笑意，亦未抽回自己的手。

正在晉王府中與舒清淺一道下棋的章旻霖打了個噴嚏，舒清淺抬頭看他。「可是剛剛的海風太大，著涼了？」

章旻霖搖了搖頭，將手中的棋子放下道：「妳輸了。」

舒清淺的目光這才落在棋盤上，果然勝負已分，她頗有些不滿地道：「看來回京後，我要好好跟我大哥練一練棋藝了。」

章旻霖笑道：「妳找我練就行，又何必麻煩妳大哥？」

舒清淺無語。「我練棋是為了下次能贏你，找你練又有何意義？更何況我覺得我大哥的棋藝肯定高於你。」

章旻霖寵溺地道：「妳若是想要贏我，下次讓妳贏便是。」

舒清淺看著他，調侃道：「你還想故意輸給我不成？」
章昊霖點點頭，道：「妳高興就好。」
有丫鬟進來奉茶，章昊霖喚住那丫鬟，問道：「妳們晉王與安樂公主可回來了？」
丫鬟行禮道：「回三殿下，公主與王爺都尚未回府。」
章昊霖揮揮手，讓丫鬟先下去，卻又忍不住皺眉道：「這都出去多久了！」
「管家不是說他倆一個時辰前剛出府麼？這也沒多久。」舒清淺笑道：「再說你方才與我去海邊之前，不是還讓石印偷偷地跟著靈曦嗎？這還不放心？」
章昊霖無奈地道：「怎麼可能放心。」
說話間，門外傳來腳步聲，兩人抬頭看去，正是被章昊霖派去跟蹤盛言風與安樂公主的石印回來了。
石印一進門，章昊霖便問道：「他二人回府了？」
「是。」石印說完後，又看了看章昊霖，表情有幾分微妙。
章昊霖問道：「沒有發生什麼事吧？」
石印略有猶豫，最終還是開口道：「晉王殿下已經向公主表明了心意。」
「什麼?!」章昊霖震怒。
石印繼續道：「且公主似乎也答應了晉王殿下。」
章昊霖一張臉已經完全黑了下來。「你確定？」

石印點頭道：「屬下親耳所聞。」

驚怒過後的章昊霖已經完全冷靜下來。「晉王現在在哪裡？」

石印回道：「晉王殿下與公主回府後，便一道去了東面的觀雨樓。」

章昊霖示意石印道：「我知道了。你也辛苦了，先回去休息吧。」

待石印離去後，章昊霖倏地站起身，與舒清淺道：「我現在便去找盛言風。」

舒清淺喚住他，開口提醒道：「這也不是什麼出格的事，你可別弄巧成拙。」

章昊霖冷冷地道：「我知道。」便抬腳走出了門。

舒清淺看著章昊霖急匆匆的背影，有些無奈，她理解章昊霖的擔憂，卻也不忍安樂公主錯過像盛言風這樣一位志同道合之人。她現在只希望盛言風能說動章昊霖，不要讓安樂公主失望了。

觀雨樓上，安樂公主遠遠地便看到疾步而來的章昊霖，疑惑道：「這是出什麼事了？皇兄怎麼走得這麼急？」

盛言風笑道：「怕是來找我的。」

「找你？」安樂公主問道：「找你何事？」

盛言風笑了笑，沒有回話。剛剛在外面，他不是不知道章昊霖派了人一直跟著他與安樂公主，若沒猜錯的話，章昊霖定是知道了他與安樂公主之事，來找他秋後算帳的。

果不其然，章昊霖進來聽雨樓後，便對安樂公主道：「靈曦，清淺在找妳，妳快過去看看，正好我與晉王也有事要說。」

安樂公主看了看章昊霖，又看了看盛言風，見盛言風朝她點了點頭，安樂公主方與二人告辭，先行離開了聽雨樓。

待安樂公主走遠後，盛言風開口道：「不知三殿下找在下有何事？」

章昊霖似乎沒聽到盛言風的話一般，眼神依舊落在安樂公主走遠的背影上。「靈曦明年也該行成人禮了。」

盛言風伸手為章昊霖倒了一杯茶，靜候下文。

「等到成人禮後，父皇也該為靈曦指婚了。」章昊霖回過頭，看向盛言風。「我知道靈曦與你是好友，但煩請晉王考慮一下靈曦的年紀與身分，為了她的名聲，晉王還是少與她單獨相處為好。」

聽聞章昊霖這般直截了當的話，盛言風也不見尷尬，只是笑了笑道：「既然如此，那在下也就直說了，待明年公主成人禮後，我定會向陛下請旨求娶公主。」

章昊霖怒極反笑。「你便是用這話哄騙靈曦的？」

盛言風也不惱，只道：「我知道我現在說再多也無用，但我既然敢當著三殿下的面說出這些話，便定然會做到。」

章昊霖看著他，面色依舊不善。「靈曦單純不懂事，但晉王你不會不明白你與靈曦兩人的身分代表著什麼吧？」像盛言風這樣的身分若想要求娶靈曦，怕是不把他留在京中時時盯著，父皇是不會安心的。

盛言風笑了笑。「即使陛下讓我卸去這晉王的頭銜，長留京中，我亦不會有一絲猶豫。」他語氣平靜，彷彿只是在說一件雞毛蒜皮的小事。「但我希望能給公主自由無拘的生活，所以我仍舊會盡力想一個兩全的法子。」

章昊霖冷聲道：「這法子可不是你隨便想想就能想到的。」章昊霖的語氣仍然有些不滿，但卻比剛剛好了一些。

盛言風認真地道：「許多事情，我現在也不敢多作保證，但我絕不會讓公主受到一絲委屈。」

章昊霖看了他良久，方道：「你最好不要忘記今日所言。」

盛言風回道：「定不敢忘。」

從聽雨樓離開後，章昊霖的心情稍微好了一些，不管今日盛言風所言有幾分真假，但至少可以確定盛言風對靈曦是一片真心。

至於以後的事情，除了盛言風，還有他這個哥哥來為靈曦操辦，雖然不易，但也不是完全不可能之事。

晉州離京城雖遠，但距離西南卻近，靈曦若真是嫁到晉州，想必盛言風也不敢有所怠慢。

章昊霖回到院子後，舒清淺正在院中等他，見他回來便起身道：「靈曦先回房休息了。你與晉王談得如何？」

章昊霖揉了揉眉心，道：「靈曦已經答應盛言風，我也不可能再多說些什麼，只能從旁敲打、敲打，還好那盛言風還算識趣。」

舒清淺笑道：「這便好了，剛剛靈曦雖未明說，看起來卻很是擔心你會反對呢！」

「妳讓靈曦別想太多了，我不會干涉她的。」章昊霖不願再多說這件事，換了個話題道：「再過一日便要回京了，離京這麼久，可有想家？」

舒清淺點點頭道：「想家肯定是有的，不過一想到回京之後，不能再時時看見你，就又有些不想回去了。」她撐著下巴嘆氣。回京之後，與章昊霖見面大概都得偷偷摸摸的了。

章昊霖伸手，輕輕地捏了捏她的鼻尖道：「我一回京便向父皇請旨求娶妳，如何？」

舒清淺的臉頰微微有些發燙，眼前這個她曾經連多看一眼都覺得是奢望的男人，竟然說要娶她……可心花怒放過後，她還是搖了搖頭道：「等明年我行過成人禮之後，你再去請旨，一來免得陛下對你有不好的看法，二來今年我爹娘都在忙著姊姊的婚事呢。」

章昊霖點頭。「好，都聽妳的。」

待一日之後，章昊霖一行人終於踏上回京的路途。

臨行前，盛言風還特意將自己安排在京中的人手告訴了安樂公主。像盛言風這樣的藩王在京城之中安插一些自己的眼線並不奇怪，但這種暗線向來不會讓外人知曉，盛言風這一舉動，也算是給了安樂公主一顆定心丸。

愜意的西南之行結束後，在京城等待著他們的，將會是一場意外與巨變。

第三十七章 回京

西南氣候宜人，四季並不分明，然而這一、兩個月的時間裡，京中早已入夏，因此臨近京城，天氣越發炎熱。

城郊外的官道上，舒清淺他們的馬車內已放入兩桶冰塊，倒也還算涼快。

舒清淺微微挑起簾子，看著官道上來來往往的人群，這種與西南截然不同的熱鬧與忙碌，倒也挺叫人想念的。算算時日，大嫂差不多快足月了，不知道生產了沒有……

舒清淺正看著窗外發呆，突然膝蓋一沈，低頭一看，原來是小妖爬上了她的腿，還找了個舒服的位置，舔舔毛後便蜷起身子繼續睡覺。

安樂公主看著黏人的小白貓，笑道：「小妖真討人喜歡，也不枉妳一路將牠帶回京中，若不是牠與妳這般親近，我定要將牠搶過來養著了。」

舒清淺伸手摸了摸小妖毛茸茸的身體道：「小妖是母貓，等以後生了小貓，我送妳一隻便是。」

「好，這事我可記下了。」安樂公主笑道。

說話間，馬車停了下來，舒清淺再度撩起簾子往外看，見已經快到城門口了，守城的官兵似乎正在盤查前面的車隊。

舒清淺好奇道：「守城的官兵似乎多了許多，不知京中又有何事發生？」

安樂公主雖好奇，但並未往外看，到了京中，她再不願也得時刻注意自己公主的身分。

章昊霖騎著馬來到馬車旁，低聲與她二人道：「這幾日北域王在京中，所以京中這段時日的布防要比平日裡嚴上許多。」

舒清淺點了點頭，沒去多問為何章昊霖人不在京中，還會對京中情形瞭如指掌。想來即便是他在西南的這些日子，他的手下也會將京中的大小事宜稟報於他，這並不意味著章昊霖有什麼多餘的心思，僅僅只是不想讓自己的一言一行出錯罷了。

「平陽伯來了。」舒清淺忽然瞧見城內有一人策馬而來，正是祁安賢。

祁安賢在章昊霖身側停下，朗聲笑道：「我就估計你今日會到，果然不出我所料。」

章昊霖似笑非笑地看了祁安賢一眼。「若不是半個時辰前便看到你那隻黑漆漆的飛天，我還真以為你料事如神了。」飛天是祁安賢閒來無事養在府中，用來通傳消息的胖頭鳥。

祁安賢假裝沒聽到一般，向車內二人問候道：「公主、舒二小姐，西南之行可還順利？」

安樂公主噘嘴，小聲抱怨道：「順利得不得了，我巴不得能晚些時日回京呢！」

「平陽伯別來無恙。」舒清淺笑道：「西南的美景和美食確實讓人樂不思蜀。」

不遠處又有一人策馬而來，舒清淺循聲望去，驚喜地朝那人揮了揮手道：「二哥！」

來人一身皇城軍的打扮，正是皇城軍統領舒辰瑜。

舒辰瑜行至眾人跟前，正欲下馬向章昊霖行禮，卻被章昊霖阻止，示意他不必多禮。

舒辰瑜道：「下官正好巡邏至此處，聽守城的官兵說是三殿下的車駕回京了，便過來看看。」因有外人在，舒辰瑜也不好馬上拉著舒清淺噓寒問暖，只能先冠冕堂皇地解釋了一下自己過來的原因。

舒清淺笑道：「二哥，你怎麼也出來巡邏了？」舒辰瑜是皇城軍統領，按理說巡城這種事，他完全不需要親自出馬。

舒辰瑜還未開口，祁安賢便笑道：「北域王此番來京，隨行的人可不少，北域人素來野蠻不講規矩，想必這些日子裡，舒統領深有體會吧。」

舒辰瑜無奈地搖了搖頭。「這幾日光是北域人與京中百姓發生衝突的事件，下官已經處理了十來起。」但來者是客，陛下已經暗示過他儘量不要在明面上與北域人鬧得不愉快，所以太強硬的手段不能用，講道理又講不通，這幾日舒辰瑜著實被這群北域人折騰得夠嗆。

「好了，不說這些不愉快的事了。」舒辰瑜為眾人開道。「三殿下與公主舟車勞頓，還是先入城再說。」

皇城中還是和他們離開時一樣繁華熱鬧，街頭巷尾確實多了不少身材高大、五官挺立的北域人。

由於章昊霖與安樂公主還得進宮面聖，所以馬車在走過主街道後，舒清淺便下了馬車，與他們分道揚鑣。

待所有車馬離開後，舒辰瑜這才上上下下地仔細打量了舒清淺一番，笑道：「二哥本以為這一路辛苦會讓妳憔悴不少，不過現在看來，妳的氣色倒是比離京時還要好了幾分。」

舒清淺捏了捏自己似乎多了些肉的臉頰道：「二哥，這可不能怪我，怪只怪西南山好、水好、吃的還好。剛離開西南那時候我更胖，這幾日在路上顛簸，我還瘦了呢！」

舒辰瑜笑道：「娘一直擔心妳出遠門會想家，現在看妳這一副意猶未盡的模樣，娘還真是多慮了。」

舒清淺搖頭道：「西南雖好，但和家人們在一起更好。」

「嘴倒是甜了不少。」舒辰瑜還欲同舒清淺說些什麼，前面已有一皇城軍遠遠地看到他便跑了過來。舒辰瑜小聲與舒清淺抱怨道：「看樣子肯定又有什麼麻煩事了。」

果不其然，那手下一見舒辰瑜，立刻如同見到救星一般。「統領，又出事了，您快隨小的去看一下。」

舒辰瑜轉頭看了看舒清淺，露出一個無奈的表情。

舒清淺掩嘴笑道：「二哥你快去忙吧，反正我再走兩步路就到家了。」

「也只能這樣了，晚上回去再好好聽妳說說這一路上的見聞。」舒辰瑜說罷，便策馬隨著手下離開。

舒清淺的行李與西南王的賞賜，章昊霖已經派人先行送往左相府了。她挑著陰涼的地方緩步朝左相府走去，看著京城街道上來來往往的行人，舒清淺突然又想起章昊霖說明年便會向陛下求娶她一事，心中不禁泛起一絲甜蜜。

章昊霖回到府中，打算先梳洗、換衣後，再去宮中面聖。

房間內，丫鬟正在為章昊霖整理衣衫，而另一側的圓木桌前，祁安賢則坐那兒喝茶，並開口問道：「你猜昨晚是誰去章昊瑄的府上做客了？」

章昊霖揮手讓丫鬟先退下，自己也去桌前倒了一杯茶，挑起嘴角道：「北域那位跋扈的王子薩納爾。」

「你怎麼知道？」祁安賢狐疑地看了章昊霖一眼。「難道你昨夜就回京了？」

章昊霖用看白癡的眼神看著祁安賢。「才幾個月不見，你這腦子怎地越發不好使了。」

祁安賢也意識到自己所言有些可笑，他訕訕地笑了笑，隨即反擊道：「這不是為了接你，我一大早就起來，到現在還沒清醒呢！倒是你現在損起人來，變得更加厲害了。」

章昊霖懶得與他貧嘴，只道：「二哥先前想要拉攏西南勢力和盛言風都沒成功，現在來了個北域王，二哥怎麼可能不去討好。」

「我看這章昊瑄才是腦子不好使。」祁安賢毫不掩飾自己對二皇子的嘲諷。「西南王和晉王好歹是安安分分的藩王，拉攏也就罷了，但這北域長年累月在我朝邊境虎視眈眈，那北域王又是個好戰的，此等豺狼章昊瑄都敢去討好，還真是想那位置想得瘋魔了。」

章昊霖也搖頭道：「我看北域王此行可不像是來示好的，反倒像是來示威的。」

祁安賢道：「可不是，他那些手下若不是得了他們主子的示意，也不可能三天兩頭地在京中鬧事。不過讓我想不通的是，咱們陛下竟會任由這北域王在眼皮子底下撒歡。」

章昊霖頓了頓，方道：「父皇畢竟年紀大了。」父皇怕是只想安安穩穩地將皇位傳給太子，不想也不願再起戰事。

祁安賢嗤笑道：「就怕我不犯人，人卻來犯我。」

章昊霖看了祁安賢一眼，隨後道：「你讓人密切盯著我二哥的動靜，別讓他真惹出勾搭外敵的事情來。」

祁安賢玩笑道：「要我說，你就別去管章昊瑄的那些破事，就算陛下與太子不察，那章昊瑄遲早也會玩火自焚。」

章昊霖站起身，整理了一下衣袍道：「我只是怕二哥此舉，恐會殃及池魚。」

承陽宮內，明德帝似乎心情不錯，聽章昊霖呈報完畢後，道：「前幾日朕便收到了西南王的摺子，裡頭對舒清淺讚賞有加，聽說還賞了她幾箱子東西？」

章昊霖回道：「舒二小姐提出不少有用的建議，讓西南王十分滿意，便賞她不少西南特產。」

明德帝笑道：「朕之前就說過，左相這幾個兒女都頗得朕心，能為朕做事，如今看來果真如此。」說著便對站在一旁的福全道：「過會兒你親自去左相府上，將朕給舒辰瑜和舒清淺的賞賜一併送過去。」

明德帝又問了章昊霖一些雲城的狀況後，便讓他先回府休息了。領旨前去左相府宣賞的福全與章昊霖一道走出承陽宮。

承陽宮外，章昊霖問福全道：「陛下為何賞賜舒統領？」

福全依舊是一張樂呵呵的笑臉，答道：「三殿下您剛回京，有所不知。前幾日北域王讓他帶來的北域第一勇士與我朝勇士比武，迎戰的便是舒大統領，舒大統領把那北域勇士打得毫無反擊之力。陛下龍心大悅，這幾日一直在讓人準備要賞賜給舒大統領的東西，今兒個正好與舒二小姐的賞賜一道送過去。」

章昊霖點了點頭。「既如此，公公先去忙吧。」

待出宮後，章昊霖卻微微皺起了眉。能得陛下親自賞賜的女子，除了宮中嬪妃和公主外，其餘的一隻手便能數得過來，如今清淺竟也陰差陽錯地得到陛下親賞，再加上她暢文苑園主的身分，不知會不會被有心人利用了去。不過就算有人想要利用清淺又如何？他定會護她周全！

此刻在左相府內，舒清淺正在院中泡茶，本欲待泡好後送去給爹娘，門外卻突然有人急匆匆地跑來傳話。「二小姐，陛下宮裡來人了，正在前院呢！」

宮裡來的人正是來宣賞的福全，舒清淺接過賞賜後，心中有些意外，沒想到陛下竟然親自給了賞賜，想必自己多半是沾了二哥的光。

次日，舒清淺用過早膳後，便去了暢文苑。一來她多日不在京中，不知暢文苑的現狀如何了；二來她從西南帶了禮物回來要給何先生與李夫人，得給他們送去才行。

這才一大早，暢文苑門口已有不少文人進出。舒清淺的馬車停在了暢文苑門口，一下車便有不少文人才子認出她來，紛紛駐足作揖，朝她打招呼。她一一打過招呼，幾乎花了快一炷香的時間才進到暢文苑中。

主院內，李夫人剛好給丫鬟、婆子們檢查完儀容，見舒清淺過來，不禁驚喜道：「二小姐怎麼一早就過來了？聽說您昨日才回京，老婦估摸著您會在府中歇上些時日才來。」

舒清淺從身後的丫鬟手中拿過兩只錦盒，遞給李夫人。「這是給妳和何先生的禮物。」

李夫人接過錦盒，笑著道謝。「多謝二小姐。」

舒清淺又從懷中取出一本看上去有些年頭的書冊，道：「夫人，這本詩稿乃是我在西南時偶然得之。」

李夫人看到詩稿上熟悉的字跡，雙手有些不受控制地微微顫抖起來。「這是……」

舒清淺將詩稿交到李夫人手中。「我在西南遇到一位隱士，自稱是李南先生的故人，他託我將這本詩稿交給夫人保管。」

李夫人輕撫著書冊，似乎陷入回憶之中，良久才道：「二小姐，老婦想把這本詩稿存放在暢文苑中，希望亡夫的詩可以被更多讀書人看到。」

舒清淺心中微動，一個念頭湧上心頭，點頭道：「夫人高義！您放心，我定會將李南先生的詩稿傳播於世。」

李夫人打算在屋中抄閱詩稿，舒清淺便先行出了院子，正欲四處看看，卻見一人迎面而來，正是章昊霖。

章昊霖面帶笑意。「我還準備差人去相府尋妳，沒想到妳竟然在這兒。」

舒清淺不解地道：「尋我有什麼事？」

「進屋再說。」外面的日頭越發毒辣，章昊霖示意舒清淺先進屋。

屋內有丫鬟準備的冰鎮涼茶放在桌上，舒清淺倒上一杯，喝了一口，周身的暑氣方褪去一些，她又伸手替章昊霖也倒上一杯。

章昊霖笑道：「我剛從太子府上過來，要找妳說件事。」

舒清淺點點頭，道：「何事？你說。」

章昊霖道：「太子兩日後要在暢文苑設宴款待北域王一行人，讓我同妳一道準備。」

舒清淺輕聲吐槽道：「這文苑倒是成了皇家別院。」她的目光對上章昊霖含笑的眼，又道：「不過念在你這搭檔還不錯的分上，我忍了。」

章昊霖失笑。「我真是倍感榮幸。」

「先不說這事了，正好我也有件事想聽聽你的意見。」舒清淺接著道：「我想在這暢文苑內弄一座藏書閣，裡面的書可供所有來暢文苑的文人們在藏書閣內抄閱。之前不是聽說京中不少學堂、甚至太學院內都有許多寒門學子麼?還可以讓他們在閣中幫人抄書，掙一些銀兩，好補貼家用。」

章昊霖讚道：「好想法。」

舒清淺無語地看著他。「你這是在敷衍我嗎?」

「怎麼會?」章昊霖笑著搖了搖頭。「確實是個好想法，以妳現在的名望，應該會有不少文人雅士願意將藏書存放在妳這暢文苑內，即便不是原本，手抄本也是不錯的。」

「有你這話，我就放心了。等北域王的宴會結束後，我就開始著手去做。」舒清淺興致滿滿，隨即卻又微微皺眉道：「你說到名望，我才想起來……你可知昨日陛下派人來相府，賞賜了好幾件寶貝給我?」

「知道。」章昊霖見舒清淺一臉糾結的模樣，反問道：「怎麼，得了賞賜還不高興?」

舒清淺看了他一眼，無奈地道：「我跟著你去西南遊山玩水，不但得了西南王的賞賜，如今還得了陛下的賞賜，我總覺得這不義之財，收得我心裡不安。」

章昊霖笑道：「也只有妳會將陛下的賞賜說成是不義之財了。」他又接著道：「反正賞也賞了，妳再心虛也已是既定的事實，還不如坦然接受。」

舒清淺嘆道：「你說得倒容易。」

章昊霖認真地道：「做起來也不難，所謂在其位，謀其事。就好比這暢文苑若沒有妳，也不會有這麼多讀書人受益，妳只管去做該做的事，至於其他的麻煩，有我替妳解決。」

聽他這麼說，舒清淺的心中沒來由地感到踏實，不禁展顏笑道：「我明白了。」

章昊霖笑道：「妳安安心心地過日子便是。」

舒清淺牽起他的手，輕聲道：「有你在，我很安心。」

第三十八章　宴席

招待北域王這種規格的宴席，舒清淺雖不知該從何入手，但好在章昊霖特意找了禮部的官員與太子府上管事的太監總管一道準備，又有李夫人與何先生從旁協助，因此她幾乎不用費心，反倒因此多了不少與章昊霖相處的機會。

暢文苑內，章昊霖正核對著賓客名單，祁安賢自門外一腳踏進屋內，朗聲道：「最近若是找不著你，來這暢文苑就對了。」

章昊霖繼續看手中的名單，無視祁安賢。

祁安賢逕自在章昊霖一旁的空位上坐下，調侃道：「你為舒清淺找了那麼多幫手不說，甚至親自上陣，不知道的還以為你在向左相家的二小姐獻殷勤呢！」

章昊霖停下手邊的動作，抬頭看向祁安賢，露出一個與平日迥異的笑容。

祁安賢端著茶杯的手一頓，隨即難以置信地盯著身旁之人。「不是真的吧……」

「然也。」章昊霖心情頗佳。

「嘖、嘖、嘖。」祁安賢放下茶杯，起身繞著章昊霖轉了兩圈，搖頭嘆息道：「我還以為你會與你府上那棵百年銀杏樹過一輩子，沒想到如今竟栽在一個小丫頭手裡。不過那舒清淺也非等閒之人，理解、理解。」

章昊霖終於放下了手中的名冊，問道：「你來找我到底有何事？」

祁安賢重新坐下喝茶。「我就閒著沒事到處遛達、遛達，順便想同你說幾個與你無關的八卦，不過現在看來，這也不能說是與你無關了。」

章昊霖挑了挑眉。「與清淺有關？」

「這都直接叫上名了！我還是先來八卦一下你的事吧。」祁安賢笑道：「你準備何時去求親？」

章昊霖笑道：「我與清淺說好了，待明年她成人禮過後。」

祁安賢點頭道：「也對，尚未行過成人禮，就算你想去求親也不妥。」卻又笑道：「不過你可得看緊一點，別被旁人搶先了。」

章昊霖看向他。「此話何意？」

祁安賢道：「這本是我想與你說的第一個八卦。如今京中權貴子弟可都是排著隊想求娶舒清淺呢！畢竟她得了陛下親賞，身後還有這座園子在，將她娶回府，那可是光耀門楣。」說到此，他又頓了頓才繼續道：「且聽說咱們右相大人今日早朝後，還特意尋了舒相說上好一會兒的話。」

右相魏明乃二皇子母妃麗妃之父，素來喜歡結黨，朝堂之上親近右相的官員甚至有「魏派」之稱。魏明平日除了自家「魏派」官員，甚少與其他官員私下往來，尤其是舒遠山之類的中庸之輩，但如今竟主動找舒遠山示好，其用意顯而易見。

章昊霖聞言，忍不住皺起眉頭。麗妃這兩年一直在給章昊瑄尋覓合適的正妃人選，這是眾所周知之事，如今舒清淺入了陛下的眼，自然也能入了麗妃的眼。再說麗妃雖在陛下與眾人面前表現得清心寡欲，但章昊霖卻不相信章昊瑄那昭然若揭的野心，麗妃這個做母妃的會不知曉。

祁安賢見章昊霖不說話，開口寬慰道：「不過舒清淺的成人禮尚未行過，就算真有這心思，右相應該也不會現在提出來。等明年舒清淺的成人禮一過，你先去找舒相談談，再去陛下那邊求一道賜婚的旨意，按照陛下對舒家的喜愛，定是水到渠成之事。」

章昊霖未再接話，只是問道：「還有第二件事？」

祁安賢豎起兩根手指道：「這第二個八卦，還是與那章昊瑄有關的。」祁安賢邊說邊搖頭道：「聽說這次招待北域王的宴會，章昊瑄曾去陛下面前毛遂自薦，不過陛下讓他回去好好讀書，別光想一些與自己無關之事。」

章昊霖嗤笑道：「這次接待北域王，父皇擺明就是想要讓太子在朝野內外獲得認可，二哥怕是嫉妒心一起，連最基本的判斷能力都沒了。」

祁安賢看著章昊霖臉上不屑的神情，在心中默默搖頭。看來某人還是被第一個八卦給刺激到了，否則何時見過雲淡風輕的三皇子殿下，會將心中的情緒表現出來？

宴會當日，暢文苑自開園後第二次迎來了明德帝的親臨，且由於北域王子也在，所以太子還特意將各府世子列在邀請之列。這一日，暢文苑內幾乎集聚了京中所有達官顯貴與青年才俊。

宴席開場之前，除了明德帝與北域王，其餘的人都提前到了會場。

章昊霖到場後四處看了一圈，並未發現舒清淺的身影，估摸著她定是在某個角落偷個清閒，便安心在宴席間坐了下來。

待明德帝與北域王到場後，今日的宴席方正式開始。

明德帝與北域王坐於上座，明德帝位於主席，北域王位於次席；下方兩席則是太子與北域王子，以及本朝的幾位皇子、王爺；而另一邊席位上坐的乃皇后、麗妃等宮嬪以及與北域王同行的女眷們；其餘王公大人們便分坐於剩下的席位。席間給人一派觥籌交錯、其樂融融的錯覺，然而只有置身席中之人，方知同座不同心是何意。

太子一席，雖太子與北域王子薩納爾同坐主位，但顯然薩納爾與二皇子章昊瑄更為熟識，兩人一直在聊著天。

至於皇后、麗妃那一席，眾人的話題不知怎地就繞到了今日的這場宴會上頭，說著、說著自然就提起了舒清淺。

麗妃道：「皇后娘娘，今日好像沒見到左相家的二小姐呢。」

太子妃也應和道：「說來，確實是許久未見到舒二小姐了。」

皇后想了想，便喚來丫鬟吩咐道：「去問問靈曦知不知道舒二小姐在何處，讓她一道過來坐坐。」

安樂公主本就想去找舒清淺，卻一直沒機會離席，現在得了皇后娘娘的話，自是跑得很快。

當安樂公主在舒清淺的小院裡找到她時，舒清淺正窩在放了冰塊的屋子裡，拿著毛茸茸的小線球在逗著小妖玩。

「還是妳這兒舒服！」安樂公主一邊說，一邊伸手抱起小妖。「小妖，幾日不見，妳還認得我嗎？」

小妖被突然抱起，整個身子都弓了起來，隨即似乎是認出了安樂公主一般，牠慢慢地放軟身子，還伸出粉粉的舌尖舔了舔爪子，「喵嗚」一聲後，便在安樂公主懷裡找了個舒服的位置。

安樂公主見狀，更是開心地抱著小妖不願撒手。

舒清淺好笑地看著眼前的一人一貓，問道：「妳不是在宴席上嗎？怎麼跑來找我了？」

「哎呀！一看到小妖，差點忘了正事。」安樂公主忙道：「是母后找妳，妳快與我去西院！」

「皇后娘娘找我？」舒清淺連忙站起身整理衣裙，隨即不解地道：「找我做什麼？」

安樂公主放下小妖，伸手為舒清淺將髮髻整理好。「應該是聊天聊到妳了，便想找妳過去坐坐。」

舒清淺也不敢有所耽擱，整理完畢後，便隨著安樂公主走出屋子。

屋子外的高溫讓舒清淺忍不住皺起了眉。「好熱。」

安樂公主提醒道：「對了，過會兒若是看到北域王子，妳可千萬要繞著走。」

舒清淺不解。「為何？」

安樂公主立刻露出嫌棄的表情，道：「我剛回京那日，在宮中遇到過這位王子，他以為我是宮女，竟對我出言不遜。總之，那北域王子就是個徒有其表的人渣，這種人定要離他遠一些。」

「放心，我知道了。」舒清淺笑道：「反正我是沒什麼機會見到這什麼王子，倒是妳才要離他遠一些！妳要是有什麼事，晉王殿下還不得殺到京城來？」

安樂公主不屑地道：「那薩納爾也就只敢調戲、調戲宮女，知道我的身分後，立刻就來負荊請罪了。更何況這種小事還不需要盛言風出馬，我自己就能解決。」

舒清淺搖頭笑道：「好好好，知道妳厲害。」

說話間二人已到宴會場所，舒清淺收起玩笑的神色，隨著安樂公主一道走向皇后所在的那一席。

「母后，我將清淺帶來了。」安樂公主拉著舒清淺，與皇后娘娘道。

舒清淺正欲行禮，皇后卻擺手道：「宴席之上不必拘禮。本宮方才與諸位貴人說起妳，便讓靈曦找妳過來說說話。」

舒清淺微微福身，道：「多謝娘娘與諸位貴人記掛。」

麗妃開口道：「今日這宴席是妳準備的吧？果真如陛下所言，是個秀外慧中的妙人兒呢。」

舒清淺連連謙虛了一番。之後皇后又與舒清淺說了幾句誇獎的話，這才放她離去。

章昊霖在舒清淺一出現在宴會上，便注意到了她，見她從皇后處離開後，過了片刻，他便也尋了個藉口暫離宴席。

舒清淺回到小院後，見小妖喝水的小碗空了，正準備給小妖的碗裡添些水的時候，院外忽然走進一宮裝打扮的女子，手中提著一只精緻的食盒。看那女子的舉止，想必定是宮中哪位娘娘身邊品階不低的宮女。

舒清淺放下手中的碗，起身問道：「姑娘找誰？」

那宮女先將手中的食盒放在桌上，又朝舒清淺福了福身子，自我介紹道：「奴婢蘭兒見過舒二小姐，是麗妃娘娘派奴婢過來的。」

舒清淺客氣地問道：「蘭兒姑娘不必多禮，不知姑娘有何事？」

蘭兒伸手將放在桌上的食盒打開，只見裡面有一小碟看上去頗為可口的糕點，還有一只白玉茶壺。

蘭兒道：「麗妃娘娘猜想舒二小姐定還未用膳，特意命奴婢給小姐送些糕點過來。」蘭兒麻利地將糕點和茶水取出並擺好道：「這糕點與花茶都是麗妃娘娘宮中的御廚特製的，希望能合小姐的胃口。」

宮中貴妃等級以上的妃嬪，都有自己的廚子。麗妃雖不是貴妃，但這麼多年一直都是明德帝最寵愛的妃子，而蘭芷宮中配有御廚，也是明德帝對其恩寵的一種表現。

舒清淺忙受寵若驚地道：「多謝麗妃娘娘賞賜，娘娘宮中御廚所製的糕點定是珍饈，豈有不合胃口之理。」

蘭兒笑道：「舒二小姐喜歡便好，那奴婢先行告退了。」

舒清淺將蘭兒送至門口。「蘭兒姑娘慢走。」

看著蘭兒緩步走遠的背影，舒清淺一時間有些不明所以，她實在想不通從未有過交集的麗妃為何會突然對她示好。

她正出神間，身側傳來一道聲音：「別看了，人都走遠了。」

舒清淺被嚇了一跳，轉頭瞪了身旁之人一眼。「你又嚇我！」

章昊霖無辜道：「是妳自己在發呆，怎能怨我。」

舒清淺與章昊霖一道進屋，問道：「你不是應該在西院的宴席上嗎？怎麼跑到我這兒來了？」

章昊霖在桌前坐下，伸手取過蘭兒送來的那壺花茶，給自己倒了一杯，這才深深地嘆口氣，實話實說道：「宴會上那麼多人，都不及妳有吸引力。」

聽他一本正經地說著情話，舒清淺不禁雙頰微紅。

她在章昊霖一旁的空位上坐下，見他自顧自地取了一塊糕點要吃，忙攔下他道：「這是剛剛麗妃派人送來的，你先別吃。」

章昊霖笑道：「我知道是麗妃送來的，蘭兒只比我早來了一步，妳們說話時，我一直在外面。」

「知道你還吃。」舒清淺拿走他手中的糕點與茶水，道：「我與麗妃素不相識，她莫名其妙送吃食給我，萬一有什麼問題怎麼辦？」

章昊霖失笑。「難不成妳還擔心麗妃在這糕點中下毒不成？」他重新拿起糕點道：「放心，麗妃只是與妳示好。」說著又取了一塊糕點，遞給舒清淺。「妳今日忙到現在都還沒吃東西吧？快吃一些，我以前在宮中吃過一次蘭芷宮御廚做的糕點，確實美味。」

舒清淺接過糕點，狐疑地看向章昊霖。「你怎知道麗妃是想要與我示好？你是不是知道些什麼？」

章昊霖也沒想瞞著舒清淺，直言道：「妳現在的名聲太響，麗妃怕是相中妳給她做兒媳婦了。」

舒清淺驚訝地望著章昊霖，見他還在吃糕點，不禁微惱。「那你還吃她送的糕點？」

章昊霖抬頭，不解地看了舒清淺一眼，似乎不明白她為何生氣。「為什麼不吃？反正我是不會讓別人把妳搶走的，她愛怎麼想便讓她想。」說罷又嘆氣道：「妳可知如今京中有多少人想跟我搶妳嗎？我若不想開一些，怕是等不到去相府提親的那一日，就得餓死了。」

舒清淺被他的話逗笑，剛剛懸起的心也放下一些。她小小地嚐了一口糕點，隨即瞇眼點頭道：「甜而不膩，糯糯的，確實好吃。」

章昊霖伸手為舒清淺擦去嘴角的碎屑。「妳放心，等明年妳成人禮一過，我定是第一個去妳家提親的，誰也搶不走妳。」

舒清淺看著他，點頭笑道：「嗯，我等你。」

章昊霖在舒清淺這裡又坐了一會兒後，便回到宴席間。

舒清淺吃著糕點，喝著花茶，繼續心情愉悅地逗貓。

總之她這兩輩子都只認定章昊霖一人，其他人想娶，也得看她願不願意嫁！

這場皇家宴會過後，暢文苑又恢復了往日的和諧與生機，舒清淺也開始著手將暢文苑與太學院相連的那座樓閣改造成藏書閣。

閣樓易建，藏書難尋，舒清淺細細考量之後，親自撰文邀請文人雅士將自家藏書的手抄本寄存在暢文苑。

暢文苑承諾會妥善保管書籍，寄存者隨時都可以取走自己的藏書，且所有藏書將會存放於藏書閣中，僅供人登記後在樓內抄寫或閱讀，禁止帶出。

舒清淺本還擔心無人響應，但她卻低估了暢文苑接連兩次被明德帝親臨後的受歡迎程度，也低估了自己如今的聲望。

邀請一發出，幾乎是一呼百應，藏書閣內的書冊立刻增加了千餘本，甚至還有不少人將自家收藏的孤本之原本拿出，並道能將書籍放於暢文苑中供天下文人抄閱，乃人生幸事，也是功德一件。

舒清淺亦貼出告示，昭告京中各大書院的學生，歡迎擅長書寫且有餘力的學生前來藏書閣內替人有償抄書。此告示貼出後，得到了不少學生的歡迎，替人抄書不但自己可以看一遍書，且還能掙些銀子，一舉兩得。

於是在北域王一行人離京後，暢文苑的藏書閣再次成為京城之中的熱門話題。

另外，最近朝堂上也是一片祥和。原因無他，只因這次太子接待北域王一事，前前後後、上上下下都做得極為周全，明德帝與朝臣皆對太子頗為讚許。

原本不少耿直老臣一直擔憂太子為人過於謙和，做事不夠有魄力，但經過此次宴會後他們也都安心不少，許多朝臣因此對太子更為擁戴。

蘭芷宮中，麗妃正與前來請安的章昊瑄說話。「瑄兒，母妃看你今日的臉色似乎不大好，是沒休息好嗎？」

章昊瑄看著麗妃，面容上竟有幾分迷茫。「母妃，您說兒子這幾年處處與太子為敵，想要取代他成為太子，是不是很傻？」

麗妃伸手摸了摸章昊瑄的臉。「瑄兒為何這麼問？」

章昊瑄搖頭道：「兒子只是突然不知道該怎麼做了……我發現哪怕我再努力，做得再多，也比不過太子突然有一點點的功績。除了外祖父，朝中那些老臣無論太子如何無能，始終都站在他那一方；而我不管多麼努力、多麼優秀，似乎都不會有人在乎。」

麗妃看著章昊瑄，笑道：「我的瑄兒一直很優秀，那些人眼裡不是看不到，而是因為他們只看得到『太子』這個身分，所以瑄兒……」麗妃頓了頓，一字一字道：「只要你是太子，那麼那些冥頑不靈的老臣就會站在你這一邊了。」

章昊瑄猛然抬頭。「母妃——」

麗妃收回目光，語調平平，似乎只是在說一件平常小事。「當初母妃因為晚進宮一年，便錯失了皇后之位，這才讓你無法成為嫡長子，也當不上太子。既如此，母妃定會親手為你將太子之位奪回來。」

章昊瑄猶豫了一下，開口道：「母妃，要不要兒子……」

麗妃擺手打斷了章昊瑄的話，道：「不著急，等母妃再去試探一下你父皇，不到萬不得已，母妃也不願把事情做得太絕。」

章昊瑄回道：「兒子知道了。」

麗妃想了想，又開口問章昊瑄道：「你可認識舒清淺？」

章昊瑄愣了愣，隨即笑道：「左相家的二小姐，現在京中大概無人不知了。」

麗妃又道：「瑄兒覺得她如何？」

章昊瑄有些不明白麗妃的意思，但還是實話道：「兒子只聽說過她這個人，但並未見過她本人。」他想了一下，又道：「不過那園子不是太子給她的嗎？她應該也是太子那一派的人吧？」

麗妃搖了搖頭。「不一定，舒遠山那一家子除了陛下，應該不會過於偏向某個皇子。舒清淺雖在建園時與太子府有牽連，但母妃上次特意問過太子妃，自從那次之後，她與太子府便沒有更多的聯繫了。」

章昊瑄點了點頭。「母妃的意思是？」

麗妃笑道：「這幾日，你找個機會去接觸一下舒清淺。」

第三十九章　瘋馬

暢文苑中的那座藏書閣，短短幾日已初具規模，待一切步上正軌之後，舒清淺便將所有事宜全權交由何先生與李夫人負責，她大部分時間則窩在藏書閣裡看書。

看著現存於書閣內不少自己只聽說過、卻從未有機會讀閱的書冊，舒清淺越發覺得她當初臨時起意弄了這藏書閣，果真是太明智了。

舒清淺在暢文苑待了大半日後，思及昨日大嫂說想吃柳葉齋的蜜汁藕，便放下書，準備去柳葉齋給大嫂買一份蜜汁藕回去。

正午剛過，外面的太陽正是毒辣的時候，每日不分早晚都門庭若市的柳葉齋此刻也很清閒，只有一個店小二在裡面看著鋪子。

舒清淺進去買了兩份蜜汁藕，又買了幾樣母親與姊姊喜愛的吃食後，便走出柳葉齋。走沒幾步，她身後突然傳來一陣急促的馬蹄聲與一聲驚叫。「姑娘當心！」

舒清淺下意識地回頭看去，只見一匹失控的瘋馬正朝自己奔來，那馬兒身後還跟著一個小廝模樣的人，正是那人提醒舒清淺當心的。

舒清淺往路邊退了幾步，環視了一下四周，雖然現在街道上不像上午那般熱鬧，但不遠處還有三、五個小童在玩鬧。她見那瘋馬一時半會兒也沒能被控制住，待那匹馬奔到自己跟前時，舒清淺來不及多想，便丟下提在手中的吃食，抽出腰間的長鞭倏地甩出，纏住那馬兒的一條後腿用力一拽，那匹瘋馬立刻失了重心，重重地摔倒在地。

馬兒身後氣喘吁吁地追過來的小廝不禁鬆了一口氣，趕忙牢牢地拽住那匹瘋馬的韁繩，那匹瘋馬大概也耗盡了體力，此刻正躺在地上低聲嘶鳴。

那小廝忙朝舒清淺彎腰作揖。「多謝姑娘出手相助，否則若出了什麼事，今日小人就要吃不完兜著走了。」

舒清淺擺了擺手道：「把韁繩拽緊一點，下次小心些。」

小廝連聲道謝，卻在看到前方來人時，忙點頭哈腰道：「殿下，您怎麼親自過來了？」

那男子掃了一眼躺在地上的馬，又看了看舒清淺，問小廝道：「發生什麼事了？」

正在收鞭子的舒清淺聽到這聲音，覺得有些耳熟，回頭看去，她微愣了一下後，便朝那人福了福身子。「見過二殿下。」來人正是二皇子章昊瑄。

章昊瑄挑眉看向舒清淺。「妳認識我？妳是？」

舒清淺回道：「小女子舒清淺，乃左相次女，之前在暢文苑有幸見過二殿下。」

章昊瑄點了點頭，又看向那小廝，讓他說說到底發生了什麼事。

那小廝忙道：「小人原本牽著黑風，正準備給殿下送去，沒想到黑風半路上突然掙脫韁繩，像發了瘋一樣的狂奔，小人追了一路愣是沒追上，多虧遇到這位小姐出手相助，才未釀成大禍。」

章昊瑄的目光落在舒清淺手中的鞭子。「舒二小姐身手不錯。」

舒清淺笑了笑。「如果不是這馬奔過來時，被前面的石墩子攔了一下，速度減緩，清淺也不會這麼容易就攔住牠。」之前麗妃送糕點示好的舉動，令她頗為不安，如今遇見章昊瑄，她只想趕緊走人，不願有過多接觸。「二殿下若沒事，清淺便先告辭了。」

見章昊瑄點了點頭，舒清淺又看了一眼剛剛被扔在地上、已經髒掉的食物，沒再多作停留，立刻快步離開。

章昊瑄看著舒清淺離去的背影，饒有興致地摸了摸下巴。母妃讓他去接觸一下舒清淺，今日可巧，他也不用再特意找機會了。

那小廝看著章昊瑄的表情，猶豫道：「殿下，這馬……」

章昊瑄的心情似乎不錯，道：「找人把黑風抬回府去。」說完又從懷裡摸出一錠銀子，拋給小廝。「賞你了。」

原本還擔心會受罰的小廝受寵若驚地接過銀子。「謝謝殿下！」

此時舒清淺兩手空空地回到府中後，一邊可惜浪費了兩份蜜汁藕，一邊祈禱遇見章昊瑄一事乃巧合，千萬別再多生是非。

次日上午，舒清淺想著再去柳葉齋給大嫂買一份蜜汁藕，誰知出門前卻有客來訪。

舒清淺看著站在自己面前笑嘻嘻的人，顯然是昨日給章昊瑄牽馬的小廝，她不解地道：

「你有何事？」

那小廝朝舒清淺行禮道：「昨日小人有眼不識泰山，不知姑娘原來是舒二小姐。」那小廝邊說邊將手中的東西以雙手捧至舒清淺面前。「今日小人過來，是奉我家主子之意，特意來向舒二小姐道謝的。」

舒清淺看了看小廝手中的錦盒，並未伸手去接，笑道：「昨日本就是舉手之勞，煩請轉告二殿下，不必記在心上，至於這謝禮，本小姐就更不能收了。」

那小廝見舒清淺沒有收下錦盒的意思，有些急切地道：「舒二小姐，小人也是奉命辦事，若又將這謝禮拿回去，定要受罰的，您就收下吧。」

舒清淺也聽說過章旲瑄喜怒不定的性子，見那小廝臉上雖掛著笑，卻是掩不住的擔憂，一時間有些猶豫。

就在這當口，那小廝將錦盒塞進舒清淺手中。「舒二小姐，您就不要為難小人了，小人這就先告辭了。」說罷，竟直接轉身跑出左相府。

舒清淺捧著錦盒回房，嘆了一口氣後，還是打開了錦盒。

只見錦盒有兩層，第一層放著一個熟悉的油紙包，是柳葉齋特製的油紙，她拆開油紙包後，裡面裝的果然和自己昨日買的吃食相同。

舒清淺笑了笑，看來今日不用特意出門去買蜜汁藕了。

打開錦盒的隔板，舒清淺看清第二層中所放之物倒是有些驚訝，亦有些驚喜。第二層竟放著一本失傳已久的《南北志》，沒想到這書會在章旲瑄手中。

舒清淺忙擦淨手，小心翼翼地取出這本書，翻開書後，她更加驚訝了，沒想到這本《南北志》竟然不是手抄本，而是原本。

最初的驚訝過後，這本古書在舒清淺眼中便成了一個燙手山芋，她收下定是不合適的，但退回去的話，不就駁了章旲瑄的面子？依章旲瑄的性子，說不定會就此與舒家結下梁子也不一定。

一番苦思後，舒清淺終於舒展眉頭。

她伸手取過紙筆，寫下了一張代為保管書冊的字據，將《南北志》存放於暢文苑的藏書閣內，就當是由暢文苑替章旲瑄保管此書。她又另寫了一封信，在信中感謝章旲瑄此舉，這才連同字據一併讓人送去了二皇子府上。

舒清淺也不知章旲瑄收到信後，會是什麼想法，不過她忐忑了幾日，卻沒有發生任何事情，便也漸漸安下心來，陪著舒菡萏一道去了南安寺中小住。

這個季節正值荷花盛開，舒菡萏往年都會在左相夫人的陪同下，於此時節前往南安寺吃齋、誦經，這一個保持了十餘年的習慣是有緣由的。

當年舒菡萏降生前，左相大人與夫人同時夢見了一片蓮池，其中有一株白蓮最為醒目，所以才會給長女取名為菡萏。

舒菡萏十歲之前，身子一直不大好，左相夫婦尋遍名醫卻收效甚微。

十歲那年的夏季，眼見著舒菡萏的精神一日不如一日，素來信佛的左相夫人無奈之下在菩薩面前許下心願，又帶著舒菡萏在南安寺中吃齋、誦經數月，結果舒菡萏竟漸漸恢復了精神，身子也日益好了起來。

自此之後，左相夫人每年夏季都會帶著舒菡萏來南安寺長住一個月。

不過今年梁問雪臨盆在即，舒夫人不放心兒媳，閒在家中的舒清淺便自告奮勇地陪同姊姊去南安寺參禪、禮佛。

舒清淺陪著舒菡萏在南安寺中待了好幾日，每日舒菡萏誦經、禮佛時，她要麼跟在一旁抄抄經，要麼去後山荷花池邊看書、賞花，也是難得的清閒自在。

在南安寺悠閒度日的舒清淺，卻不知此時在宮中，她的名字正被麗妃提起。

麗妃的蘭芷宮中多花草樹木，相對於宮中其他地方，蘭芷宮顯得很是陰涼，因此明德帝在夏日時經常待在麗妃這兒。

蘭芷宮中，麗妃為明德帝端來自己親手熬煮的冰鎮楊梅汁。

明德帝素來喜愛這種酸甜的味道，喝了幾口後，心情十分不錯，頗為享受地躺在軟榻上，任由麗妃為他按著肩。

殿內突然傳來一股淡淡的香甜味，明德帝睜開眼問道：「這是什麼味道？」

麗妃朝剛剛走進來的宮女招了招手，伸手接過那宮女手中的碟子，將碟中的吃食遞了一小塊至明德帝口中。「這是瑄兒從宮外給臣妾帶來的糕點，據說是在京中最有名的糕點鋪子買的。」

明德帝點頭道：「確實不錯。」

「對了，說起瑄兒，臣妾有一事想問問陛下。」麗妃一邊繼續給明德帝餵吃的，一邊狀似無意地道：「陛下覺得左相大人家的小女兒如何？」

「舒清淺？」明德帝依舊閉著眼睛，隨口道：「雖是女兒家，但不論是學識或見地都不比男子差，朕還想過若她為男兒身，朝中便又可添一能臣。愛妃為何問起她？」

麗妃笑道：「陛下您有所不知，瑄兒前幾日在街上巧遇舒清淺，這幾日來向臣妾請安時，便一個勁兒地說人家姑娘怎麼怎麼好，臣妾這不是好奇麼！」

聞言，明德帝睜開眼看向麗妃，見麗妃依舊面色如常地在將碟中的吃食分成小塊，便道：「瑄兒也到該立妃的年紀了。」

麗妃繼續將手中的吃食遞至明德帝嘴邊。「可不是嗎？臣妾前段時日還旁敲側擊地問瑄兒有沒有心儀的女子，他當時只道沒有，現在他好不容易主動在臣妾面前提起一個姑娘，臣妾還不得好好地把把關。」麗妃如同世間所有兒子的母親一般，一說起兒子的終身大事，就變得囉嗦起來。

明德帝笑著拍了拍麗妃的手道：「舒清淺並不適合瑄兒。愛妃也別太操心了，朕日後自會給瑄兒安排一個適合的皇子妃。」

麗妃點頭道：「一切都聽陛下的。」

明德帝又在蘭芷宮待了一會兒後，便說要回去承陽宮了。

麗妃站在窗口看著明德帝離開的背影，握著杯子的手因為過於用力而微微泛白。

而回到承陽宮的明德帝思及方才麗妃所言，面沈如水，揮手召來隱衛，吩咐道：「去查查老二與舒清淺是怎麼回事。」

隱衛迅速地探聽到消息，並向明德帝回稟。

原來當日二皇子與舒清淺確實是偶遇，二皇子次日便備了禮物送去左相府，不過舒二小姐並未接受，而是將二皇子所贈書冊，轉送至暢文苑的藏書閣中。

明德帝對這個調查結果頗為滿意。他本擔心老二是有心利用舒清淺的名聲，所以才想求娶舒清淺為妃，不過如今看來，這一切都只是巧合，只關乎兒女私情。

他有意維護太子，而舒清淺能力太強、聲望太高，無論嫁給任何一個皇子，都會對太子的地位產生威脅，所以他定然不會讓舒清淺嫁任何一個皇子為妃。

明德帝想起之前麗妃提起章昊瑄有了心儀女子時的欣喜神情，但如今他為了太子，卻不得不阻止老二與舒清淺來往，心中突然對章昊瑄有了一絲愧疚。

他想了想，揮手召來福全，吩咐道：「去將北域王上次來送給朕的黃金甲，送去二皇子府上。」

第四十章　密謀

是夜，夜深人靜，右相魏明府上迎來了兩名客人。

右相府書房的暗門內，正端坐著三人，除了右相之外，其餘二人都是本不該出現在此處之人。面色陰冷者正是二皇子章昊瑄，而另一個披著斗篷的女子，儼然是本該深居宮中的麗妃。

魏明看向麗妃問道：「妳今晚不在宮中，宮中事宜可有安排妥當？」

麗妃點頭道：「放心，今日是初一，陛下整晚都會在皇后宮中。女兒是待陛下就寢後才出來的，只要在天亮前回到蘭芷宮，便不會有事。」

「既如此，那咱們也不要浪費時間了。」魏明看了看一直沈默不語的章昊瑄，直截了當地問道：「瑄兒現在有何打算？」

麗妃在明德帝拒絕讓章昊瑄娶舒清淺為妃的當日，便已將消息傳遞給在宮外的章昊瑄與右相。等待幾日後，當章昊瑄收到了明德帝賞賜的黃金甲時，方徹底死了心，也知道明德帝不會給他繼位的機會，甚至不會給他與太子競爭的機會，於是便有了今晚的這次密會。

聽到右相的問話後，章昊瑄抬起一直垂著的目光，一字一頓道：「我不甘心連一個與太子公平競爭的機會都沒有。」說罷，章昊瑄站起身，掀起衣袍，跪在麗妃與魏明面前。「我想要成為那個人上之人，還望外祖父與母妃成全。」

聞言，麗妃與魏明對視一眼，見魏明點了點頭，麗妃連忙伸手扶起章昊瑄道：「瑄兒有此大志，母妃與你外祖父定會全力相助。」

三人在右相府中的密室內商議了一整夜，直至天快亮時，麗妃與章昊瑄才悄然離去。

南安寺內，舒菡萏見一旁本來陪著自己一塊兒抄經的舒清淺，已經無聊地畫起了荷花，便開口笑道：「清淺，我聽靜安師父說後山那座竹屋的主人回來了，聽說那位隱士是個喜愛下棋之人，妳若無聊，不如去找那位高人切磋一下棋藝。」

舒清淺意外地道：「那竹屋還真有個隱士？」說著便將手邊的紙筆收起，道：「切磋棋藝談不上，不過我還是挺好奇那位隱士長啥樣的，我這就去看看。」

舒菡萏笑著揮了揮手。「去吧。」

此時南安寺後山的荷花池內，滿池荷花開得正盛，而荷花池旁的涼亭中，有三人正在一邊賞荷，一邊聊天。

祁安賢問對面的人道：「這次回京準備待多久？」

李覓聳了聳肩，看向一旁的章昊霖道：「那得看三殿下是否需要我，不需要的話，我頂多待個兩、三日就要走了。」說完還不忘感慨一句。「京中太熱。」

祁安賢問道：「若是老三需要你呢？」

李覓笑道：「那我便不走了，留在這京中落戶生根。」

祁安賢吐槽道：「老三現在可是有意中人的，你這話若是被人家姑娘聽了去，很有可能被誤會。」

李覓驚訝地看了看章昊霖。「意中人？哪家姑娘？」

祁安賢道：「暢文苑園主，舒家二小姐舒清淺。」

李覓了然，朝章昊霖拱了拱手道：「三殿下，恭喜、恭喜啊。」隨即又道：「當日遠遠地瞧見這舒清淺，便知此女子絕非池中物，果不其然。」

祁安賢無語地看著一臉坦然的李覓。「你又開始拍馬屁了，隱士的風骨呢？」與李覓說笑一番後，他方正色道：「不過你可能真得先留在京中了。」

李覓疑惑道：「為何？」

祁安賢沒回話，而是轉頭與章昊霖道：「我今日正好要與你說件事。」

章昊霖收回一直落在蓮花池中的目光，問道：「何事？」

祁安賢緩緩地道：「暗衛傳來消息，初一晚上麗妃與章昊瑄齊聚在右相府上，兩人過了整整一晚才出來。」他看了看兩人，笑問道：「你們猜這三人是在商量什麼大事呢？」

李覓嗤笑。「能有什麼大事？無非是謀權篡位之類見不得光的事。」

祁安賢瞥了李覓一眼。「你瞧瞧你這樣子，哪裡有一點點的隱士風範？」

「過獎。」李覓擺出一臉「我本流氓，奈何被冠以隱士之名」的表情。

章昊霖無視二人的說笑，問祁安賢道：「可知是在商量什麼事？」

祁安賢攤手道：「雖然你的暗衛比咱們陛下的隱衛還要厲害很多，不過魏明顯然心中有鬼，府中布防嚴密，且他們三人是在密室中商談的，其談話內容根本無從得知。」他停頓了一下，繼續道：「不過卻不難猜。」

章昊霖看著祁安賢，示意他別賣關子。

祁安賢伸手指向章昊霖身後。「這事還與你身後那人有關。」

章昊霖與李覓皆不解地回過頭，只見遠處走來一女子，一身粉白紗裙與池中蓮花相映成趣，來人正是舒清淺。

舒清淺本是想去那竹屋尋一尋舒菡萏口中的隱士，不料那小院空空如也，並沒有人在，她估摸著自己許是與這隱士無緣了。正欲離去時，她想起今日還未曾去給蓮花池中的鯉魚餵食，於是便拿了魚食來到這荷花池旁。

自從那次在暢文苑的宴席之後，章昊霖差不多快有十日的時間沒見到舒清淺了，現在突然見到，他立刻將好友與國家大事拋諸腦後，起身迎向舒清淺，留下身後兩位瞠目結舌地看著他背影的好友。

李覓道：「男女之情果真是最難以預測之事，古人誠不我欺。」

祁安賢雖贊同李覓所言，但依舊不忘調侃道：「哪位古人告訴你的？」

而舒清淺來到荷花池後，遠遠地便看到涼亭中有三人，心想會不會有那隱士在其中，但因為迎著日光，也看不清，她便沒再深究，沒想到卻在下一刻看到了章昊霖正朝她走來。她一時間有些反應不過來，愣愣地看著章昊霖一直走到她跟前，才傻傻地開口道：「你就是那位隱士？」

章昊霖伸手彈了一下她的腦門。「說什麼胡話呢？」

舒清淺這才捣著額頭，反應過來，小聲地抱怨道：「咱們都這麼多天沒見，如今好不容易見面了，你就彈我腦門。」

章昊霖好笑地幫她揉了揉額頭，道：「今日若是再見不到妳，我便要翻牆進左相府去找妳了。」

「胡說八道。」舒清淺失笑道：「再說我幾日前便陪著姊姊來這南安寺了，你就算翻牆也找不到我，說不定還會被當成小賊給打出來。」

章昊霖拉著她的手，朝涼亭走去，笑道：「妳來得正好，給妳介紹個朋友。」

舒清淺跟著章昊霖走進涼亭，祁安賢一見他們進來，便朝舒清淺拱了拱手道：「下回再見妳，我是不是得稱呼一聲嫂子了？」

舒清淺被鬧了一個大紅臉，一旁的章昊霖則道：「別理他。」又為舒清淺介紹了李覓。「這是李覓，我的好友。」

李覓亦朝舒清淺拱手，打招呼道：「嫂夫人好。」

舒清淺看了眼章昊霖，試探地問：「這位難道就是靜安師父口中的隱士？」

一旁的祁安賢忍不住笑出聲。「這位確實是個假隱士，舒二小姐好眼力。」

最後還是章昊霖說了聲「別鬧」，舒清淺這才確定李覓就是那位住在竹屋中的隱士，她與李覓問好道：「李公子，初次見面，多有得罪。」

四人都落座後，章昊霖打算繼續剛才的話題，他看向祁安賢道：「你繼續說。」

祁安賢見章昊霖完全沒有避開舒清淺的意思，便開口問舒清淺道：「敢問舒二小姐前些日子是不是遇到過二皇子章昊瑄？」

舒清淺點了點頭，章昊霖則意外地看向她。「妳見過章昊瑄？我怎麼不知道？」

「這幾天都沒見到你，哪有機會和你說。」舒清淺忍不住在心中翻了個大大的白眼，但在章昊霖友人面前，她還是給足了面子，耐心解釋道。

章昊霖也意識到自己這個問題十分多餘，自覺地閉上嘴。

舒清淺將那日在街上之事說了一遍，祁安賢才道：「那便是了，我猜那日是章昊瑄故意找機會與妳接觸的。」

舒清淺疑惑。「為何要與我接觸？」

祁安賢似笑非笑地看向章昊霖。「因為在那件事之後，麗妃就在陛下面前說章昊瑄心悅舒二小姐，想求娶舒二小姐為妃。」

祁安賢話音剛落，舒清淺手中的杯子隨即一個不穩，「啪嗒」一聲滑落在石桌上。她手忙腳亂地拿起杯子後，急切地問道：「那之後呢？陛下怎麼說？」

祁安賢看著章昊霖瞬間陰沈下來的臉色與舒清淺慌亂的模樣，安撫他二人道：「放心，陛下想都沒想便拒絕了，不過我猜這便是章昊瑄、麗妃與右相那晚密會的起因。」

章昊霖心中了然，想必是麗妃與章昊瑄想要以立舒清淺為妃之事來試探父皇的心思，但顯然父皇心中所想並未如他們的願。

祁安賢又道：「對了，還有一事，不知與這件事有沒有關係。」

章昊霖道：「你說。」

祁安賢神秘兮兮地說：「今日凌晨，魏明派了一人前往江南。」

李覓想了想後，問章昊霖道：「按照慣例，下個月陛下是不是得去江南巡遊？」

章昊霖點頭，心中似乎在思考這兩件事情的關聯。

舒清淺雖一頭霧水，但也沒多問，只是安靜地坐在一旁聽著。

片刻後，章昊霖開口道：「派人繼續關注著章昊瑄他們的動靜。」又轉頭與李覓道：「你就在京中多待些時日吧！」

待章昊霖與祁安賢、李覓聊完正事，他便拉著舒清淺離開涼亭。

舒清淺走了幾步後，隨即停下腳步，章昊霖不解地看著她。「怎麼了？」

舒清淺晃了晃手中的魚食。「我是過來餵魚的。」

章昊霖接過裝魚食的袋子，拋給身後的祁安賢二人道：「記得餵魚。」說罷便拉著舒清淺離開。

「你打算拉我去哪兒？」舒清淺跟在章昊霖身側，開口問他。

章昊霖捏著她的手道：「去只有咱們兩個人的地方。」

舒清淺笑道：「京城可不比西南自由啊，能在這南安寺中與你有見面的機會，我已經很滿足了。」

章昊霖停下腳步，負氣般道：「真不想待在京中。」

舒清淺安撫道：「京中也沒什麼不好，反正有你在。」

章昊霖看著舒清淺笑盈盈的臉龐，嘆了口氣，拉著她到李覓那間竹屋的院子裡坐下。「瞧妳的臉都曬紅了，坐在這裡會涼快一些。」

舒清淺支著下巴望向章昊霖。「你心情不好？」

章昊霖正準備搖頭，卻被舒清淺瞪了一眼。「不准騙我。」

猶豫了一下，章昊霖開口道：「確實有些鬱結，京中的人事太過複雜，我一直以為妳能置身事外，但沒想到如今妳竟也成了有心人眼中的工具。」

舒清淺伸手按住章昊霖皺起的眉頭，笑道：「我都不在意了，你在意什麼？反正也沒有影響到我的生活。」

章昊霖看著舒清淺的笑容，實在無法開口與她說實話。今日父皇拒絕了章昊瑄，自然也不會同意他求娶舒清淺，除非——

「不要瞎想。」舒清淺握住章昊霖的手。「你在擔心什麼我都明白。你放心，無論日後會發生何事，我永遠都會陪在你身邊。」

「清淺。」章昊霖伸手將舒清淺摟進懷中，埋首於她的頸項之間，感受著她身上特有的淡香，良久方道：「遇見妳，我何其有幸。」

舒清淺感受著耳邊章昊霖的鼻息，從未有過的安心與幸福將她緊緊包裹，她回抱住章昊霖，心中暗道：是我三生有幸才能遇到你。

第四十一章 賀禮

互訴情衷後，二人都覺得周身有些燥熱，章昊霖去竹屋中取來一壺涼茶，給自己與舒清淺一人倒了一杯。

一杯涼茶下去，二人方找回理智，舒清淺問章昊霖道：「你們剛剛在涼亭裡說的話，我聽得似懂非懂，二皇子怎麼了？」

章昊霖簡單地說明了一下章昊瑄的企圖。

舒清淺十分驚訝，她本以為謀權篡位這種事，只存在於史書與話本之中，但驚訝過後，她分析道：「我倒覺得二皇子與右相派人去江南之舉，並不是針對陛下，而是針對太子。」

章昊霖一臉嚴肅地看著她。「怎麼說？」

「人之常情罷了。若跳脫皇帝與皇子的身分，這些事其實就如尋常人家會發生的事情一樣。」舒清淺繼續道：「長子平庸，次子能力尚可，且有野心，然而家中爹娘卻獨獨偏愛長子，次子定會心生不滿。但這種不滿，首先是針對長子的。次子嫉妒長子擁有的一切，痛恨長子取代了自己在家中的位置，相較之下，對於爹娘偏心的不滿反而會被弱化。」

舒清淺忍不住想起前世的自己，雖不似二皇子這般偏激，心態卻是一樣的。被嫉妒與野心蒙蔽了雙眼的人，其行為其實很容易揣測。

章昊霖聽著舒清淺所言，認可地點了點頭。「是有幾分道理。」

舒清淺猶豫了一下，還是開口問道：「若二皇子真做出什麼不軌之事，你會如何？」

章昊霖淡淡地道：「我不是醉心權勢之人，這麼多年的布防，也僅僅是為了自保與保護靈曦。二哥若真要為難太子，我定是站在太子這邊，畢竟以後若是太子順利繼位，我便可以安安穩穩地過一世。太子雖不說能力有多強，但為人厚道，繼位之後定不會做出迫害手足之事。」他完全沒有隱瞞之意，將心中的真實想法一一道出。

舒清淺又問道：「若是二皇子繼位呢？」

章昊霖笑了笑。「這一點我倒是從沒想過。不過，只要二哥不趕盡殺絕，我可能會去西南尋一處世外桃源，避世隱居。」

舒清淺笑道：「那你可記得帶上我。」

章昊霖哭笑不得。「若真帶上妳，只怕左相夫婦要追殺我了。」

舒清淺翻了個白眼。「才不會！你是不是不想帶我一起走？」

「怎麼可能？」章昊霖看著舒清淺，不願移開目光。「在這個世界上，我最想帶在身邊的就是妳了。」

「甜言蜜語。」舒清淺追問。「那靈曦呢？」

章昊霖俐落地道：「她不是已經有盛言風接手了嗎？」

舒清淺將頭斜靠在章昊霖肩上，小聲咕噥著。「你之前不是老捨不得嗎？現在倒是同意放手了。」

章昊霖撫摸著舒清淺的青絲，享受這難得的二人時光。

雖然章昊霖與舒清淺說得輕鬆自在，其實兩人心中都清楚，章昊瑄若是真坐上那位置，又豈會不趕盡殺絕？

自章昊霖知曉舒清淺這一整個月都會待在南安寺之後，幾乎一得空，章昊霖便打著會友的名義來到南安寺後山。知道的人都道三殿下是去南安寺會友的，不知道的大概以為三殿下快要遁入空門了。

在寺中本就無事的舒清淺，也往後山跑得更勤了。

舒菡茗見舒清淺剛用過午膳，似又要出門，忍不住喚住她道：「清淺，妳又準備去後山嗎？」

舒清淺站在門邊，回身點頭。「我去找李覓下棋。」

這些日子因為經常去李覓的那間竹院找章昊霖，她與李覓也漸漸熟識起來。李覓周遊天下，見多識廣，舒清淺很喜歡去聽他說各地的奇聞異事，當然，主要還是去等章昊霖。

舒菡茗憑著身為姊姊的直覺，狐疑地看了看舒清淺，試探地道：「這位李先生，好似是個有趣之人。」

舒清淺毫不猶豫地道：「確實有趣，且見多識廣，我已經許久沒有這麼佩服過一個人了。」

聞言，舒菡萏看了看舒清淺，遂起身走至門邊，將舒清淺拉進屋子，又伸手關門。

舒清淺一臉莫名其妙。「怎麼了？」

舒菡萏拉著舒清淺在桌邊坐下。「清淺，妳與我說實話，妳是不是喜歡上這位李先生了？若是的話，回頭先讓辰瑜去查一查他的底細，沒問題的話你們再繼續接觸下去。」

李覓雖有隱士之名，但卻不似土生土長的京中人士那般知根知柢，如若清淺真與他有更進一步的交往，定得先查一查底細。

舒清淺愣了一下，方理解了舒菡萏的意思，隨即失笑道：「姊姊，妳瞎想什麼呢！」

舒菡萏原本對自己的猜測頗為篤定的，但一看舒清淺竟是這個反應，心中也不禁疑惑起來，難不成真是自己想多了？可一想到清淺自那日從後山回來後的種種表現來看，應該不會錯的。

舒清淺見姊姊一臉懷疑人生的模樣，想了想後，才湊近舒菡萏耳邊低語了幾句，隨即不忘叮囑道：「姊姊，妳記得幫我保密。」

舒菡萏意外地看著舒清淺，似乎在確認她剛剛那些低語的真實性，片刻後方開口問道：「爹娘可知？」

舒清淺搖頭。「所以才讓妳保密呀。」

舒菡萏不解。「為何不告訴爹娘？我雖不認識三殿下，但能被妳認可的，想必定是個品行極好之人，且三殿下身分尊貴，沒什麼不能說的呀！」

「說當然能說，只是還未到時候。」舒清淺解釋道：「三殿下從西南回來後，本想來咱們府上拜訪的，不過我這不是連成人禮都還未行過嗎？我怕過早說了這事兒，反倒會讓爹娘覺得他冒失，所以就想再等一等，等到明年的成人禮過後再說也不遲。」

舒菡萏恍然大悟。「沒錯，成人禮之前提親確實不妥。」

舒清淺起身道：「那我現在可以去找李覓下棋了吧？」

舒菡萏好笑地看了她一眼。「確定是去找人下棋，不是去找三殿下？」

舒清淺笑著出門。「我順便去看看三殿下來了沒。」

還沒等到舒清淺走出幾步，就見遠處有一人匆匆而來，一身左相府小廝的打扮，見到舒菡萏與舒清淺後，遠遠地便開口喚道：「大小姐、二小姐！」

舒清淺認出來人，停下腳步。「阿才，你怎麼來了？」來人是左相府管家身邊的小廝阿才。

阿才跑得很急，停下來後還喘得上氣不接下氣。「是夫、夫人讓我來找二位小姐回府的。」

舒菡萏也走了出來，皺眉問道：「是府裡出了什麼事嗎？」

「好事、好事！」阿才忙道：「少夫人生了，是一對龍鳳胎！」

「龍鳳胎?!」舒菡萏驚喜地道：「這可真是個大喜訊。清淺，咱們這就收拾、收拾，立刻回府。」

左相府內，舒菡萏與舒清淺回到府中時，舒遠山與舒夫人正抱著一對孫兒，高興得合不攏嘴。

舒清淺上前看著兩個粉雕玉琢的寶寶，問道：「好可愛，名字可有取好？」

舒夫人道：「等找先生排過五行後再取名，至於小名嘛，妳得去問問妳大哥和嫂子。」

舒清淺比畫了好幾次，想要抱一抱小寶寶，卻總是不敢伸手，生怕一個用力就弄疼了這兩個軟趴趴的小東西，最後還是先跑去後院看望大嫂了。

虧得大夫調理得當，再加上舒夫人一直以來的細心照料，旁人生一個便得送了半條命，梁問雪這龍鳳雙胎卻生產得極為順利，疼歸疼，但總算沒有額外的折騰。

舒菡萏與舒清淺去看望時，梁問雪的臉色還算不錯。

左相府喜得龍鳳雙胎的消息一傳出，各府的賀禮紛紛送上門。

明德帝聞此喜訊後，亦賞賜了一對金童玉女的玉雕，此舉一出，幾位皇子也都相繼送上賀禮。

是夜，左相夫人在查看管家登記的賀禮單子時，其中一份賀禮令她有些疑惑。

舒遠山見自家夫人坐在燈下，露出一副不解的神情，不由詢問道：「夫人怎麼了？」

「老爺，您快過來瞧瞧。」舒夫人將單子遞給舒遠山，指著其中一條道：「您說三殿下是不是送錯禮了？」

舒遠山接過單子，亦有些不解。三皇子的賀禮要比其他幾位皇子的禮重了不少，按理來說，這類賀禮在每家府上，都會有專人負責核對、準備，應該不至於出錯。他想了想後，差人喚來管家。「左福，這賀禮單子可是你親自清點、登記的？」

左福點頭。「老爺，有什麼問題嗎？」

舒遠山道：「三殿下的賀禮確定沒有記錯？」

左福道：「老奴清點賀禮時也納悶了一下，還特意再清點一遍，最後確定這三殿下的賀禮確實要比其他幾位殿下要來得多。」

舒遠山示意左福先回去休息，又看了一遍單子後，便交還到舒夫人手中。「夫人繼續看吧！為夫明日再問問辰瑾和辰瑜，看看是不是他倆與三皇子有私交。」

次日，暢文苑中，舒清淺一進院子便看到了端坐在院中的人，她臉上的笑容瞬間放大。「我就猜你肯定知道要來這兒找我。」

那日在南安寺還來不及與章昊霖說一聲，便匆匆回到府中，再加上這兩日一直都有林家和梁家的人前來左相府看望梁問雪母子三人，因此舒清淺直到今日方得空出門。她想了想，還是決定來這暢文苑中碰碰運氣，看章昊霖會不會在這兒，如今看來，他們果然很有默契。

「這話應該由我來說。」章昊霖伸手將石桌上的糕點推至舒清淺面前。「嚐一嚐。」

舒清淺在章昊霖身側的空位上坐下，伸手捏起一小塊糕點，放進口中。「好吃，哪兒買的？」

章昊霖笑道：「那日見妳喜歡麗妃送來的糕點，我回府後特意讓府裡的廚子研製出來的，喜歡嗎？」

舒清淺連連點頭道：「比那日麗妃娘娘送來的還好吃。」

章昊霖寵溺地道：「以後我每日都讓廚子多做一些糕點送來暢文苑，妳若是想吃，就自己過來拿。」

舒清淺吃了兩口後，突然抬頭，瞇眼看著章昊霖。

章昊霖被她看得有些不自在。「怎麼了？」

舒清淺盯著他道：「賀禮是你故意準備的嗎？」

章昊霖點頭。「有什麼問題嗎？」

舒清淺瞪了他一眼。「明知故問！我爹如今還在府裡盤問大哥和二哥是不是與你有私交呢。」

章昊霖失笑。「如今有我與妳的這層關係在，我還覺得這賀禮備得太輕了。」

舒清淺無語。「這不是還沒告訴我爹娘嘛。」

章昊霖一本正經地道：「不管妳說不說，咱們之間的情意已是事實，我自然得將禮數做周全。」

舒清淺繼續吃糕點。「你總有你的道理。」

「對了，我有一事要與妳說。」章昊霖見舒清淺正準備倒茶，便伸手拿過茶壺，替她倒了一杯茶，再遞至她手邊。「過幾日，我會與太子一道去江南。」

舒清淺喝茶的動作一頓，略有不解地道：「陛下不去嗎？」

章昊霖道：「太子代父皇出巡，還有一些隨行的官員會一道前往。」

舒清淺皺眉道：「那日你們所言二皇子與右相之事可有眉目？」

「尚未。」章昊霖見舒清淺越發緊鎖的眉頭，笑道：「放心，我不會有事的。」

章昊霖這樣一句單薄的安慰，顯然無法說服舒清淺。

「可這江南之行擺明了不會太平，即使不針對你，又怎能保證不會殃及池魚？」舒清淺眼巴巴地望著他。「能不能不去？」

看著舒清淺擔心的模樣，章昊霖很想說「可以」，不過也只是想一想。他伸手捏了捏舒清淺的鼻尖，笑道：「父皇已經下旨了，不去的話，那可是抗旨。」

章昊霖見舒清淺依舊愁眉不展的模樣，繼續道：「李覓會帶著暗衛偷偷隨我一道去，妳放心，我保證不會被波及。」

舒清淺這才稍稍放心一些，卻又忍不住叮囑道：「有些事情，你若管不了就千萬別多管閒事，知道嗎？」她雖不知二皇子與右相設下了什麼樣的圈套，但自古想要謀權篡位之人，就沒有一個不是心機深沈、心狠手辣的。

章昊霖神情溫柔地看著她。「嗯，我知道。」

兩人說話間，院外走來一人，正是李覓。李覓見舒清淺也在，訴苦道：「舒二小姐，妳要是再不來，我可受不了了。」

舒清淺不解，章昊霖則是有些尷尬。

李覓示指了指一旁的章昊霖道：「自妳從南安寺回府後，老三天天拉著我來這暢文苑等妳，還非說是陪我來的。」

舒清淺的嘴角勾起，轉頭看向章昊霖。

章昊霖一邊淡定地喝茶、望天，一邊替自己辯解道：「李覓早就想來暢文苑看看了，這不是一舉兩得嗎？」

舒清淺本想打趣他一下，但思及今日一見，怕是得等章昊霖從江南回來後方能再見面，她忍不住開口問道：「你這次江南一行，得多久才能回京？」

章昊霖回道：「快則兩、三個月，慢則三、四個月，不過定會在年前回京的。」

舒清淺喃喃道：「年前啊，這麼久……」

一旁的李覓終是感覺到了自己的多餘，乾咳兩聲道：「你們先聊著，我再去藏書閣待一會兒。」說完便頭也不回地出了院子。

待李覓離開後，舒清淺方後知後覺地感到有些不好意思。不過已沒有旁人在此，她遂安心地將目光落在章昊霖身上。

章昊霖也在看她，四目相對間盡是綿綿情意。

良久，章昊霖才開口道：「真捨不得離開妳這麼久。」

「早些回來。」舒清淺依依不捨地說。

幾日後，章昊霖便隨著太子一道前往江南巡遊。

舒清淺在人群中遠遠地目送著巡遊隊伍，心中隱隱覺得此次江南巡遊定會生出不少變故，但也只能暗自祈禱章昊霖此行能夠一切順利。

第四十二章　太子

這一日，左相府龍鳳胎的滿月酒如期而至。

多虧這滿月宴席間的忙碌與熱鬧，化解了不少舒清淺的擔憂，相比京中的祥和熱鬧，此時的江南卻不大安寧，因為太子病了。

出巡隊伍剛到江州府，太子便出現了嚴重的水土不服，整日裡上吐下瀉，幾乎無法進食。

隨行的太醫們開了不少方子，但太子的病情卻絲毫不見好轉，太醫們一個個急得如同熱鍋上的螞蟻，生怕太子有個意外，自己也將性命不保。

在折騰了數日之後，江州府的知府呂鑫大膽進言，向太子推薦了一位當地的老神醫。不過老神醫不在家，所幸神醫的女徒弟醫術也十分高超，前來診治過太子後，順利地控制住太子的病情，一眾官員才得以鬆一口氣。

此時，在江州城的客悅酒樓外，章昊霖剛走進去，掌櫃的便主動迎上來問道：「客官可是要用飯？」

章昊霖點了點頭。「可有雅間？」

「有有有。」掌櫃的邊說邊為章昊霖引路上樓。「客官隨小的來。」

掌櫃的將章昊霖帶上三樓，直至沒人的地方後，方對章昊霖行禮道：「三殿下，李先生已經等候您多時。」

掌櫃的替章昊霖敲開李覓所在的房間，自己則在門口守著。

雅間內，李覓見章昊霖來了，便招呼他一道坐下吃飯。「來嚐嚐這江州的特色。」

章昊霖嚐了幾口後，抬頭與李覓道：「這菜味道不錯，過會兒派人將製作方法與食材送一份回京，讓府裡的廚子做好後，送去暢文苑。」

李覓難以置信地看著章昊霖，露出一副痛心嘆息的模樣，道：「沒想到你竟會做出此等勞民傷財之事。」

「一道菜便叫勞民傷財了？」章昊霖不以為然。「所以你這麼多年來，才會一直找不到媳婦。」

被堵得啞口無言的李覓張了張嘴，最後還是轉移話題道：「你來找我，是不是又出什麼事了？」

章昊霖放下筷子，問道：「你之前查到右相派來江南的親信所接觸之人中，是不是有一年輕女子？」

李覓回道：「據暗衛所說，曾看到過一蒙著面紗的女子進出清竹園，不過那女子的面紗一直未曾摘下，辨不出容貌，但聽聲音應該是一個年輕女子。」

章昊霖道：「呂鑫從上善藥堂找來一位女大夫，醫好了太子的病症，我懷疑這女大夫便是當日出入清竹園之人。」

李覓笑道：「太子之前來江南，可不曾水土不服，偏偏這一次卻病得如此嚴重，連太醫都束手無策，如今竟被一女子醫好了，怎會有如此巧合之事？」李覓又道：「不過我想這清竹園也鬧不出多大的亂子，無非是使計讓太子犯個錯，再給太子安上一個難以開脫的罪名，右相那群人好聯名彈劾太子罷了。」

章昊霖點頭，顯然也同意李覓的想法，他想了想後，開口道：「不過太子畢竟是儲君，在力所能及的範圍內，我也不願意看到太子被小人算計。」

李覓給自己倒了杯酒，道：「太子至少比章昊瑄要好一些。」李覓後面還有半句話未說出，其實明眼人都看得出來章昊霖才是這些皇子中最有能力勝任那個位置的人，只不過旁人是力不從心，這位是有能力卻沒這心思，除非哪一日真有什麼事觸碰到他的底線了，他方會去搏一搏也不一定。

京中，自章昊霖去江南之後，舒清淺便不怎麼喜歡出門了，偶爾出門也是去暢文苑的藏書閣內找書看。

不過這一日，她卻早早地出了門，原因無他，只因前一日平陽伯府送來消息，稱平陽伯今日將在暢文苑設宴，特邀請舒清淺出席。

暢文苑中，舒清淺本想去西院看一看，不料一進園便有丫鬟過來道：「二小姐，有人在您的院中等著您。」

她本以為是祁安賢，不過走進院中，卻甚感意外，院中笑咪咪之人竟是三皇子府上的管家。

舒清淺與蕭管家問好道：「蕭管家，你怎麼來了？」

蕭管家與舒清淺行禮道：「舒二小姐，貿然來訪，還望見諒。」

蕭管家當年隨章昊霖母妃一道從西南來京，而章昊霖的母妃去世後，蕭管家便將章昊霖與安樂公主視為自家小輩，盡心照料，如今得知章昊霖與舒清淺的關係後，本就對舒清淺頗有好感的蕭管家，如今更是越看舒清淺越喜歡。

蕭管家邊說邊將手邊的食盒放到桌上，與舒清淺道：「這是殿下差人從江南帶回來的菜式，特意讓老奴送來給您嚐一嚐。」隨即又解釋道：「老奴擔心您出門不方便，所以才借了平陽伯的名頭邀您出來。」

聞言，舒清淺既驚喜又意外，但當著蕭管家的面，她也不好意思表露過多情緒，只問道：「蕭管家，不知三殿下在江南一切可還順利？」

蕭管家親手為舒清淺將菜餚從食盒裡拿出來，並細心地擺好。「二小姐放心，三殿下在江南一切都好，您也不要太擔心了。」

舒清淺點了點頭，又忍不住道：「若江南那邊有任何消息，還得煩勞管家託人告訴我一聲。」

蕭管家笑著應承道：「不煩勞，應該的。」

待蕭管家離開後，舒清淺方坐在桌前，細細地品嚐起這道精緻的江南菜餚，然而她整個人的神思卻早已飛往遠在江南的那個人身上。

毫無波瀾地過了大半個月之後，一封來自江南的加急密函，送到了明德帝手中。

此密函乃是由隨行太子前往江南的言官所呈報的，上頭稱太子與一身分不明之女子過於親近，有損皇室威嚴，望明德帝以書信勸告之。

明德帝收到密函後，並未表現出過多的情緒，只是一面命隱衛去查探這件事情的真實性，一面又派人快馬加鞭去江南詢問太子到底是何情況。

三日後，隱衛探查到消息來報，太子確實與一江州府的醫女往來甚密，而另一邊太子的回覆卻遲遲未到。直至十餘日後，太子竟頗為正式地上書，說想要迎娶這名醫女為妃，明德帝這才覺得事有蹊蹺，命隱衛再次去江南好好地查一查此女的身分。

此時在江州的客悅酒樓中，李覓剛推開自己的房門，卻被端坐在桌前喝酒之人嚇了一大跳，忍不住抱怨道：「你既然來了，老李也不提醒我一聲。」老李便是這家酒樓的掌櫃。

章昊霖看了李覓一眼。「我來的時候老李不在，就自己上來了。」

「這幾日太子忙著與姜眉談情說愛，將正事都交給你去辦，你還有時間過來。」李覓坐下後，笑道：「那群官員沒請你去好吃好喝一番嗎？怎麼還來我這裡吃酒了？」

章昊霖顯然是被李覓口中的官員們煩到不行，下意識地皺了皺眉。「來你這裡偷個空閒。」他在外頭被官員們阿諛奉承，回府衙還要看著太子與姜眉你儂我儂，哪邊都不讓人省心！

李覓也替自己倒了一杯酒。「陛下查出姜眉的身世了嗎？」

章昊霖笑了笑。「二哥與右相本就有意要讓父皇知曉，自然一查便能查到。」

「其實就算姜眉真是前朝定國公主之孫，又能掀起什麼波瀾呢？只不過依照陛下的性子，肯定不會這麼想的。」李覓又道：「太子那邊如何了？」

「還能如何？」章昊霖有些興致缺缺，天天在江南被這些瑣事纏身，他此刻越發想念遠在京中的舒清淺了。「前兩日太子又上書給父皇，一表自己非娶姜眉不可的決心，算算時日，京中的回覆也該到了。」

李覓邊吃菜，邊開玩笑道：「章昊瑄這一次倒是將太子的心思拿捏得挺準，一個小小的醫女，說不定就能輕易讓太子扛上違抗皇命這一罪名。」

章昊霖搖了搖頭，不多作評判。

兩人正喝酒間，有人在門外敲門道：「殿下，府衙出事了，太子讓您趕緊回去。」門口說話之人正是石印。

章昊霖開門讓石印進來，見石印並不是十萬火急的樣子，估計也沒出什麼大事，便又問道：「你可知出什麼事了？」

石印言簡意賅道：「有人刺殺姜眉，但未得手。」

章昊霖嘆氣，他就知道肯定又是與姜眉有關之事，於是更加不著急了，索性示意石印先坐下。「你還沒吃過飯吧？先吃點，再慢慢說到底是怎麼回事。」

因為姜眉一事，石印確實還未來得及吃午膳，便坐下先吃了幾口飯菜，才繼續道：「午膳時分有黑衣人闖入姜眉的屋子，意圖刺殺她。太子剛好今日胃口不佳，沒去吃飯，聽到隔壁屋子的響動便去查看，而黑衣人趁亂跑了，姜眉只受了輕傷。」石印說罷，頓了頓，似乎還有什麼不大好開口的話一般。

章昊霖道：「你還知道什麼，直說便是。」

「還有兩件事。」石印也沒有隱瞞的意思。「屬下聽到動靜前去查看時，遇到了一個本不該出現在江南之人。」

李覓挑了挑眉。「何人？」

石印道：「陛下身邊的隱衛首領。」

聞言，李覓了然。「你懷疑刺殺姜眉之人，是陛下的隱衛？」

石印點頭。「八九不離十。」

章昊霖早已料到父皇會有這麼一齣，倒也不是很驚訝。「另外一件事呢？」

石印道：「姜眉懷孕了。」

「咳咳——」一旁剛喝了一口酒的李覓嗆到，隨即意味不明地笑道：「太子看上去挺正派的，沒想到手腳這麼快，這下子可有好戲看了。」

章昊霖無奈至極。「所以太子找我回去，是想做什麼？」

石印看了看章昊霖，似乎有些難以啟齒，最後還哂道：「太子想讓殿下一道上書給陛下，證明姜眉與叛黨無關。」

「哈哈。」李覔這次直接大笑出聲，用手肘拱了拱章昊霖。「任重道遠。」

章昊霖頓時頭疼不已。太子這是著魔了不成？這次江南之行，他就不該來！

他揉了揉眉心，與李覔道：「你找人放消息給在太子身邊服侍的寧安，就說不留姜眉是陛下的意思，讓寧安勸太子莫要與陛下作對，免得因小失大。記得要做得隱秘些，別讓寧安知道是咱們的人。」

江州府衙內，被寧安派去探查刺客消息的人馬很快就回來了，得來的消息卻令寧安大吃一驚，他也顧不上太子吩咐任何人不得打擾的命令，急匆匆地去姜眉房間找太子。

太子見寧安過來，低聲詢問道：「可是查到刺客的消息了？」

寧安點頭，太子示意他去外面說話，自己則小心翼翼地替姜眉蓋好被子才走了出去。

站在門外的寧安難掩心中不安。「殿下，刺殺姜姑娘之人，如無意外，怕是陛下派來的。」

「什麼？」太子難以置信。「你可確定？父皇他怎麼可能……」

寧安勸道：「殿下，畢竟姜姑娘的身世擺在那兒，您現在回頭去向陛下認個錯，定會沒事的。」寧安本是皇后身邊的太監，從小看著太子長大，太子建府後，皇后便讓寧安出宮伺候太子，寧安對太子也是一片真心。

太子雖明白寧安所言，卻又放不下屋內那個虛弱之人。「可姜眉肚子裡懷的是本太子的子嗣。」

「殿下，您別這麼死心眼。」寧安給太子出主意道：「只要您別惹惱陛下，姜姑娘這邊您先好生安置，日後再接回京也是一樣的。」

太子陷入沈思，似是被說動，又似在猶豫，正兩難間，房間內突然傳來一陣痛呼，太子也顧不上寧安，忙推門進去，只見姜眉在床上痛苦地蜷縮起身子。

「太醫！快傳太醫！」太子慌亂地大喊道。

大半夜的忙亂過後，太醫一致給出結論——姜姑娘是食用了某種落胎藥物，孩子保不住了，且因為姜眉體內餘毒未清，怕是日後都不能生育了。

京中，收到太子書信的明德帝大怒，憤而將手邊的硯臺重重地砸在地上。「逆子！逆子！」

一旁的福全忙上前安撫道：「陛下息怒，太子殿下定是被狐狸精迷了心竅，太子殿下會想明白的。」

明德帝因為生氣，身子有些顫抖。「他會想明白？他如果能想明白，就不會一而再、再而三地與朕作對了！」明德帝指著桌上的書信，怒道：「你看看他說的是什麼話？自請廢除太子之位！好，真是好！」

福全一驚，沒想到太子竟會如此偏激，只能繼續寬慰明德帝道：「陛下先息怒，別氣壞了身子。」

明德帝在御書房大發雷霆之事，瞬間傳遍了整個宮中。

聞此惡耗，皇后也顧不上是否會更加觸怒明德帝，匆匆地趕到承陽宮面見聖上。

「陛下，臣妾聽說昊澤出事了？」皇后擔憂地問。

明德帝怒氣未消，將太子的書信扔給皇后。「他出事？他可好著呢！」

皇后粗略地看完太子的信，頓時腦子一片空白。「這……昊澤怎麼會……」

明德帝怒道：「朕也想知道他怎麼會這樣？朕在他身上花了這麼多心思，從小教導他為君之道，朕在他身上花的工夫，比老二、老三他們多了十倍都不止，結果他倒好，真是個逆子！」

皇后稍稍找回了理智，與明德帝道：「陛下，這些年來昊澤的為人，咱們都看在眼裡，他不是如此不負責任之人，這其中定有什麼隱情。不如陛下先派人將他帶回京，容臣妾再仔細地問問他。」

明德帝哼了一聲。「事到如今，也只能這樣了。」說罷便揮手召來侍衛統領道：「多派些人去江南將太子帶回京，越快越好。」

皇后亦開口吩咐道：「若是太子反抗，你們就算用綁的，也要給本宮把太子綁回來！」

侍衛統領領命後，一刻也不敢耽擱，立刻召集了二十餘人，快馬加鞭地趕往江南。

看著領命而去的侍衛們，皇后心中不安，卻也只能默默祈禱侍衛們能順利將太子帶回，希望這一切都只是一個誤會。

第四十三章　出逃

右相府中，右相與章昊瑄第一時間便接到來自宮中的消息。

章昊瑄喜不自禁。「沒想到一個小小醫女竟能讓章昊澤自請廢除太子之位。哈哈哈！真是人算不如天算，連老天都是站在我這邊的。」

章昊瑄與右相之計劃，本與章昊霖所猜測的一致，打算利用姜眉之事讓明德帝對太子心生不滿，若太子日後將姜眉帶回京中，右相還能安排禮部官員以姜眉身世為由，在陛下面前彈劾太子。誰料現在一切竟發展得比原計劃要好上千百倍，太子居然自請廢位，實在是意外之喜。

右相也很滿意如今事態的發展，但仍不忘叮囑章昊瑄道：「切莫大意，咱們得再加一把勁兒，讓太子如願以償地被廢。」

「外祖父放心。」章昊瑄道：「我現在就讓寧德趕在陛下的人馬之前抵達江南，去為太子加一把助力。」

右相點頭。「養兵千日，用兵一時，現在這個時候，的確可以派寧德出馬了。」

寧德乃章昊瑄花了不少年工夫，安插在太子府上的人，現在寧德在太子府的地位，大概僅次於寧安了。

是夜，江南江州府府衙，一個戴著黑斗篷的身影悄悄從後門進府。

寧安睡得迷迷糊糊間，似是聽到有人在敲自己的房門。起身開門，見是一黑衣人，寧安大驚，正欲高聲叫人，卻見那人摘下兜帽道：「公公，是我，小德子。」

「小德子？」寧安隨即讓寧德進入屋內。「你怎麼不在京城，反而跑來江南了？」

寧德一臉急迫地道：「太子呢？太子可還安好？」

寧安一臉不解。「太子在主屋睡覺呢，怎麼了？」

寧德鬆了一口氣，與寧安道：「陛下派了一隊人馬來江南抓太子與姜姑娘，還說若太子反抗，只要將屍首帶回便是，萬萬不能讓太子辱了皇家的顏面。皇后娘娘與太子妃都被專人看管著，小人是冒著殺頭的風險趕來送信的，您快讓太子想想辦法！陛下派出的人馬，最快明日便要到了。」

「什麼！」寧安大驚，不敢有所耽擱，連忙帶著寧德悄悄去了隔壁太子與姜眉的房間。

太子聽聞寧德所言，雖感意外，但更多的是失望。他知道父皇最看重的是皇位，他也知道在父皇眼中，他這個太子與那張皇位比起來，其實無足輕重，可當父皇將這般趕盡殺絕的手段用在他身上時，他方知什麼叫心灰意冷。

沒有太多時間給太子傷春悲秋，他迅速做出決定道：「若被父皇派來的人抓到，即便本太子能有一線活路，姜眉卻是必死無疑，本太子要帶姜眉一起走。」

寧安皺眉。「可是殿下，普天之下莫非王土，您能帶姜姑娘去哪兒呢？」

太子亦有些為難，片刻的沈默之後，一直在床幔後沒有開口的姜眉出聲道：「我師父在南海有個好友，咱們可以先去那裡避避風頭。」

太子雙眸一亮，立刻道：「好，咱們就去南海，只是妳的身體可受得了長途跋涉？」

姜眉笑道：「我自己就是大夫，好歹保住這條命是不成問題的。」

做出決定之後，太子與姜眉不敢耽擱，連夜收拾好細軟，乘著一輛從藥鋪買來的馬車，朝南海奔去。

寧安不放心太子，便一道隨行。至於寧德，太子則吩咐他趕緊回京，莫要因此事而被牽連。

次日一早，整個江州府便亂了套，因為太子不見了。

呂鑫差點急得暈倒，他本想等這次太子回京後，就要尋個好日子去祖墳祭拜一番，沒想到卻又生出如此大的變故！

一日的尋找過後，幾路人馬都空手而歸，全江州城都找遍了，卻未曾找到太子與姜眉的蹤跡，太子就像是憑空消失了一般。

而明德帝派出的人馬也在晚上趕到了江州，本卯足了勁要帶太子回京的侍衛們，一到江州卻發現太子不見了！侍衛首領心知不妙，立刻飛鴿傳書回京，向明德帝稟明江州的情況。

而承陽宮中，收到消息的明德帝這次並沒有像上次那般被怒意吞噬，只是沈著臉不語。明德帝一直在承陽宮中待到了後半夜，方提筆寫下一封密函交給福全，讓他立刻飛鴿傳書至江南，將密函交到章昊霖手中。

隔天，客悅酒樓內，被章昊霖派出去探查太子行蹤的李覓，一回到酒樓就讓人去尋章昊霖過來。

章昊霖問道：「可有太子的蹤跡？」

李覓點頭。「你們搜城的那日，太子與姜眉一直躲在清竹園內，今日才在園中之人的安排下出城。」

章昊霖問道：「可有派人跟著？」

李覓道：「自是派人跟著的，你要是想找他們回來，隨時可以派人去追。」

章昊霖將今日剛收到的密函遞給李覓。「今日剛收到的。」

李覓接過密函，越看下去，臉上的表情越發詭異，最後只化為一個嘲諷的笑容。「陛下可真夠狠心的！」

明德帝在密函中讓章昊霖盡全力尋找太子，找到之後，便讓太子親手結束姜眉的性命；如若太子不願，則傳其口諭——太子因疾暴斃於江南，令其隱姓埋名，永世不得入京。

李覓將密函遞還給章昊霖。「你打算如何？」

章昊霖揉了揉眉心。「無論如何，我得先去見一見太子。」

李覓道：「你不直接將太子的行蹤交給那些侍衛嗎？」

章昊霖搖了搖頭，嘆氣道：「父皇能狠得下心，我卻狠不下心。終歸是手足兄弟，他也未曾做出什麼人神共憤的錯事，我不願見他落到如此淒涼的下場。」

月朗星稀，距離江州百十餘里的某座殘破舊廟內，曾經錦衣玉食、連穿衣都不曾親自動手的章昊澤，此刻正與寧安一起親手為姜眉在木板上鋪好被褥，想要讓一路奔波的姜眉晚上能睡得舒適一些。

姜眉坐在一旁的凳子上，看著太子笨手笨腳的模樣，又是感動，又是心疼，開口喚道：「昊澤，你別忙活了，歇息一會兒吧。」

寧安亦道：「是啊，殿下，這種事讓奴才來就行，您去和姜姑娘一起歇息一會兒吧。」

章昊澤搖了搖頭，與姜眉道：「能親手為妳做一些事，讓我覺得很開心，一點兒也不累。」隨即又叮囑寧安道：「以後別再叫我殿下了，記得改口。」

三人正說話間，門外突然傳來一陣腳步聲，三人皆是一驚，不一會兒就發現破廟已被一群訓練有素的黑衣人團團圍住。

章昊澤緊張地看著門外，一個面帶笑意的青衣書生從黑衣人中走出來，正是李覓。「我家主人請殿下借一步說話。」說完便指了指不遠處樹下的那個人影。

章昊澤順著李覓手指的方向看去，有些意外，但面上隨即露出警戒之色。

李覓見狀笑道：「殿下，我家主人沒有惡意。請吧！」

章昊澤回頭看了看姜眉，又看了看寧安，略作猶豫之後，還是朝樹下那人走去。

見章昊澤走近，樹下之人摘下兜帽，正是章昊霖。

章昊霖開口叫了一聲。「大哥。」章昊霖沒有叫他太子，而是叫他大哥，這其中之意，章昊澤心下也明白幾分。

「三弟。」章昊澤擠出了一個尷尬的笑容。「你怎麼來了？」

章昊霖隨意地在一旁的大石頭上坐下，開口道：「父皇今日給我發來密函，命我尋你回京。」

章昊澤立刻緊張起來。

章昊霖指了指前方的黑衣人，笑道：「這些都是我的人，父皇派來的侍衛並不知道我來此找你。」

聞言，章昊澤略微鬆了口氣，但依舊有些不安地開口道：「你這是何意？」

章昊霖拍了拍大石頭上的空位，示意章昊澤一起坐下。

章昊澤猶豫了一下，還是掀袍在章昊霖身旁坐下。

章昊霖問道：「你決定不回京了？」

章昊澤的目光落在不遠處破廟中的那道身影之上，雖看不清姜眉的表情，但他卻能想像出姜眉此刻臉上的擔憂與不安。「不回去了！」他的回答沒有絲毫猶豫。

章昊霖看著身旁一臉深情的章昊澤，問道：「那你可曾想過，你留在京中的太子妃與麒兒該怎麼辦？」麒兒乃是太子剛滿周歲的長子。

章昊澤沒想到章昊霖會問他這個問題，他愣在當場，不知道該如何回答。良久，方訥訥地開口道：「他們還有母后。」

章昊霖笑出了聲。「罷了！你已癡迷至此，多說無益。」

一陣安靜過後，章昊澤抬頭望向漆黑的夜空道：「我從小便被父皇和母后教導該如何做一個儲君，他們教我什麼該做、什麼不該做，我的生命裡從來沒有什麼想與不想，只有應該與不應該。沒人問過我喜不喜歡這樣做，也沒人問過我願不願意過這樣的生活，我一生下來，就被賦予太子的使命。」

說到這裡，章昊澤收回目光，轉頭看向章昊霖，通紅的眼睛中滿是哀傷，還有星星點點的渴望。「我本以為我這一輩子就會這樣活下去，先做一個懂規矩的太子，將來再做一個懂規矩的君王——直到我遇見姜眉，是她讓我明白我還擁有任性的權利，還擁有去愛一個人的能力，是她讓我覺得我是一個真正活著的人。」

章昊霖看著他，只是笑了笑，並沒說話。

世間大部分人都是生活在規矩之中，沒有任何人可以任性地活著。章昊澤生來便擁有旁人一輩子也追求不到的權勢與地位，但他此刻卻因為小小的「任性」兩字，將自己演繹成世間最悲苦之人，何其滑稽，何其可笑。

章昊澤繼續道：「姜眉為我犧牲了這麼多，我實在放不下她，若我不在她身邊，她自己一個人該如何活下去？」他看著章昊霖，語氣中帶著幾分祈求。「三弟，我真的不能放她一個人，你就放我們走吧。」

章昊霖站起身，拍了拍衣袍。「你可要想清楚了，拋下你的妻兒，只為姜眉一人，真的值得嗎？你真的要這樣做嗎？」

章昊澤一起身，便朝章昊霖深深地行了一禮道：「望三弟成全。」

章昊霖沒再多說什麼，直接轉身離去。

「太子殿下。」李覓從章昊澤身後走了過來，遞給章昊澤一疊東西。「這裡的銀票足夠您富貴榮華地過下半輩子，您且好自為之吧！」說完便打算離開。

章昊澤開口叫住李覓，艱難地道：「這位公子，還望公子與我三弟說一聲，望他能好生照料我在京中的妻兒，昊澤感激不盡。」

李覓擺了擺手道：「想必您心裡也清楚，這件事三殿下可作不了主。」李覓不再多說，直接追著章昊霖的身影離去了。

章昊澤目送著他們的背影消失在夜色之中，長嘆一口氣之後，又回到了破廟裡。在見到姜眉欣喜的神情時，他突然覺得一切都是值得的。

第四十四章 廢儲

破廟不遠處的湖邊，章昊霖騎在馬上，抬頭看著一望無垠的星空，心中萬千感慨都化為一聲嘆息，消失在夜風之中。

身後傳來馬蹄聲，李覓的聲音出現在他身後。「再不走，天亮之前就來不及趕回江州府了。」

章昊霖沒有回頭，只是望著遠方的一片黑暗。他雖放走太子，但思及遠在京中的太子妃與嗷嗷待哺的皇長孫，章昊霖總覺得自己做錯了。

李覓似是知道章昊霖在想些什麼，開口安慰道：「這件事情沒有對錯。太子若回京，便辜負了姜眉，無論做什麼選擇，太子都注定要成為一個負心之人。若真要說錯，大概就錯在太子不該與姜眉珠胎暗結。」

章昊霖看著眼前波瀾不驚的水面映著點點星光，輕笑出聲。「你說話真難聽。」

李覓聳肩。「但卻是事實。」轉而又問道：「不過，你就這樣把太子放走，雖說給了太子自由，但這可是抗旨的大罪。」

章昊霖隨意道：「你不說，便不是抗旨了。」停頓一下後，他又開口道：「我只是不想毀了太子對父皇最後的一點感情。」

李覓無語地看著章昊霖，道：「老三，我以前怎麼不知道你這麼好心？你只是個傳話的，雖然這話是難傳了一些，但我以為太子並沒值得同情的地方。太子富貴了前半生，現在又想逍遙後半世，試問天下有幾人能得到這樣的人生？」

「就算我放太子走，他也不見得能逍遙後半世。」章昊霖搖了搖頭，對李覓道：「他的後半世，注定會為京中被他拋棄的妻兒憂心。」

李覓搖了搖頭，笑著仰頭道：「你還是多多操心你自己吧！依照陛下的性子，他可不會管你有什麼理由，回京後定會遷怒於你。」

章昊霖沈默不語。他只是給了太子一個決定人生的機會，雖然這個結果不盡如人意，但又有什麼是能完美無缺的呢？

「李覓，我們走吧，不然在天亮前真的趕不到江州府了。」章昊霖說完，便策馬而去，身影消失在黑暗中。

李覓看著遠去的章昊霖，輕笑了一聲，亦策馬追去，只留下微風徐徐的湖面和滿天的星光。

江州府府衙內，呂鑫因為太子之事已經幾個晚上沒睡好。當呂鑫在院中碰到風塵僕僕的章昊霖一行人，立刻上前問道：「殿下，您這是剛回來？」

章昊霖點了點頭。「聽說有人發現了太子的蹤跡，便連夜去查看了。」

「三殿下您怎麼親自前去？這種事情，讓下官帶人去找便是了。」呂鑫一邊客套，一邊面帶期待地問：「不知三殿下可有找到太子殿下？」

章昊霖道：「追出去數十里都未曾見到。」

呂鑫眼中的光芒立刻消下去，如此多變的表情讓章昊霖有些想笑，他實在不忍心打擊這位圓滑的江州知府，卻依舊開口道：「太子已失蹤多日，怕是有意避開咱們，想找到太子應該不容易。」

呂鑫雖也知道這個情況，但仍一直抱著幻想，如今聽章昊霖這麼一說，也徹底死心了，只得苦著一張臉與章昊霖道：「三殿下，當日下官帶姜姑娘來為太子治病，實屬無奈之舉，若知道會生出這些事端，就算給下官一百個膽子，下官也不敢將姜眉帶到太子面前呀！」

章昊霖點了點頭，表示理解。「當時事出突然，你也是好心。」

聞言，呂鑫立刻如見了再生父母一般，就差沒抱住章昊霖的大腿，哀聲道：「殿下，此事陛下不會遷怒於下官吧？下官上有八十歲老母，下有嗷嗷待哺的幼子，實在是——」

章昊霖擺手打斷了呂鑫的話。「放心，你不眠不休地尋找太子之事，本皇子定會如實稟告父皇。」

呂鑫大喜過望。「多謝三殿下！」

章昊霖看著呂鑫因為得了自己的允諾，連走路都帶風的背影，不禁皺了皺眉。

這趟江南之行真是累人，他實在太想念京中的那個人了！

當章昊霖將「太子與姜眉已逃出江州府，追捕無望」的消息傳回京中後，明德帝大怒，不顧皇后的哀求，執意擬旨昭告天下，說太子已於江南病逝，並廢除其太子之位。

朝野上下一片譁然，少數知曉內情的官員都識相地閉口不言，生怕一個多嘴會惹怒天顏，招來無妄之災。

皇后娘娘也開始閉門不出，日日誦讀經文、潛心修佛，連安樂公主的求見，皇后都不曾接見，整個鳳臨宮變得格外冷清。

而左相府中，舒清淺得此消息不禁臉色大變，她雖早就知曉二皇子與右相在江南給太子設了個局，卻是怎麼都猜不到他們竟然一舉讓陛下廢除了儲君。

思及還在江南的章昊霖，舒清淺坐不住了。雖然離京時章昊霖同她保證過，說他絕不會被波及，可江南發生如此大的變故，讓她如何相信章昊霖不會被牽連。

舒清淺匆匆忙忙地出了門，她本想直接去三皇子府上找蕭管家，問問江南可有來信；但想到之前陛下對於麗妃為章昊瑄求娶她時的態度，又擔心自己會平白給章昊霖惹了麻煩，思前想後，她最後決定去暢文苑探探消息。

來到暢文苑後，舒清淺在藏書閣找到了李夫人，問道：「前些日子三殿下府上的蕭管家託人在藏書閣抄了一本《子初集》，可有過來拿？」

李夫人搖頭道：「老婦怎麼沒聽書僮說起這件事？」

舒清淺笑了笑道：「我上次在府外碰到蕭管家時，他與我一人說的，怕是書僮還不知道這事兒。」

李夫人道：「那老婦這就趕緊讓人將抄好的《子初集》送去三皇子府。」

舒清淺點了點頭。「快讓人送去吧，我看蕭管家似乎挺急著要。」

瞧見李夫人派人去送《子初集》後，舒清淺便心神不寧地來到前院等消息。

送書之人很快就回來了，還給舒清淺帶來一盒子糕點，說是蕭管家為感謝二小姐，特地讓他拿回來的。

舒清淺接過點心盒子後，便回到了自己的小院。待關上房門，她立刻打開盒子，果不其然，在盒子底部發現一張小紙條，上頭寫道：稍有牽連，但無大礙，不日回京。

舒清淺捏著紙條，這才稍稍安心一些，只盼著章昊霖真如紙條上所言，並無大礙。

數日之後，章昊霖一行人處理完江南的後續事宜後，終於踏上了回京的歸程。雖然明知回京之後免不了要被陛下責罰，但一想到回京便可見到舒清淺，他的心情甚是喜悅。

不出所料，章昊霖回京之後，明德帝便以辦差不力為由，罰他在府中禁足一月，又罰俸半年。隨行的官員也或多或少受到了明德帝的處罰，眾人雖都心有不甘，卻因為此事涉及皇室醜聞，而不敢有任何怨言。

此時三皇子府內，被禁足的章昊霖本以為回京之後便能見到舒清淺，誰知面還沒見到，自己就被禁足了。他心下懊惱，正考慮著是不是該想法子偷偷溜出去找舒清淺時，耳邊突然傳來一個聲音。「你是不是在想我呀？」

章昊霖以為自己出現了幻覺，但這聲音過於真實，他驚訝地回頭，果然見到舒清淺正站在自己身後。他一時愣住，良久才問道：「妳怎麼進來的？」

舒清淺揚頭笑道：「你先回答我的問題。」

章昊霖被她的笑容迷了眼，跟著笑道：「一直在想妳。」

舒清淺得到滿意的答案，笑得更開心了，她在章昊霖身邊坐下。「是蕭管家讓我和送菜的馬車一道從後院進來的。你若是想，在你禁足的這些日子，我可以天天來陪你。」

章昊霖伸手替舒清淺理了理兩鬢的碎髮，目光緊緊地落在她的臉上，似乎要將這些日子以來對她的思念都看回來一般。「那我可每日都盼著妳來了！」

舒清淺有些心疼地看著章昊霖明顯比去江南之前更加瘦削的臉龐。「江南到底出了何事？怎麼鬧出這麼大的動靜……你不是說不會被牽連的嗎？怎麼又是禁足，又是罰俸的？」

章昊霖拉過舒清淺的手。「別急，容我一一告訴妳。」他將在江南發生的事細細與舒清淺說了一遍，包括最後他私自作主，放走太子與姜眉之事。

舒清淺聽完，不禁皺眉，追問道：「陛下不知道你私自放走太子吧？」

章昊霖搖頭。「李覓行事十分周全，父皇不會知道的。怎麼，妳覺得我做得不對？」

舒清淺瞪了他一眼。「我是擔心萬一被陛下知道了，你又得受罰。」隨後又道：「沒什麼對不對的，只不過如果我是你的話，我定會將太子綁回京城。」

章昊霖意外地看著她。「為何？」

舒清淺理所當然地道：「先不論他是不是太子，首先他的妻兒父母都在京中，如此拋妻棄子、罔顧人倫之事實屬不該；再者明明身為儲君，卻為了一己之私不負責任，留下這個爛攤子等著別人收拾，往重了說便是不忠、不孝、不仁、不義。」

章昊霖同意舒清淺所言。「所以我一直在問我自己，那日是否不該放走太子……」

舒清淺糾正章昊霖道：「不是你放走太子，就算你將他給綁回來，他依舊會為了其他誘惑而做出同樣的事，這是他自己的問題，不是你的問題。你站在手足的立場，已經做了最為正確的事。」

章昊霖嘆氣道：「其實那日直至我追上太子時，都一直在猶豫著該怎麼做，可後來我瞧見了姜眉看太子的眼神，便動了惻隱之心。」

舒清淺表示理解。「其實這也算是最好的選擇了，畢竟姜眉若沒有太子，怕是不會苟活的。如今太子得到了他所謂的自由，京中的皇長孫日後也會有皇后娘娘代為照料，只是可憐了太子妃，要白白守活寡。」舒清淺思及那個端莊有禮的太子妃，心中忍不住一陣唏噓。

兩人沈默了一會兒，舒清淺忽然憂心地道：「這次二皇子與右相順利將太子趕出京城，怕是今後的野心會更大了。」

章昊霖贊同道：「這次太子被廢一事，他們怕是也沒想到。不過今後這段時日，京中定不會安寧。」他捏了捏舒清淺的手。「咱們不說別人了，越說心情越差。」

舒清淺看著他，頗為委屈地道：「那說說你好了，我還是不明白你為何會被罰？在江南時，太子忙著兒女情長，將正事交給你一人去辦；回京之後，陛下不獎賞你也就罷了，還要罰你，真是不公平。」

章昊霖笑道：「若不是我被禁足，還不能天天見到妳呢，這也算是因禍得福了！」

舒清淺失笑。「你就貧吧！」

章昊霖湊近舒清淺的耳邊，低聲問她。「老實說，這麼些日子可有想我？」

舒清淺的耳朵感受到章昊霖呼出的熱氣，瞬間變得通紅。章昊霖忍不住輕輕地吻了一下那小巧的耳垂，舒清淺馬上像一隻受了驚的兔子，一下子彈開。

章昊霖好笑地看著她。「作何這麼大反應？」

舒清淺瞪他。「明知故問！」

章昊霖伸手將她重新拉到身邊，嘆氣道：「真想早些將妳娶回府。」

舒清淺戳了戳他高挺的鼻梁。「你且想著吧！」

章昊霖湊近她道：「我在江南幾乎日日都在想妳，就像著了魔一般，以前我都不知道自己竟會掛念一個人到這般地步。」

舒清淺捧著他的臉左看看、右看看，最後還伸手指捏了捏他的臉頰。「老實說，你是不是假冒的章昊霖？怎麼去了一趟江南，竟像變了一個人似的……」

章昊霖寵溺地任由舒清淺瞎鬧，良久，他才聽到舒清淺小聲地嘟囔了一句。「我也一直在想你。」

靠在一起的兩人愜意地享受著溫暖的陽光與安靜的氣氛，章昊霖的手指繞過舒清淺的髮絲，舒清淺則低聲與章昊霖說著他不在的這些日子裡，京中所發生的趣事。兩人偶爾會發出一聲聲輕笑，甜蜜的氛圍籠罩著他們，讓他們忘卻了所有不快。

第四十五章　婚宴

暢文苑西院側門處，有一輛不起眼的馬車，馬車穿過喧鬧的街道，最後從後門進到了三皇子府裡。熟悉三皇子府的人都知道，這輛馬車是每日來給府中送菜的。

馬車在府中停下後，舒清淺從馬車裡走下來，蕭管家則每日都親自來後院接舒清淺去主院。兩人來到章昊霖的書房外，蕭管家小聲地與舒清淺道：「殿下正在外間會客，請小姐先在裡間等候。」

舒清淺客氣地道：「殿下既然在會客，清淺就不打擾了，煩勞蕭管家隨意尋間空屋子讓我待著就成。」

蕭管家為舒清淺打開一旁的側門，笑道：「這是殿下特意吩咐的，殿下說不管什麼事，都沒必要避著小姐，小姐就安心待在裡間吧。」

蕭管家都這麼說了，舒清淺也不好再推託。她走進裡間，果然聽到外間傳來些許人聲，恐出聲會打擾到外間之人的談話，她便朝蕭管家點了點頭，示意自己會在此處等著章昊霖。

蕭管家為舒清淺上了茶水、糕點後，便先行離開。

此刻外間中，端坐在章昊霖對面之人，乃四皇子章昊天。

「三哥，大哥真的不會回來了嗎？」章昊天直截了當地問，神情很是關切。「三哥就沒有追查到一丁點兒大哥的行蹤？」

章昊霖緩緩地喝著茶，似是沒察覺到章昊天急切的模樣，淡定開口道：「三哥帶人一路追查，並未追到大哥一行人，許是有人在暗中幫助他們也不一定。至於大哥還會不會回京，我就更加不知道了。」

章昊天見章昊霖如此不緊不慢的態度，心中有些不高興，但還是耐著性子追問道：「當時咱們兄弟中與大哥一同前往江南的只有三哥，你肯定知道內情！如今母后因為大哥而茶飯不思，什麼人都不肯見，皇弟看著也心急。三哥要是知道什麼關於大哥的情況，若在父皇那兒不方便說，也千萬要告訴皇弟呀，我實在不願見到母后如今憔悴的樣子。」章昊天許是過於想瞭解章昊澤的真實情況，說起話來竟顯得有些前言不搭後語。

「四弟放心，三哥知道你與大哥手足情深，我若知道什麼事情，定然不會瞞著你的。」章昊霖估計舒清淺已經到了，心中不禁有些不耐煩，開口道：「如今父皇旨意已下，大哥多半也不會回來了，母后那邊還得靠四弟好生安慰著。」

章昊霖語氣中的敷衍與不願多說的意思已經表現得很明顯了，不過不知章昊天是真聽不懂，還是假聽不懂，仍繼續追問道：「聽說父皇的人馬還在江南搜尋？」

「是嗎？不知四弟是在何處聽說的？」章昊霖故作不解，裝傻裝到底。「父皇派出的侍衛隊，是先我一步離開江州府的。」

見在章昊霖這裡實在問不出什麼有價值的消息，章昊天頗為不爽，卻也只能說道：「這次江南一行發生了這麼多事，想必三哥也很辛苦，皇弟就不再打擾了，三哥好好休息吧。」

待章昊霖送章昊天離開後，舒清淺方從裡間走出來。「你都被禁足了，四殿下還敢這般明目張膽地過來找你，真是心急。」

連舒清淺都能一眼看出的目的，章昊霖又怎會不知。太子在時，章昊天雖一直本本分分地跟在太子身後，並無太大的野心；但如今太子被廢，他成了皇后膝下唯一的嫡子，而明德帝向來都是主張立嫡不立長的，章昊天自然不會眼睜睜地放過這個如今只距離自己一步之遙的位置。

章昊霖不以為意地笑道：「面對這至高無上的權力，又有誰會不動心呢？」

舒清淺見章昊霖說得隨意，心中卻是一動，忍不住輕聲問道：「那你呢？」

章昊霖抬頭，目光對上了舒清淺有些猶豫，卻沒有絲毫閃躲的坦蕩眼神。他沈默片刻後，回答道：「這只是我的備選計劃。」

舒清淺了然，雖早已猜到章昊霖不會沒有準備，但當他用平淡的語氣說出來時，她心中仍有些難以平靜。

章昊霖緊緊地盯著舒清淺面上的神情變化，見她在微微的震驚過後，立刻就恢復原來的神色，他也稍稍安心了一些。

太子在時，他步步為營，卻僅僅只是為了能給自己與靈曦在這吃人的京城中，建造一個安全的防護圈。

他知道祁安賢和李覓他們一直以來的想法，但太子無過，他也絕不會做出那般大逆不道之事。可在章昊瑄向父皇求娶舒清淺被拒之後，他才第一次動這個念頭，因為似乎只有這樣，他才能娶到眼前之人。

直到此次江南之行，當他說服太子未果後，他方真正將這一想法正式列為計劃之一。他不會主動去謀權篡位，但他必須保證在旁人謀權篡位之時，自己依舊可以保護好想要保護的人。

舒清淺見章昊霖一直盯著她，不禁笑了笑。「我相信你。」她伸手勾住章昊霖的手。

「無論你要做什麼，我都相信你，只要你願意，我會一直陪你走下去。」

舒清淺的聲音在章昊霖聽來宛如天籟，他將她攬入懷中，涼涼的嘴唇印在她溫熱的額頭上。「有妳在身邊真好。」

章昊霖的禁足令在大半個月之後，便被明德帝提前解禁，舒清淺與他又恢復相隔咫尺卻苦不能相見的境況。

所幸秋分一過，左相府與寧國侯府便開始熱熱鬧鬧地準備起蔣尚文與舒菡萏的婚宴，舒清淺每日在府中陪同姊姊準備出嫁事宜，忙忙碌碌的日子也抵消了幾分相思之情。

在前太子出事一個月後，明德帝正式將膝下三位成年皇子分別安排到六部歷練，二皇子章昊瑄被分配到吏部，三皇子章昊霖在工部，四皇子章昊天則在戶部。

朝堂上雖風雲湧動，所有人都在猜測著下一任太子會花落誰家，然而明德帝並未表現出對任何一名皇子的偏愛，讓急於站隊的官員們也不敢妄動。因此在各大勢力的制衡之下，局勢倒是前所未有的安定。

章昊霖入了工部之後，便更加忙碌了，原本還能偶爾找機會在酒樓或書館與舒清淺巧遇一番，如今竟連這等工夫都沒有了。

十月初八乃黃道吉日，宜嫁娶，這天一大早，左相府與寧國侯府便忙碌了起來。

舒清淺一早便來到舒菡萏的院子裡幫忙，只見丫鬟、喜娘們都在忙進忙出地為新娘子梳妝打扮。這是姊姊的終身大事，舒清淺不敢懈怠，她一直寸步不離地跟在舒菡萏身側。

左相府的客人比接親的人來得要早，前院很快便熱鬧起來，丫鬟、小廝們紛紛端著喜糖，分發給客人與在門口圍觀的百姓。

「新姑爺來啦！」

隨著門口小廝的一聲高喊，早就準備好的鞭炮立刻被點燃。

在鞭炮聲與圍觀群眾的高呼聲中，一身大紅喜服、騎著高頭大馬的蔣尚文出現在眾人眼前。而府內，舒清淺正親手為舒菡萏蓋上蓋頭，由寧國侯府的喜娘攙扶著舒菡萏上轎。

舒清淺與大哥、二哥都是隨著送親隊伍，一道前往寧國侯府的。

舒菡萏一進侯府，便在丫鬟、婆子的攙扶簇擁下，先行來到內室，而舒清淺與送親隊伍則是被安排在外廳喝茶、休息。

距離吉時還有好一會兒，此時寧國侯府的賓客比左相府還要多，舒清淺看著她大哥、二哥周圍不停有人過來打招呼，自己則找了個不起眼的位置默默地喝茶、吃糕點。

她本想找個機會溜到後院去找舒菡萏，不過害怕被人撞見，會說左相府的女兒沒規矩，只好忍住不亂跑。

廳內又走進一群人，看著那位被簇擁在中間之人，舒清淺覺得有些眼熟，她愣了一下才反應過來，這不就是四皇子章昊天嗎？她轉念一想，既然四皇子前來赴宴，那是不是意味著章昊霖也會來？

思及此，舒清淺便有些坐不住了，她的目光四處梭巡著，試圖在人群中找出那個已經小半個月未見到之人。

正在舒清淺左顧右盼之際，有一小廝給她端來一個果盤，盤裡放著一只錦袋。她伸手取過袋子打開，只見裡面裝著五顏六色的喜糖，甚是好看，便伸手取了一顆塞進嘴裡，還不忘與那小廝道：「多謝。」

那小廝笑咪咪地指了一下某個方向，道：「是有人命小的拿給舒二小姐的。」

舒清淺順著那小廝指的方向看去，心情瞬間比口中的喜糖還要甜，只見人群之外，章昊霖正含笑看著她。

舒清淺雖很想上前關心章昊霖的近況，但眾目睽睽之下，她也不敢妄動。正猶豫間，突然見章昊霖對她使了一個眼色，她疑惑地看向身旁的小廝，若沒理解錯，章昊霖的意思是讓她跟著這個小廝一起走。

小廝朝舒清淺笑道：「舒二小姐可是沾了糖粉，想要淨手？請隨小的往這邊來。」

舒清淺點了點頭。「有勞。」

小廝領著舒清淺走出外廳，穿過熱鬧的人群，沿著長廊走了一會兒，最後在某扇月門外停下腳步。「舒二小姐請。」

舒清淺期待地朝門內看一眼，裡面那道熟悉的身影令她的步伐又輕快了幾分。

章昊霖站在樹下，看著走近的舒清淺，面上的笑容越來越大，待她在他跟前站定後，他伸手替她理了一下肩上的長髮。「走這麼急作甚？當心摔著。」

舒清淺笑意盈盈。「走快一些，便能與你多待一會兒。」

「妳啊！」章昊霖笑著捏了捏她垂在紗袖下的手。「今日可還辛苦？」

「除了必須起得早一些之外，一點兒都不累。」說完，舒清淺示意了一下站在月門外的那名小廝，不解地道：「這小廝是何人？你怎麼在侯府還有手下？」

章昊霖道：「平日裡倒是聰明，現在怎麼轉不過彎了？」

舒清淺恍然。「他是你的人假扮的小廝！」

章昊霖點頭。「他是跟在我身邊的暗衛之一，善易容，過會兒介紹你二人認識一下，以後可能還會見面。」

舒清淺由衷感慨道：「你也太大材小用了。」

她知道除了李覓與祁安賢手下的暗衛之外，章昊霖身邊另有一隊暗衛，各個身懷絕技，輕易不會顯於人前。如今露面竟僅僅只是為了給她帶路，實在是暴殄天物！

章昊霖不以為然地道：「妳可比任何事都重要，怎麼能叫大材小用呢！」

舒清淺解開疑惑後，這才打量了一下四周，發現此處地方不大，倒像是某間院子內自帶的小花園，於是又疑惑了。「這地方甚少有人來的樣子。你對寧國侯府很熟悉嗎？怎麼能尋到這樣一個好地方？」

章昊霖賣關子道：「我掐指算到的。」

舒清淺無語地看向他。「幼不幼稚啊，快說你到底是如何知道的！」

章昊霖也不同她鬧了，他笑得意味不明地道：「我未來連襟告訴我的。」

舒清淺一頭霧水，她突然覺得自己與章昊霖是不是太久沒見了，怎麼今日兩人溝通起來這麼困難？

章昊霖見她傻愣愣的模樣，心情大好，主動解釋道：「蔣尚文告訴我的，他如今成了妳姊夫，自然就是我未來連襟了。」

舒清淺看著眼前說得理所當然之人，心下無奈，曾經風度翩翩的三皇子殿下怎麼就成了這般厚臉皮之人了？她果斷轉移話題道：「聽說你去工部了？可還順利？」

章昊霖道：「之前父皇派給我的任務，好幾樁都是與工部協同辦理的，工部裡的那些人，大部分都算是老熟人了。」

舒清淺聞言笑道：「那我就不用擔心你會被人欺負了。」

章昊霖伸手捏她的臉。「好歹我也是個皇子，怎麼在妳口中，我竟如同那從未出過門的稚兒一般了？」

舒清淺拍開他的手，又捏住章昊霖的下巴，讓他與自己對視。「因為我關心你。」

一直守在月門外的暗九，進門後看到的便是這一幕，他腳步一頓，不知該進還是該退。他家殿下這是被調戲了嗎？

章昊霖見暗九進來，面不改色地問道：「怎麼了？」

一旁的舒清淺悄悄地吐了吐舌，急忙收回自己的手，努力想要幫章昊霖在下屬面前維持威嚴。

「咳。」暗九提醒道：「吉時快要到了。」

聞言，章昊霖看向舒清淺，問道：「妳想去前廳觀禮，還是我另外帶妳去個好地方觀禮？」

「去好地方。」舒清淺毫不猶豫地道：「前廳肯定早就圍滿人了，我現在過去也擠不進去。」

片刻後，舒清淺蹲在屋頂上，捧臉望天。

「這就是你說的好地方？」

章昊霖在舒清淺身邊蹲下，伸手揭開兩塊瓦片，屋內的熱鬧景象馬上盡收眼底。他挑眉反問道：「妳還能找到比這裡視角更好的去處嗎？」

在舒清淺連某個小孩偷偷從糕點盤中拿了一塊糕點藏入袖中，躲到無人的角落偷吃掉都看得一清二楚之後，她不得不承認。「這裡確實是觀禮的好地方。」

暗九變戲法似地拿出兩塊坐墊遞給二人，自己則盡責地坐到遠處放哨。

舒清淺愜意地坐在墊子上，小聲與章昊霖道：「你這暗衛真不錯，多才多藝還貼心。」

舒清淺的枕邊風隨意一吹，章昊霖立刻道：「等會兒回去我便賞他。」

放哨的暗九默默地抽了抽嘴角，他不是故意要偷聽的，無奈習武之人聽力太好。

「新娘子來啦！」隨著喜娘的一聲高呼，原本就熱鬧非凡的屋內又掀起了一陣高潮。

舒菡萏頂著大紅蓋頭，在喜娘與丫鬟們的攙扶下，緩步走進眾人的視線之中。

舒清淺眼一眨也不眨地看著舒菡萏，良久方嘆氣道：「姊姊如此一個國色天香的大美人，還真是便宜蔣尚文了！」正憤慨著，突然感覺臉頰上傳來一陣溫熱，她下意識地回頭，看著眼前那一張放大的臉，方後知後覺地意識到發生了何事。

偷香成功的章昊霖面帶笑意，盯著舒清淺不放，惹得後者瞪他道：「你一直看著我做什麼？」

章昊霖伸手摟住她。「撿了便宜的不是蔣尚文，是我。」

舒清淺有些不好意思，偷偷瞄了一眼在另一頭的暗九，確認他並未注意到這邊的情況，方故作淡定道：「你自然也是撿了便宜的。」

此刻的暗九正抬頭仰望著天空，順便催眠自己什麼也沒看到、什麼也沒聽到，剛剛那個登徒子，絕對不是他家殿下。

屋頂氣氛旖旎，屋內吉時已到，一對新人在親朋好友的見證下拜堂，此後京中又添一段伉儷佳話。

第四十六章　大震

年關將至，整個京城上自朝堂、下至百姓，本該都沈浸在除舊迎新的喜慶氛圍中，然而一場天災打破了這份祥和。

朝堂之上，此時一片沈寂，良久方有一位老臣跪地泣嘆。「陛下，和縣大震，累及京城，這是上天的昭示啊！」

明德帝面色不善，顯然老臣之言正是他心中所想。

昨夜距離京城兩百餘里外的和縣發生大震，就連京城內亦有強烈震感，城中不少簡陋的房舍都因此發生或大或小的損害，還造成十餘人受傷。和縣的具體災情尚未傳來，但毫無疑問定是一場大災。

然而，此刻這場地震造成的傷亡倒成了次要，昨夜地震一發生，明德帝便立即召來欽天監監正詢問。

欽天監監正楊懷仁亦不敢有所怠慢，連夜觀星、推算，直到東方微白之時，方給出了答案——天有異象，紫微星隱，此乃大災之兆。

聽聞此言，明德帝更是坐不住了。古往今來，地震皆有上天震懾人間之意，如今這場大震更是波及了皇城，若無法妥善解決此事，怕是會有大變。

楊懷仁在明德帝太子時期，便是他府中幕僚，當時楊懷仁利用自己所擅長的觀星、演算之術，多次為明德帝解決不少大事，所以明德帝對楊懷仁甚是信任，上任之後便立刻將欽天監監正這個官職不高卻甚為神秘的職位交給楊懷仁。

「陛下可還在因此次和縣地震之事煩憂？」楊懷仁見明德帝遲遲不開口，便主動問道。

明德帝也不再掩飾自己內心的憂慮。「自從太子出了那件事之後，朕便一直心有不安。朕最器重的兒子做出此等對不起列祖列宗之事，亦是朕這個父皇的失職。」他看向楊懷仁。「懷仁，朕恕你無罪，你老實與朕說，星象上究竟是如何顯示的？這次的大震，會不會動搖國之根本？」

「陛下，臣不敢有所隱瞞。」楊懷仁嘆氣道：「其實陛下頒詔宣佈太子出事之日，卦象上便顯示和縣附近會有輕微地震，但並不嚴重，所以臣也沒有上報。可誰知昨夜的地震竟會如此嚴重，臣便又仔細研究了這些時日的星象變幻——」言及此，楊懷仁忍不住搖了搖頭。

明德帝著急。「怎麼了？」

楊懷仁道：「許是臣學術不精，臣從未見過如此異常的星象，唯一能解釋的大概就是上天有所昭示了。」

明德帝坐在軟椅上，面容疲憊。「果然……」

和縣的災情在次日便快馬加鞭送往京中，整個和縣幾乎被夷為平地，且由於地震之時是晚上，幾乎所有人都在熟睡之中，因此傷亡慘重。

現在當務之急便是搜尋廢墟之下還活著的人，以及為和縣災民提供足以果腹的食物，和縣的官員急求京中可以增調的人手和物資前去。

明德帝本想先行過祭山大典之後，再考慮增派和縣救災人手，然而和縣災情過於慘烈，一日就有數道從和縣而來的加急摺子送往京中；且由於和縣距離京城較近，若因地震發生疫情，京城亦是危機重重。

於是在半數官員的聯名上書之下，明德帝只好在準備祭山大典的同時，命工部、戶部、兵部通力合作，全力賑災。

第一批賑災軍隊與賑災物資前往和縣之後立時傳回消息，由於災民過多、災情嚴重，再加上餘震不斷且暴雨不停，和縣靠山處恐有山體滑坡之險，地方官員心有餘而力不足，懇請明德帝派一名主事的京官前往和縣。

左相府內，舒夫人與舒清淺正在前廳喝茶，二人臉上皆有焦急之色。

今早和縣的消息一傳回，舒辰瑜便入宮請命，自願去和縣賑災。

左相夫婦雖心中擔憂，但舒辰瑜此舉乃是大義，他二人也無法對兒子說「不」。

此時舒夫人與舒清淺正是在等著人在宮中的舒辰瑜回來。

「二哥！」舒清淺一看到舒辰瑜的身影出現在門外，便立刻迎了上去。

舒辰瑜進門道：「娘、小妹。」

舒夫人放下手中的佛珠。「瑜兒，陛下怎麼說？」

舒辰瑜笑道：「陛下同意讓兒子去和縣了。若無意外，明日便能動身。」

舒夫人嘆氣。「罷了、罷了！你都這麼大了，為娘也不能一直拘著你。」

舒辰瑜討好地道：「娘，您放心好了，兒子會注意安全的，再說我也捨不得丟下您和小妹呀！」

「呸呸呸，烏鴉嘴！」舒清淺拉著舒辰瑜在椅子上坐下，叮囑道：「二哥，此次和縣的災情非比尋常，你千萬不要逞能，別什麼事都親力親為。還有，災民情緒不穩，若發生暴動，你莫要做出頭鳥。」

「我知道。」舒辰瑜喝了一杯茶後，又道：「到時候有三殿下頂在前面呢！我怎麼都不會是那隻出頭鳥。」

舒清淺替舒辰瑜倒水的動作一頓。「三皇子也去？」

舒辰瑜點頭。「三殿下比我還要早去找陛下。照理陛下本不應派皇子前去，但聽聞昨夜欽天監那神神叨叨的楊懷仁又與陛下危言聳聽了一番，所以陛下才會同意由三殿下代天子前往和縣。」

舒清淺的心中更加不安，卻又無法追問，只道：「二哥，之前安縣饑荒時，我曾在那裡遇過一雲遊神醫，他給了我一個方子，讓我熬成藥汁並浸濕帕子，陰乾之後，再用那帕子摀住口鼻，便能隔絕疫病，我這就去藥鋪給你準備一些。」

舒夫人贊同道：「清淺，聽聞大震之後瘟疫頻發，妳索性多準備一些帕子與藥材讓妳二哥帶去和縣，給那些百姓們每人都發一塊。」

舒清淺無奈地道：「娘，您當我不想嗎？只是這方子裡的藥材價值近一金，且裡面有一味藥材極為難取，怕是就算我將京中所有藥鋪都尋一遍，也只夠熬一小鍋，能浸出十條帕子就算多的了。」

舒夫人道：「既如此，妳就抓緊時間多派些人去各家藥鋪抓藥吧！」

舒辰瑜亦道：「有勞小妹。要是能多準備幾塊帕子，也許可以多救幾條人命。」

舒清淺應道：「我會儘量多準備一些藥材與帕子的。」

她立刻領了數名丫鬟，讓丫鬟們分頭去各家藥鋪抓藥。她自己則去了暢文苑，派人尋到那輛為三皇子府送菜的馬車後，便讓車夫來接她，隨即馬不停蹄地趕往三皇子府。

舒清淺知道自己這般貿然去找章昊霖，實屬衝動之舉，不過二哥說也許明日便要啟程前往和縣了，章昊霖在前往和縣之前，定還有不少事務要準備，她擔心自己今日不趕來的話，等明日就來不及了。

和縣災情嚴重，章昊霖此行一去，不知何日才能再見面，萬一再有個天災人禍，舒清淺都不敢往下想了。

舒清淺照例從後門入府，之前蕭管家怕人多口雜，特意為她留了一條人少的路，可以直接通往章昊霖的書房。

她在書房等了小半個時辰，章昊霖終於過來了。

剛剛暗衛告訴章昊霖，說舒清淺在書房等他的時候，他便猜想舒清淺定是聽說自己要去和縣之事，於是迅速地結束會客，來到書房。「可是等得不耐煩了？」

舒清淺定定地看著他，一句話也不說。

章昊霖伸手將她拉到自己身邊。「怎麼了，不想讓我去和縣？」

「知道我不想你去，你還主動請命？和縣此次大震非比尋常，你在和縣若是……」一想到最壞的情況，舒清淺的眼眶不禁微微泛紅，實在無法將心中的假設說出口。

見舒清淺這般模樣，章昊霖無比心疼，他甚至想著還是不去和縣了，但想歸想，這是不容推卻的責任。

他捏了捏舒清淺的下巴道：「去找父皇前，我本想先找機會問一問妳的意見，無奈事出突然。」

舒清淺顯然聽不進他的解釋，埋怨道：「就算我要你別去，你還是會去！」

「但我會先說服妳。」章昊霖將舒清淺賭氣不看他的臉扳正，看著她的眼睛保證道：「有妳在京中等我，我定會安然無恙地回來的。」

事情已成定局，舒清淺心知抱怨無用，她伸手摟住章昊霖的腰，將臉埋在他肩上，悶聲叮囑道：「你到了和縣後，凡事要量力而為，將己身安危放在首位。這樣的大震之後，各種各樣的災情定會接踵而至，哪怕神仙下凡也無法面面俱到、兼顧所有，你千萬別逞強。」

章昊霖輕拍著她的後背。「放心，我不會冒險的。」

雖得了章昊霖的保證，舒清淺卻依然憂心忡忡，天災非人力所能預測，又豈是他說不冒險便能不冒險的。「真想和你一塊兒去。」

章昊霖笑道：「妳要是真和我一道去和縣，那我即使冒著抗旨的風險，也不敢去了。」

兩人正說話間，門口有人敲門道：「殿下。」來人是蕭管家。

章昊霖問道：「何事？」

「和縣又有消息傳來了，李大人他們還在前廳等您。」蕭管家隔著門提醒道。

章昊霖回道：「我知道了，這就過去。」

舒清淺聞言，皺眉道：「耽擱你正事了？我方才特意讓下人莫要打擾你，等你議完事再去請你過來的……」

章昊霖笑道：「妳比那些事情重要多了。」

舒清淺伸手推他。「行了、行了，快過去吧！早些處理完事情，你才能早點歇息。」

章昊霖在她額頭上親了一口。「那我過去了，一會兒讓老蕭送妳出去。」

舒清淺點了點頭，又忍不住多說一句。「你一定、一定要平安回來！」

目送著章昊霖的身影消失在書房外，舒清淺長嘆一口氣，只能在心中祈求章昊霖此去和縣，能一切安好。

蕭管家在一旁開口安慰。「二小姐莫要擔心，殿下不是沒分寸的人，更何況如今又有您在京中等著殿下，殿下定會安然無恙回來的。」

舒清淺笑了笑。「希望如此。」想了想又道：「對了，蕭管家，我讓人準備了一些浸過藥汁的帕子，可以隔絕疫病。明早我會命人將帕子放在暢文苑，再麻煩你派人去取。」

蕭管家笑道：「二小姐有心了。」

隔天一早，章昊霖與舒辰瑜帶著第二批賑災物資與人員，趕往和縣。

三日之後，明德帝率百官舉行祭山大典，並在大典上宣讀前太子章昊澤之十大罪行，以昭天下。

鳳臨宮中，前太子妃抱著剛滿周歲的皇長孫，站在皇后面前。

皇后端坐在上首，手中拿著一串念珠，面色從容，這還是自前太子出事之後，皇后娘娘第一次開門見客。

前太子妃將手中稚兒交到身後的宮女手中，先朝皇后行了一禮後，才又抱過皇長孫，並示意身後的宮女先退出去。

待宮女出去後，前太子妃開口道：「母后，臣妾準備自請去泰山腳下長居，日日吃齋唸佛，好替前太子贖罪。」

皇后嘆了一口氣。「妳是一個好孩子。當日是本宮親自選妳做本宮的兒媳婦，本以為妳今後定能母儀天下，成為澤兒最有力的賢內助，誰料如今竟是澤兒有負於妳！」
許是前太子妃所有的怨言與眼淚早已在前太子出事後便流乾了，如今反倒顯得異常淡然。「世事難料，要怪也只能怪造化弄人。」
皇后點了點頭，道：「妳去泰山也好，至少那處遠離喧囂，也自由一些。」若是尋常人家的閨女，遇到此等事，也不是沒有改嫁的機會；但身在天家，前太子妃這一世怕也只能孤獨終老了。
前太子妃繼續道：「多謝母后理解。至於麒兒，臣妾也會一道帶走。」
聞言，皇后終於停下了手中一直在撥弄的珠串。「麒兒乃皇長孫，自是該留在宮中，由本宮代為管教。」
前太子妃道：「麒兒尚小，若無生父、生母在旁照料，試問在這皇城之中，麒兒又該如何生存？」
皇后皺眉，不悅道：「麒兒是本宮的親孫兒，本宮難道不會護他周全？」
前太子妃似是沒注意到皇后的表情，完全不為所動。「臣妾相信母后定會全心照料麒兒的，只是麒兒不可能永遠生活在您的鳳臨宮，也不可能一直在這宮中待下去。」
皇后不語，她知道前太子妃所言並非杞人憂天，卻又實在不捨孫兒離自己而去。「泰山雖然不是什麼苦寒之地，卻遠遠不能與京城相比，且麒兒留在京中，還有天下最好的老師來教導他。」

前太子妃笑了，笑容中帶著幾分諷刺苦澀。「最好的老師又如何？前太子當初難道不是受了全天下最好的教育嗎？即便沒有老師，臣妾自問出身書香門第，也會親自將麒兒教導好。臣妾只要他健健康康、平平安安地在臣妾身邊長大，以後能自在一世便足矣。」

前太子妃的這些話雖然戳中皇后的痛點，卻也說出了皇后自前太子出事之後心中所想，皇后示意前太子妃將麒兒抱給她。

麒兒如今正蹣跚學步，前太子妃將他放在地上。「皇祖母在叫你過去呢。」

麒兒聞言，便自己一步一搖地走向了皇后。

皇后伸手將麒兒摟在懷中，親著他與前太子小時候甚為相似的小臉蛋。「皇祖母沒有將你父親教好，連累了你這麼小便要遠走他鄉，你可不能忘記皇祖母。」皇后說著，眼淚竟落了下來。

麒兒伸出肉乎乎的小手，替皇后擦擦眼淚，像個小大人般一本正經卻奶聲奶氣地道：「皇祖母不哭。」

皇后忍不住將麒兒緊緊摟住。「你以後要聽你娘的話，平平安安、快快樂樂地長大，等長大了，一定要記得皇祖母還在京城等著你。」

第四十七章　失蹤

數日之後，前太子妃帶著年幼的皇長孫，在二十餘個侍衛的護送下前往泰山腳下，替前太子誦經、贖罪，不得聖命禁止返京。

距離京城十餘里外的官道上，舒清淺攔下了這支隊伍，遞了一個錢袋給侍衛首領道：「天氣寒冷，請諸位喝些熱茶暖暖身子。」

侍衛首領接過錢袋，感受著沈甸甸的分量，客氣道：「多謝舒二小姐。」又與身後的手下道：「大家先喝些熱茶，休息一會兒。」說罷便帶著手下一道進了路邊的茶水攤。

舒清淺看著茶棚中的侍衛們，心中清楚，這些人與其說是來護送前太子妃與皇長孫，倒不如說是負責監視、看管二人的。

前太子妃的馬車內除了皇長孫之外，還有一乳娘與一丫鬟隨行，馬車並不算大，四個人坐在裡面甚至有些擁擠。

舒清淺上車之後，前太子妃便讓乳娘與丫鬟先抱著麒兒下車去喝杯熱茶。

待馬車內只有她二人時，舒清淺方將手中包裹內的木匣遞給前太子妃，並開口道：「清淺是來為太子妃送行的。」

前太子妃接過木匣打開，只見裡面是一些現銀與數張大面額的銀票。前太子妃合上木匣，苦笑道：「妳的心意，我心領了。如今前太子和妾身已是罪人，再說暢文苑與妾身本就沒什麼關係，若接受了妳的分紅，萬一被陛下得知，怕是前太子的罪名又得多加上一條了；更有甚者，也許連妳都會被遷怒。」

舒清淺並未接過木匣，而是道：「只有現銀是清淺準備的，當日清淺曾許諾今後每月都會將分紅親自交給您，這就當作是最後一筆吧！至於那些銀票……清淺也是受人之託。」

前太子妃疑惑，實在想不出除了舒清淺，還有誰會在這個時候雪中送炭。

舒清淺笑了笑。「這些銀票是三殿下去和縣之前，託清淺交給您的。」

當日章昊霖將銀票交給她，並道：「我估計在我去和縣的時候，父皇定會將此次大震歸咎於前太子，屆時怕是前太子妃與皇長孫也會被牽連。若真是如此，他們母子二人勢必用得上這些銀票，妳再幫我交給前太子妃。」

舒清淺起初並未答應，只反問道：「如果陛下真的不念及父子親情，我若替你將這些銀票交給前太子妃，陛下豈不是連你也要一起怪罪？」

章昊霖道：「前太子在離開前，曾託我代為照看前太子妃與麒兒，我雖未答應，卻也無法真的置他們母子於不顧，這點銀票也算是略盡我的一點綿薄之力。至於父皇……」他搖了搖頭繼續道：「若是父皇真想怪罪一個人，即便我不送這些銀票，也會因其他理由被責罰，所以倒不如不要去管父皇會如何。」

舒清淺當時還有些懷疑章昊霖所言，如今卻相信了。

前太子以前即便犯再大的錯，陛下也只是一句「下次注意」就了事；如今陛下在祭山大典上，卻連前太子溫良謙恭的品行，都成了唯唯諾諾、不思進取的罪名……舒清淺除了感慨天家無情，也是再無他言。

前太子妃聽聞舒清淺所言，目光落在木匣上，不知在想些什麼，良久才開口道：「前太子在時，與咱們最親近的四弟如今連個人影都不見，結果卻是三弟……」前太子妃苦笑著搖了搖頭。「果然只有在遭逢變故之後，方能看清人心。」

舒清淺不願再多言，只道：「三殿下此舉也是希望您能與小皇孫安心度日，不必為錢財而煩惱，還望您多多保重。」

待舒清淺下車離去後，前太子妃最後一次望向了京城的方向——當初十里紅妝嫁入太子府為正妃時有多風光，如今獨自帶著稚子離鄉背井就有多淒涼。一聲嘆息後，前太子妃收回了目光，拿著木匣子的手指因為用力而微微泛白。

乳娘與丫鬟抱著麒兒重新上了馬車，前太子妃將木匣小心收起，才伸手抱過麒兒，將過去的所有回憶都抛之腦後。如今她唯一要做的，便是好好照顧麒兒，簡簡單單、快快樂樂地繼續過日子。

舒清淺騎著馬，慢悠悠地朝城內走去。她倒是不怎麼擔憂前太子妃今後的日子，他們母子倆既已遠離京城，又有那麼些銀兩傍身，只要別想不開打算離開泰山，想必那些侍衛也不敢為難他們母子。

回到左相府時，舒清淺碰巧看見一身著號衣之人，行色匆匆地從相府內大步走出。那人迎面撞上舒清淺後，方停下腳步，朝她行了一禮。「舒二小姐。」

舒清淺見他的號衣與靴子上皆是泥汙，忙開口詢問道：「你可是從和縣而來？」

那兵士點頭。「小的奉三殿下之令，回京彙報新災情，順道替舒統領送一封家書到左相府。」

舒清淺立刻追問：「那邊災情如何？」

兵士搖頭道：「三殿下與舒統領去的第二日，和縣便開始下暴雨，不少百姓躲過了當日的大震，卻未能躲過洪水。總之情況不大樂觀。」

待兵士離開後，舒清淺蹙眉走進府中，廳堂內，舒夫人正在看著舒辰瑜的信。

舒清淺上前問道：「娘，二哥信上說什麼了？可還安好？」

舒夫人一邊將信交給舒清淺，一邊擔憂嘆道：「妳自己看吧。早知和縣災情如此危急，當日為娘就該堅持不准他去！」

舒清淺接過信件，發現二哥的信中雖輕描淡寫地將災情簡單帶過，但「餘震不斷」、「暴雨難停」、「災民無數」等字眼，還是令她心驚不已。

舒清淺緊緊地盯著手中那張薄薄的信紙，似是想要透過這些白紙黑字，看清和縣的種種情況。

她擔心舒辰瑜，更擔心連一封信都沒有捎回來的章昊霖。

還有月餘便是新年，明德帝似乎刻意想要忽視百里之外那水深火熱的和縣一般，所有關於和縣災情的摺子，竟全部交由左、右二相處理，朝堂內、外頓時形成一派祥和的假象。

臘月初八，京中百姓都在熱鬧地祭祖、祭神之時，和縣再次傳來消息，連日暴雨導致山崩、水患，情勢萬分緊急。

消息傳來之時，明德帝正於宮中設臘八宴與群臣共樂。由於內宮正在設宴，前來傳信的官吏無法進入，只能一身狼狽地在門外等著內侍通傳，沒想到直至宮中宴席結束，傳信的官員都未能見到明德帝。

而舒清淺在聽聞山崩的消息之後，焦急地等待了幾日，和縣卻不曾再有任何消息傳來。她想自欺欺人地告訴自己，肯定是災情有所好轉，才會無消無息；但她心底卻異常清楚，地震、洪水、山崩任何一個天災都是毀滅性的，災情只會越來越嚴重。

猶豫過後，舒清淺也顧不得其他，她派了一名小廝去祁安賢府上送信，打算向他打探和縣的情況。她知道章昊霖不在京中時，暗衛們都會隨時和祁安賢保持聯繫。

此時平陽伯府中，祁安賢也在為和縣之事犯愁，因為暗衛剛剛又給他送來了一個天大的壞消息！然而就在祁安賢猶豫著要不要將此消息告訴舒清淺時，門房前來通傳道左相府的小廝送來了一封信。

祁安賢看完信後，與暗衛道：「我不大方便去見舒二小姐，你先去暢文苑等著她，屆時再將和縣的情況與她說一說。」

暗衛略有猶豫。「那殿下失蹤一事，也要告訴舒二小姐？」

祁安賢點頭。「舒二小姐不是那種久居閨閣、未經世事的女子，告訴她的話，她說不定還能幫忙想想辦法。」

左相府中，小廝很快便帶來回信。

舒清淺展信，信上只有簡單一句話，讓她速去暢文苑。舒清淺不敢耽擱，收起信以後，便立刻換衣出府。

來到暢文苑後，舒清淺走進小院環視四周，卻未見到人。當她正欲找人過來問問有沒有客人來找她時，突然從房梁某處落下一人。

那人身手敏捷地將院門合上後，朝舒清淺行禮道：「屬下暗十一，見過舒二小姐。」

舒清淺忙問道：「你是從和縣來的？那邊情況如何？三殿下可還安好？」

暗十一回道：「和縣臨山，山腳下不少村民的屋舍都被山崩落下的石塊砸壞，有些地勢低窪的屋子甚至還被泥沙沖倒，有許多村民被掩埋，災情慘重。昨日又下了一天的大雨，三殿下冒著大雨，帶了一隊人馬去山腳查探有無村民生還，誰知在傍晚時分，那隊人馬已回到府衙，三殿下卻遲遲未歸。屬下不敢耽擱，立刻回京稟明平陽伯，準備再多帶一些暗衛前去和縣，以確保殿下安危。」

「殿下失蹤了?!」舒清淺怎麼都沒想到暗十一會帶回這樣的消息，最初的驚憂過後，她迅速找回了理智。「殿下身邊可還有其他人隨同？我二哥派人去找了嗎？」

「舒二小姐不必太過擔憂。」暗十一道：「舒統領昨晚已經派了大隊人馬前去搜尋三殿下，且殿下身邊還跟著暗一，暗一定不會讓殿下涉險的。」

然而暗十一的話並沒有什麼安慰的作用，反而使舒清淺的眉越皺越深。「昨晚已經派人去找，卻到現在都還沒找到？他們身上可有帶著聯絡用的信號箭？」

暗十一點頭。「暗一身上帶著。」

「帶著信號箭，卻不聯繫……」舒清淺越發擔憂，她轉頭看向暗十一。「你何時要再去和縣？」

暗十一答道：「屬下等平陽伯安排。」

舒清淺道：「麻煩你與平陽伯說一聲，本小姐要與你一同去和縣。」

暗十一感到意外，下意識地勸阻道：「如今的和縣十分危險，若殿下在此，定不會希望舒二小姐前去涉險。」

舒清淺搖頭。「那也得他平安回京才行。」接著擺手制止打算繼續勸阻她的暗十一。「你不用再多說了，就算不讓本小姐同你一道去和縣，本小姐也會自己去的。」

暗十一聞言，沒再多說，只得領命離去。

待暗十一離開後，舒清淺立即動身回到左相府，一是要先簡單收拾一下行李，二是要想想該怎麼同爹爹開口。

舒遠山今日一早便找了魏明、二皇子、四皇子以及兵部、戶部的官員商議關於和縣的災情，然而除了他以及少數幾個官員支持提高賑災力度之外，其餘幾位主事的官員和兩位皇子都是一副不想多管的態度。畢竟如今三皇子攬下了這個爛攤子，做得好與不好，都和他們無關。

舒遠山心中無奈，卻又無法強迫其他人。以如今陛下這般對和縣災情睜隻眼、閉隻眼的態度，下面的人不作為也是正常。

而舒清淺整理完行李後，舒遠山也回府了。

舒清淺再三考慮之後，決定與爹爹坦白，實話實說，便立刻來到書房。

「爹爹，今日去商議賑災之事，可有進展？」書房內，舒清淺開口詢問。

「都是不願攤事的。」舒遠山忍不住嘆氣。「想當初老夫初入朝堂時，滿朝忠烈，為官者無一不以百姓為先；再看看現在，短短數十年，整個朝堂竟頹敗至此，真是國之不幸！」

舒清淺安慰道：「幸而還有三殿下在和縣主持大局。」

舒遠山點頭同意。「三皇子才德兼備，確實是這一輩皇子中最出眾的！只可惜陛下忌憚西南王勢力，否則只有三皇子才堪當大任。」他如今已十分清楚自家小女兒的才能，這些朝堂之言，便也不再避著她。

舒清淺直言道：「爹，女兒打算去和縣。」

正準備喝茶的舒遠山聽聞此言，手上動作一頓，茶水因而灑出一些在桌面上。

舒遠山驚怒道：「妳要去和縣？胡鬧！如今我恨不得找人將辰瑜抓回來，妳還想跑去做什麼？」

舒清淺咬了咬唇，終是開口道：「三殿下失蹤了。」

舒遠山被這個消息所震驚。「三殿下失蹤？什麼時候的事？」

「昨晚。」舒清淺道：「他的隨從剛剛送來了消息。」

舒遠山疑惑道：「剛剛送來消息？老夫怎麼不知道？」

舒清淺回道：「消息沒送入宮中，是送去平陽伯府的。」

「那妳怎麼會知道？」舒遠山沈著一張臉，話雖已問出口，但一想到之前的種種蛛絲馬跡，心中亦猜到了七、八分。

舒清淺猶豫了片刻，隨即跪下，抬頭看著舒遠山道：「女兒謹記舒家家訓，嚴以律己，潔身自好，不敢做出任何出格之事。三殿下從西南回京時，本欲上門拜見您與母親，是女兒覺得為時過早，讓三殿下待明年女兒行過成人禮後再上門。此事乃女兒思慮不周，還望父親見諒。」

舒遠山沈默，心中雖有不悅，但看著舒清淺擔憂的模樣，也不忍太過苛責，只冷聲道：

「妳不必替三殿下開脫，等他回京後，讓他親自來向老夫解釋！妳也別跪著了，先起來再說。」

舒清淺心中暗自鬆了一口氣，忙起身並重新替舒遠山倒了一杯茶，才道：「爹爹，那去和縣之事？」

「這件事沒得商量。」舒遠山瞪向一臉討好的舒清淺。「三皇子失蹤，就算妳去了又能如何？難道妳也想失蹤不成？」

舒清淺信誓旦旦地保證道：「女兒會同三殿下的隨從們一起前往和縣，他們都是高手，我不會有事的。」

「高手？那三殿下不也失蹤了？」舒遠山不為所動。

舒清淺繼續哀求道：「那是三殿下隻身涉險，女兒定不會做這種事的。」她又道：「且女兒到了和縣，還能多替他們準備一些防瘟疫的藥汁。爹，您就答應我吧！」

舒遠山嚴肅地道：「別說了，老夫是不會同意的。」

舒清淺見舒遠山硬是不鬆口，只好道：「爹爹，女兒一定要去和縣一趟！您若不同意讓我與三殿下的人一同前往，到時候我若獨自上路，想必更加危險。」

「妳——」舒遠山氣急了，瞪著眼睛不說話。

舒清淺知道這是爹爹鬆口的前兆，馬上接著保證道：「爹爹，女兒就是去看一下，待確認三殿下與二哥的安危後便回來。」

舒遠山嘆氣，良久方道：「罷了、罷了，要是不讓妳去，妳早晚也會自己偷偷跑去。切記，到了那裡，妳自身的安危最重要！明白嗎？」

舒清淺點頭。「女兒明白，謝謝爹爹！」

舒遠山又叮囑道：「這件事別跟妳娘說，免得妳娘擔心，就說妳要去妳姊姊那邊住幾天即可。妳早些回京，千萬別涉險，天災不是人力可以抗拒的。」

舒清淺回道：「女兒記住了，爹爹請放心。」

得到爹爹的同意，讓舒清淺的心情好了許多。她馬上遣人去平陽伯府傳口信，道她已經準備好了，隨時可以出發。

第四十八章 重逢

次日一早，祁安賢安排了一支二十人的暗衛隊伍，隨同舒清淺一道前往和縣。

而左相府中，左相夫人正在問左相大人道：「老爺，你說好好的菡萏為何突然想找清淺去小住一段時日？會不會是菡萏在寧國侯府住得不習慣？要不妾身也找個時間去侯府看看菡萏吧。」

左相大人邊喝茶邊道：「前幾日為夫在宮中遇見寧國侯，他還對咱們家菡萏讚不絕口呢，夫人就別瞎猜了！她們姊妹二人關係好，清淺去住個幾日、陪陪菡萏還說得過去，妳若跑去寧國侯府，那成何體統？」

左相夫人覺得左相大人所言很有道理，便點了點頭，片刻後，卻不禁嘆氣道：「今年菡萏得在寧國侯府過年，瑜兒也不知能不能回京過年……」

左相大人道：「那夫人怎麼不想想咱們家今年還添了一對長孫呢？妳要多想些高興的事，別總是愁眉苦臉的。」

左相夫人贊同道：「快過年了，是得高高興興的才是。」

與此同時，舒清淺正策馬在通往和縣的小路上疾馳，她只希望等她抵達和縣時，章昊霖可以平平安安、完好無缺地出現在她面前。

快馬加鞭一個多時辰，舒清淺一行人便趕到了和縣，所幸天氣陰沈沈的卻未曾下雨，她趕路也不至於趕得太過狼狽。

眼前的和縣幾乎是一片廢墟，舒清淺也顧不得多看四周的情況，一心只想要趕緊見到章昊霖。

舒清淺隨著暗衛趕到府衙時，府衙的大院已被改建成臨時的避震棚。

暗十一拉住一個留守的衙役，詢問其他人的去向。

那衙役道：「舒統領正帶人在北山搜尋生還的難民，其他衙役則都去尋三殿下了。」

待那衙役離開後，暗十一問舒清淺道：「此行一路顛簸，舒二小姐可要先在此歇息？」

舒清淺斷然拒絕。「不必，麻煩你先帶本小姐去三殿下失蹤的地方看一看。」

暗十一已領教過舒清淺的固執，也不多話，點點頭道：「那請舒二小姐先吃些東西墊墊肚子，咱們隨後出發。」

其餘暗衛顯然分工明確，很快便各自忙了開來。

舒清淺簡單地吃了些東西，便跟著暗十一離開府衙，直奔章昊霖失蹤之地。

和縣城內的屋舍大都只剩下一堆破碎的磚瓦，不少倖存的百姓正趁著現在沒下雨，來到自家坍塌的房屋下挖掘，希望能找回一些可用之物。

空曠的農田空地上也已經搭起了不少簡易的避震棚，幾乎和縣所有倖存的百姓都聚集在此地。這些人臉上沒有絕處逢生的喜悅，全是灰敗的絕望之色——家沒了，親人也沒了，他們甚至不知道自己僥倖活了下來，究竟是對是錯？

章昊霖是在城外的王家村失蹤的。王家村是和縣最大的村子，有一百多戶村民居住在此處，由於王家村就在山腳下，所以山崩後的災情尤為嚴重。

舒清淺雖早已聽說過山崩的破壞性強，但是當親眼目睹那滿目瘡痍的景象時，依然被震驚得說不出話。

看著眼前被泥漿淹沒的房屋與處處堆積的山石，舒清淺原本還抱著的一絲希望瞬間蕩然無存。如此惡劣的環境，連行走都十分艱難，更不要說是找人了。更何況那日還下著暴雨，現在她只能祈禱章昊霖是被困在某處安全之所卻無法脫身。

舒清淺正欲下馬，想登上高處查探地勢，卻被暗十一攔住。「舒二小姐，這邊的泥沙都很鬆軟，不易行走，您有什麼事，讓屬下代勞即可。」

舒清淺好笑地看著他。「若是得由你代勞，本小姐何必親自來此？」

暗十一無奈，只能任由舒清淺下馬，踩著石塊與斷樹登上高處，自己則小心地護在她身後，生怕有個閃失。

天色越來越暗，似是要下雨了，舒清淺看著灰濛濛的遠處，努力辨認著地形與方位，並設想著章昊霖遇險時會躲向何處。

舒清淺的目光落在了某處，她問身邊的暗十一道：「你可知那邊是何處？」

暗十一順著舒清淺手指的方向望過去，在朦朧天色中，依稀可以辨認出有一座牌坊歪歪斜斜地立在那兒。暗十一回想了一下之前看過的地形圖，道：「那裡原本是王家村的祠堂所在，後來又在裡面建了學堂。」

舒清淺道：「可有派人搜過那裡？」

暗十一點頭。「這附近都已經找過，還有幾處被泥水堵住的道路，舒統領也曾派人前去開路搜尋。」

舒清淺點了點頭，目光還是落在那塊牌坊上，她轉頭與暗十一道：「我想過去看看。」

暗十一試圖勸阻舒清淺。「舒二小姐，那邊四處都是淤泥，不如您在此稍候，讓屬下過去看看如何？」

舒清淺堅持道：「本小姐要親自去。」說罷，便率先走下石塊。

暗十一趕忙緊隨其後，生怕自家殿下沒找到，舒二小姐又出了什麼差池。

舒清淺雖穿著一身俐落的騎馬裝，但這片廢墟中到處都是淤泥和積水，她深一腳、淺一腳地走著，靴子上很快便沾上厚厚的泥巴。

短短一小截路，舒清淺走了快一炷香的時間才走到牌坊邊。她伸手扶向歪斜的牌坊，待站定身子後，才發現眼前已完全看不出之前祠堂的輪廓，入眼皆是斷木殘瓦混合著泥水，偶有幾處牆角仍立在其中。

暗十一看了看天色，又看了看正專心查看祠堂的舒清淺，有些焦急道：「舒二小姐，暴雨將至，這一片已經被我們全部翻過一遍了，若有人跡，不會沒有察覺的。」

舒清淺眉頭緊鎖，似是沒聽到暗十一所言一般，自顧自地在找著什麼。

暗十一見舒清淺沒反應，心中越發著急，甚至大逆不道地想強制帶她離開。畢竟沒見過山石崩塌、洪水突至的人，是無法想像此等災禍所帶來的危險。

就在雨點開始落下，暗十一準備上前敲暈舒清淺並帶走的時候，舒清淺突然朝某處走去，暗十一趕緊跟上。

雨勢已經有些大了，暗十一伸手將自己身上防水的披風解下，遞給舒清淺道：「舒二小姐，您先穿上。」

舒清淺穿上披風後，走至某處停下，回頭問暗十一。「可有工具能將這些雜物挖開？」

暗十一道：「若舒二小姐想將此處挖開，不如咱們先回府，屬下再多調些人手，並帶齊工具過來。」

舒清淺看著暗十一將披風給了自己，他卻被大雨淋得連眼睛都睜不開的模樣，也有些過意不去，正準備點頭答應，卻突然瞧見腳邊的木條似乎動了一下，她馬上停住腳步。「等等，暗十一，你看到木條動了麼？」

暗十一順著舒清淺的手指看過去，並沒發現什麼異常。

舒清淺等不及暗十一的回覆，便已經心急地蹲下身，直接徒手將木條和磚瓦拿開。

暗十一無奈地看著舒清淺的動作，只好蹲下跟著舒清淺一起搬磚，還不忘勸阻道：「舒二小姐，讓屬下來就行。」

此時，舒清淺又清晰地感覺到下面傳來響動，她猛地看向暗十一。「你感覺到了麼？下面確實有活物。」

暗十一這次也清楚地察覺到動靜，他立刻上前，側耳貼近地面，發現下面確實傳來「窸窸窣窣」的響動。他看了看四周，迅速找來一塊木板，開始動手將上面的雜物鏟除。

小半個時辰之後，暗十一腳下方露出了一塊青石板，他伸手有節奏地輕扣了幾下，片刻之後，下面竟傳來同樣的回應聲。

暗十一驚喜地看向舒清淺。「舒二小姐，他們確實在下面！」

舒清淺圍著這塊石板轉了一圈，皺眉道：「這石板也不像有機關可以打開的樣子，只能強行撬開了。」

暗十一點頭，又伸手朝石板上敲了幾下，石板下再度傳來幾聲敲擊，似乎在與他溝通著什麼。他與舒清淺解釋道：「這是我們暗衛之間的密語，過會兒屬下會從外面拉起石板，暗一則從裡面推，看看能不能合力將石板弄起來。」說罷暗十一抽出自己的匕首，插進石板邊緣，當作一個著力點。

當暗十一正準備敲石板，好提醒下面一起發力時，舒清淺出聲道：「等一下。」

暗十一看向舒清淺，只見她伸手從自己的靴筒中抽出一把匕首，寒光微閃，一看便是利刃。

舒清淺站在暗十一的另一側，同樣將匕首插進石板邊緣，找到了一個著力點。待一切就緒後，方朝暗十一道：「咱們一起出力。」

暗十一伸手在青石板上敲了兩下，開口道：「三、二、一！」兩側同時出力，青石板果然出現一絲鬆動，三人一鼓作氣，合力將青石板推開了約莫有一人身的縫隙。

原以為暗一會爬出來，誰知最先被遞出來的竟是一名虛弱的小女孩，緊接著地下傳來暗一的聲音。「先將這小姑娘抱出去。」

待小女孩被暗十一小心地抱出後，暗一方緊隨其後鑽了出來。

舒清淺看著暗一身後的地洞，卻未看到章昊霖的身影，著急道：「你家殿下呢？」

暗一道：「殿下還在裡頭，裡面還有好些個小孩。不過地道已被坍方的石塊堵住了，通行十分困難，殿下便先讓屬下帶著這個生病的小姑娘出來找援兵。」

舒清淺的目光落在那小女孩身上，瞧見她臉上不正常的潮紅，便伸手試了試她的額溫，對暗十一道：「你與暗一先帶這小姑娘回去找大夫，我留在這裡守著，等你帶援兵過來。」

暗一回道：「這邊雨大，不如舒二小姐與暗十一先帶小姑娘回府，由屬下在此留守。」

舒清淺看了看暗一道：「你也受傷了吧？趕緊回去休養，之後這邊需要你們幫忙的事情還多著呢！」

暗十一聽見舒清淺所言，這才發現暗一的左臂似乎有些不自然地垂著，難怪剛剛暗一會連一個小女孩都無法順利地托出洞口。

這種情況下，讓暗一單獨帶著小女孩回府，暗十一也不放心，且暗一的傷需要治療。於是在舒清淺的堅持之下，暗一與暗十一帶著小女孩，先行騎馬回府衙去了。

待暗衛離開後，雨勢越來越大，舒清淺看了看石板下的暗道，猶豫一會兒後，便彎身進入暗道。

暗道裡面很黑，又不停有雨水灌進來，原本就不好走的窄路變得越發濕滑。舒清淺從腰間特製的防水荷包裡取出一個火摺子點亮，這才小心翼翼地朝暗道裡面走去。

暗道很窄，但結構十分巧妙，經過如此大震，這條暗道頂部雖出現不少裂痕，卻沒有整個塌掉。她輕手輕腳地走著，生怕製造出一點聲響，便會引發暗道的坍塌。

往前走不遠，果如暗一所言，暗道被石塊與淤泥截斷了。舒清淺將火摺子插在石塊的縫隙間，隨即緩緩地從上面的空隙爬了過去，這才拿起火摺子繼續前行；沒走幾步，狹窄的暗道突然開闊起來，眼前儼然是一間石室。

舒清淺聽到另一側傳來一些動靜，便朝著那側走去，並嘗試著開口喚道：「殿下？」石牆突然移動起來，舒清淺緊盯著石牆那頭，終於在石牆打開的瞬間，看清了站在裡面的人。

她眼睛發脹，強忍著不讓眼淚流下來。「殿下……」聲音裡帶著濃濃的鼻音。

章昊霖看著站在自己面前、一身狼狽的舒清淺，有些恍神，過了好久才反應過來，隨即皺著眉頭問道：「妳怎麼來了？」

舒清淺被章昊霖責問的語氣傷到，原本一肚子的話瞬間咽了下去，只是不發一語地看著章昊霖。

章昊霖伸手將舒清淺因被雨水打濕而垂落在臉上的頭髮理至耳後，心疼道：「妳一個姑娘家弄得這麼狼狽，要是沒人要了怎麼辦？」

聽著章昊霖久違的溫柔語調，舒清淺伸手緊緊地圈住他的腰，埋首在他肩上道：「你擔心死我了！你要真出事了，我怎麼辦？」

章昊霖伸手拍著舒清淺的背，安撫道：「好了、好了，不哭了！那群孩子們都在看著妳呢。」

舒清淺這才看到那扇被打開的牆後面，還有十餘個小孩子。她收回目光，摟著章昊霖的手卻不肯撤走。「看到就看到，我好不容易才找到你，多抱一會兒有問題嗎？」

章昊霖享受著懷裡久違的柔軟，寵溺道：「沒問題，應該的。」

膩歪過後，舒清淺才意識到一個問題。「你身上怎麼這麼燙？可是有哪裡不舒服？」她發現章昊霖身上只著了一件單衣。「你的外袍呢？」

章昊霖指了指那群孩子的方向。「有幾個孩子生病了，我把外袍給他們當被子蓋了。」

舒清淺忙解下自己身上暗十一給的披風，替章昊霖繫好。「這樣多少能暖和一些。」她又有些著急地看了看入口處。「暗十一去找人了，應該很快會回來。」

章昊霖突然想起一事。「妳來和縣之事，舒相可知？」

舒清淺點了點頭。

章昊霖納悶道：「舒相同意讓妳過來？怎麼可能？」

舒清淺眨了眨眼。「等你回京後，記得多備上一些禮物，來相府找我爹娘解釋。」

章昊霖愣了愣，隨即反應過來。「妳與舒相提了妳我之事？舒相怎麼說？」他有些懊惱地道：「早知我從西南回來後，就該去左相府拜訪的。」

舒清淺看著章昊霖難得緊張無措的模樣，心情好了不少，她伸手拍了拍章昊霖的肩膀。「放心，我爹爹不會為難你的。」

章昊霖深深地嘆了口氣。

正說話間，剛剛舒清淺過來的那條暗道內忽然傳來聲響，正是暗十一帶著人馬過來了。

舒清淺帶著章昊霖先行出了暗道，其餘小孩則交由官兵們帶出。

暗道外，雨勢依舊很大，舒清淺惦記著章昊霖的身體，不忘提醒道：「外頭雨大，快將披風繫緊一些。不如你坐馬車走吧？」

章昊霖看了眼不遠處的馬車。「這馬車要載運那些孩童還有些不夠，我可不好意思再去占位子。」

舒清淺無法反駁，只好道：「罷了，咱們還是騎馬走吧！等回去後，你再多喝些薑湯祛祛寒。」說完，便欲朝馬匹走去。

「舒二小姐。」暗十一叫住舒清淺，從馬車裡取出一件披風遞給她。「您先穿上。」

章昊霖伸手接過披風，替舒清淺披好，與暗十一道：「這邊由你負責安排，將那些孩童先帶回府衙安置。」

府衙外，舒辰瑜風塵僕僕地下馬，解下蓑衣後，立刻問過來牽馬的衙役道：「三殿下可有回來？」

衙役道：「剛剛傳來消息，說三殿下已經找到，還有數十名倖存的孩童，王大人已經安排人手去救人了。」

舒辰瑜點了點頭，抬腳走進府衙，正準備去問問王大人實際的情況，卻聽到身後傳來一陣馬蹄聲，他應聲回頭，只見雨霧中有兩人騎馬而來。

那二人在門口停住，隨即下馬走進門內並摘下兜帽後，舒辰瑜方看清來人是誰。一個是章昊霖，可另一個……看著怎麼這麼像自家小妹？

就在舒辰瑜懷疑自己是不是這幾日太勞累，以至於出現幻覺，在聽見舒清淺開口喚了一聲「二哥」後，這才確定自己沒認錯人。

舒辰瑜一時間忘了要關心那失蹤數日的三殿下，一雙眼睛緊緊地落在自家小妹身上。「清淺，妳怎麼來了?!」言語中滿是難以置信。

舒清淺指了一下身邊的章昊霖道：「三殿下正病著呢，二哥確定要站在外面說？」

舒辰瑜這才回過神來。「趕緊先進屋裡再說。」

進屋後，雖然舒辰瑜恨不得立即抓住舒清淺問個清楚，但看著章昊霖蒼白的臉色，他也只能先將一肚子的問題憋在心裡，默默地等著大夫過來查看病情。

大夫一替章昊霖把完脈，便給章昊霖服用了兩粒藥丸，讓章昊霖先睡一覺，隨即又開了兩帖藥方，叮囑病人須靜養並按時用藥後，這才離開。

舒辰瑜在一旁看著舒清淺親力親為地照顧著章昊霖，他再遲鈍也看出了眼前這二人之間的貓膩。

待舒清淺安頓章昊霖睡下之後，便與舒辰瑜一同來到外間。

舒辰瑜立刻伸手捏住舒清淺的鼻子，又用下巴指了指裡間的章昊霖，不爽地問道：「什麼時候的事?!」

舒清淺伸手護住鼻子。「痛痛痛！」

舒辰瑜鬆開手，卻絲毫不給舒清淺躲避問題的機會，調侃道：「我就說三皇子怎麼也有和我一樣的帕子，還以為是太醫準備的呢，沒想到竟是小妹妳給的呀！」

舒清淺笑道：「你看，我都這麼明顯地提示你了，你卻還不明白，那我也沒法子呀！」

舒辰瑜再度伸手，試圖捏她鼻子。「妳竟然還有理了？」

舒清淺抽了抽鼻子，撒嬌著轉移話題道：「二哥，我現在冷得不行，你就別怪我了。」

舒辰瑜將自己的厚披風解下，為舒清淺披上，嘴上仍嘮叨個不停。「妳還知道冷？妳膽子真不小，現在和縣的百姓是想逃都逃不出去，妳卻上趕著來這裡。」

不過嘮叨歸嘮叨，舒辰瑜還是拉著舒清淺去了自己的房間休息。「妳在我房間先睡一會兒，等會兒我讓丫鬟看看還有沒有空房，再給妳安排一間。」說完，還不忘吩咐廚房準備一碗薑湯送過來。

舒清淺裹著被子，喝著薑湯，朝她二哥擺手道：「二哥，你去忙吧！外面都來人找你多少回了，我會照顧自己的。」

舒辰瑜確實有些脫不開身，只能叮囑她好好睡一覺之後，便出了屋子。

舒清淺喝完薑湯，全身馬上暖洋洋的，整個人都放鬆了下來。自得知章旲霖失蹤的消息後就沒睡好的她，終於沈沈地睡了過去。

第四十九章 信任

舒清淺再次醒來，是被外面的哭聲所吵醒，她起身推開門，這才發現天色已晚。雖然是被前院的聲音吵醒的，但她還是決定先去看看章昊霖醒來了沒有。

她去的時候，正好碰上剛從屋裡出來的章昊霖，舒清淺見他不似剛睡醒的模樣，皺眉道：「你怎麼不多睡一會兒？藥吃了嗎？」

「我已經睡了近兩個時辰。」章昊霖伸手替舒清淺將披在身上的厚披風繫好。「藥也吃過了，現在感覺好多了。」

舒清淺伸手試了試章昊霖額頭的溫度，發現確實不那麼燙了，這才稍稍安心。「藥還得繼續吃，你可別把自己給累垮了。」

章昊霖失笑，湊近舒清淺耳邊小聲地道：「放心，我肯定不會累壞身子的，我還得身強力壯地去娶妳呢！」

舒清淺瞪他。

「咳、咳！」身後突然傳來的咳嗽聲，打斷了打情罵俏的二人。

二人應聲看去，來人是舒辰瑜。

章昊霖朝舒辰瑜微微頷首。「舒統領，這幾日有勞你了。」

舒辰瑜神色複雜地看著眼前這個不聲不響就拐走自家小妹的男人，雖然經過這段時間的共事，自己對章昊霖確實甚為欣賞與欽佩，但此刻看到章昊霖身邊一臉幸福的舒清淺，心情仍有些微妙。

章昊霖淡定地站在那兒，接受著未來大舅子意味不明的審視，最後還是舒清淺打破了沈默。「二哥，前院怎麼那麼吵？」

舒辰瑜回道：「是三殿下救回來的那些孩童們的爹娘，原本都以為自家娃娃不在了，如今失而復得，激動一些也是正常。」想了想，又看向章昊霖問道：「不知三殿下是如何得知那些孩童都躲在祠堂暗室裡的？」

不待章昊霖開口，舒清淺便似笑非笑地看著她二哥。「且不說和縣縣志中有記載王家祠堂設有密道之事，獨獨說這麼多孩童若是遇難，又怎會連一具屍首都找不到？」

章昊霖含笑望著舒清淺，顯然她所說即是他所想。

舒辰瑜努力無視面前這眉來眼去的二人。「我問過王家村倖存的村民了，都沒人知道密道之事。」

章昊霖解釋道：「根據縣志中的記載，密道只有族長一人知道。」

舒辰瑜恍然。「那王家村的老族長地震當晚被壓在屋子下面，被發現時早已氣絕，難怪無人知道此事。」

雖然已經好幾日沒有餘震了，但倖存的百姓仍舊不願住進尚未倒塌的房屋內，他們都住在田野間臨時搭建的避震棚內，並會在夜間燃上火堆，由村民們輪流守夜。

衙門中庭也搭建了避震棚，雖然四處都有燭火，正中央卻還是燃著一小堆柴火，似乎這樣便能給劫後餘生的眾人帶來一些安心之感。

許是由於白天睡的時間太長，又許是身在此處著實令人難以入眠，舒清淺在床榻上輾轉了半個時辰後仍睡不著，便披衣起身，打算出去透透氣。

門外，章昊霖特意安排了一名暗衛守著，以防發生意外。雖是在和縣衙門內，但如今所有的衙役都去幫忙救災了，護衛方面幾乎沒有多餘的人手可用，且在此等環境中，難免會有一些渾水摸魚的小人存在。

暗衛見舒清淺開門，立刻上前道：「舒二小姐還未休息？」

舒清淺笑了笑。「睡不著，出來透透氣。你也別守著了，明日還有許多事情要忙，早些回去休息吧。」

暗衛卻搖頭道：「屬下的職責便是保護舒二小姐的安全。」

舒清淺也明白這些暗衛除了章昊霖的命令，誰的話都不會聽，便也不勉強。「本小姐要去中庭看看，你要跟著嗎？」

暗衛點頭，迅速上前一步跟上，殿下的命令便是讓他寸步不離地跟著舒二小姐，不能有任何差池。

中庭空地上的避震棚內，橫七豎八地睡了不少人，大部分人都已入睡，卻見柴火堆旁還有兩人坐在那兒低聲說話。其中一人看到舒清淺，立刻朝她招了招手，示意她過來。

待舒清淺走近，便開口問道：「怎麼還沒睡？」此人正是章昊霖。

章昊霖身邊之人見舒清淺過來，忙起身道：「殿下、舒二小姐，您二位先聊，屬下去一旁守著。」

章昊霖點了點頭，那人便快步離開了。

方才章昊霖與那人都是很隨意地坐在乾草堆上的，不料舒清淺剛準備坐下，一直跟在她身後的暗衛立刻及時地遞上一個厚厚的軟墊。

舒清淺詫異地看向暗衛。「你什麼時候去找墊子的？」明明一直跟在她身後的。

暗衛答非所問道：「這是屬下應該做的。」

不待舒清淺繼續追問，章昊霖便讓暗衛先退下了。

舒清淺在軟墊上坐下，頗為讚嘆地看著章昊霖。「你的這群暗衛真不錯！」

章昊霖道：「他們個個都是千挑萬選出來，再由安賢和李覓親自訓練的，自是不同於其他人。」

舒清淺好笑地看著章昊霖像個得意的孩童般，炫耀著他的暗衛們。忽然，她似是想起什麼，問他道：「你怎麼還沒睡？身子還有哪裡不舒服嗎？」

章昊霖回道：「白日裡睡過，入夜反倒睡不著了。」

舒清淺心知他是在為和縣擔憂，本想出言安慰一番，但思及京中陛下的態度，也只能無奈地搖了搖頭，低聲道：「你已經做得夠多了，往後只要盡己所能即可。」

章昊霖隔著火堆，看向地震棚內和衣而睡的人們，苦笑道：「話雖如此，可當這些人將所有的希望都寄託在我身上，可我卻無法為他們帶來希望的時候，我實在覺得自己沒用。」

舒清淺伸手握住章昊霖的手，笑道：「你能成為他們的希望，正是因為你已經為他們帶來了希望。盡人事，聽天命，唯有如此了。」

跳動的火苗將舒清淺的臉映襯得紅撲撲的，一雙明亮的眼睛裡有火苗，也有他。此刻章昊霖無來由地感到一陣安心與自在，似乎積累多日的鬱結都在此時一散而盡了。

他伸手在舒清淺面前揮了揮。「為何這樣一直看著我？」

舒清淺挪動身子，靠近章昊霖，找了個舒服的位置依偎在他身側。「你這麼好，我這輩子都捨不得離開你了。」

章昊霖撫摸著她的秀髮。「妳這輩子自是不能離開我，不僅這輩子，妳的下輩子、下下輩子，我都要定了。」

舒清淺輕笑，伸出小拇指輕輕與章昊霖打勾。「嗯，就這麼說定了。」

數日後，原本應該空無一人的和縣衙門書房內，此刻正坐著一個不該出現在此處之人。

祁安賢正老神在在地坐在書桌前喝著茶，見章昊霖進來，方放下茶杯。

章昊霖在祁安賢對面坐下。「京城內的各種事宜可都安排妥當？」

祁安賢笑道：「自是都安排好了。你準備何時回京？」祁安賢透過窗聽著外面雜亂的聲音。「看這天氣大概明日就能放晴，和縣災後重建並非一朝一夕之事，之後的事情只能一步步慢慢地進行了。」

「雖說人定勝天，但在如此天災面前，人力實在是渺小。」章昊霖搖了搖頭，這才回道：「待天氣放晴、情況穩定後，我便回京。」

「陛下的身體似乎出現了一些毛病，你回京之後的日子，怕是不比在和縣舒坦。」祁安賢神情凝重地說。

章昊霖坦然道：「該來的總是會來。」

忽然間，祁安賢指著窗外那遠遠走過來的一人道：「舒二小姐來了，我可要迴避？」

「不必。」章昊霖一邊說，一邊推開門。

舒清淺走近後，笑盈盈地看著章昊霖。「你怎麼知道我來了，還提前給我開門？」

章昊霖習慣性地伸手牽她進屋。「妳來此，我自是知道的。」

屋內的祁安賢看著眼前濃情密意的二人，無力搗臉，果然應該要迴避的。

舒清淺進屋後，方注意到屋內還有一人，她意外地道：「平陽伯怎麼會在這兒？」

祁安賢揶揄道：「舒二小姐都可以為了老三隻身來此，我出現在這兒也不奇怪吧？」

舒清淺紅著臉道：「不好意思，我是為了我二哥而來的。」

祁安賢無語。「這事兒妳二哥知道嗎？」

章昊霖打斷二人的說笑，與舒清淺道：「安賢明早便會回京，妳收拾一下，明日與安賢一道回去。」

舒清淺這次倒沒有反對，只是問道：「那你何時回京？」雖然她心裡想與章昊霖同進退，理智上卻清楚，自己留在和縣除了讓章昊霖分心之外，起不了任何作用。

章昊霖回道：「年前我定會趕回去。」

舒清淺看著他。「好，那我在京中等你。」

次日一早，舒清淺便同祁安賢一道騎馬，踏上了回京的路途。

天氣寒冷，舒清淺雖裹著厚厚的披風，仍難以抵禦刺骨的寒風。

祁安賢倒也貼心，似是看出舒清淺的不適，在路過驛站時，他特意提議下馬歇息片刻。

驛站內，一杯熱茶下肚，舒清淺那凍得有些僵直的手指才又靈活起來。她起身活動了一下，接著又靠近炭火盆坐下，繼續烤著僵直的四肢。

一旁的祁安賢邊喝著茶，邊注意著舒清淺的舉動，他自是知曉這寒冬臘月的清晨冷得多讓人難受，然而眼前這位久居深閨的舒二小姐卻沒有一句怨言。

此時，舒清淺開口了，聲音不高，只有她與祁安賢二人方能聽見。「平陽伯與三殿下認識有十多年了吧？」

祁安賢笑了笑。「今年正好二十年。」

「我知曉平陽伯對我一直有戒心，我也明白這戒心源於何處。」舒清淺慢慢地說道，沒有帶任何的情緒，似乎只是在陳述一個事實。「昊霖將你視為親人，我亦是如此。今日之所以會這般坦誠直接地與你說出這些話，是因為將來如若真要做出某個決定之時，我希望昊霖身邊僅有的可以信任之人，能夠同心協力。」

祁安賢聽著舒清淺開誠布公地說出這些話，面上的表情從警戒到探究，最後全化為一抹安心的笑容。「如此看來，倒是我小人心性了。」

雖然早就知曉章昊霖對舒清淺的態度，但祁安賢確實一直未曾將舒清淺納進他們內部的這個圈子裡，倒也不是不喜舒清淺，相反地，祁安賢心中十分佩服這個能力卓群的女子。不過，他從始至終都相信章昊霖終有一天會登上那個位置，而這其中的過程想來也不會是名正言順的，所以他不得不對舒清淺這個突然出現在章昊霖身邊的女子保持警戒。然而現在，當舒清淺親口點破，並說出這些話時，祁安賢萬分慶幸舒清淺這個未來也許會是章昊霖身邊最親密之人，並不是站在他們的對立面。

舒清淺失笑道：「平陽伯何出此言？身處亂局之中，謹言慎行，方能立於不敗之地。」

祁安賢朗笑。「舒二小姐果真是個難得的妙人。」

二人在驛站休息片刻後，再度啟程。待他們趕到京中時，距離午膳還有挺長一段時間。舒清淺一身風塵，不敢直接回府，她可沒忘記自己離京之前，是說要去舒菡萏那兒住些日子的。

她先去了暢文苑，在自己的小院中洗漱一番，換了一件衣裳後，這才去梅園尋舒菡萏。

梅園乃寧國侯府的一座別院，因園內有大片梅林而得名。舒清淺穿過梅花林，偶有落花飄落在髮間，冬日的陽光暖暖地打在身上，鼻尖是淡淡的花香，這種安靜美好的感覺與之前在和縣時的滿目瘡痍相比，舒清淺只覺恍若隔世。

別院的大門關著，舒清淺上前輕叩了幾下，大門馬上從裡面打開。

門內婦人見到舒清淺，頗為欣喜。「二小姐回來了！」

舒清淺進門，親暱與那婦人道：「李嬤嬤看起來又年輕了些。」

李嬤嬤是從小照顧舒菡萏與舒清淺二人的嬤嬤，舒菡萏出嫁時，舒夫人擔心女兒初到寧國侯府不適應，所以除了貼身丫鬟之外，還特意讓李嬤嬤也一道去了寧國侯府。

李嬤嬤笑得開懷。「二小姐，老奴都這麼一把年紀了，您還拿我說笑。」

「我說的是實話。」舒清淺邊與李嬤嬤一道進入院中，隨即問道：「我姊姊呢？」

李嬤嬤指了指內院。「大小姐還在房內睡著呢。」

舒清淺納悶。「這個時辰還在睡？姊姊可是身子不適？」

李嬤嬤臉上的笑意更濃了。「大小姐已經懷有一個多月的身孕了！」

「什麼?!」舒清淺又驚又喜。「真的嗎？我娘他們知道了嗎？」

李嬤嬤連連點頭。「世子第一時間就派人去通知老爺、夫人了。」

舒菡萏在休息，舒清淺也不好去打擾，便拉著李嬤嬤在院子裡坐下，事無巨細地問了李嬤嬤不少舒菡萏嫁進寧國侯府後的事情。

直至中午時分，舒菡萏才醒來，舒清淺一聽到裡屋有動靜，便立刻進了屋。

舒菡萏看著突然出現的舒清淺，頗感意外。「清淺，妳回京了？」

舒清淺趕緊拿起披風，為姊姊繫上。「有什麼話等等再說，妳先將衣裳穿好。妳現在懷有身孕，可不比平時，萬萬不能著涼了。」她繞著舒菡萏轉了一圈，細細打量一番，最後質疑道：「蔣尚文怎麼還將妳養瘦了？是不是在侯府住得不舒服？」

舒菡萏將一臉不滿的舒清淺拉過來坐下。「這幾日我胃口不好，吃不下東西，所以才瘦了一些。」說著又將手中的袖爐遞給舒清淺。「倒是妳，一聲不響地跑去和縣，妳還真是不知道『怕』字該怎麼寫。」

舒清淺捧著袖爐，吐了吐舌頭辯解道：「這不是事出突然嘛！」

「是夠突然的。爹爹傳話讓我替妳圓幾日謊的時候，我還以為出什麼事了！」說及此，舒菡萏忍不住搖了搖頭。「後來才知曉，原來妳是前往和縣尋三殿下去了。」

舒清淺用袖爐遮住臉。「姊姊，妳就別再說我了，我趕了一早上的路，又累又餓的。」

舒菡萏連忙讓丫鬟去廚房看看午膳準備好沒有，又道：「現在倒是知道累、知道餓了，妳可知這幾日爹爹與我有多擔心妳嗎？」

舒清淺告饒道：「好姊姊，我知道錯了，下次絕對不會再以身涉險了。」

「我可不信妳。」舒菡萏假意嗔道：「這一回為了幫妳掩護，我一個人在這梅園住了這麼些日子，不知道下一回又要我做些什麼了。」

舒清淺笑著談條件。「那等妳腹中的寶寶出生，我來負責教他功課如何？」

舒菡萏失笑道：「妳帶著他一起玩鬧還差不多。」

舒清淺在梅園用過飯後才回左相府，舒菡萏本欲陪她一道回去，舒清淺卻堅持要舒菡萏在梅園好好休養，別太過勞累，舒菡萏只好作罷。

第五十章　蘇謹

舒清淺回府後，她爹爹只問了和縣這些日子以來的情況，其餘的事並未多問，舒清淺便安心地等著章昊霖回京。

小年過後，舒清淺估計著章昊霖這幾日就要回京了，原本還淡定的心情竟不自覺地有些急躁起來。於是她打算主動找點事情來做，便決定上街去給大哥家的兩個姪子與姊姊腹中的小外甥置辦幾件新年禮物。

舒清淺從位於主街的金鋪出來後，便準備去城南的玉器鋪子看一看。說是玉器鋪子，其實是一家私人的手工玉作坊，由於鋪子主人手藝精湛，京中不少夫人、小姐都喜歡不定期地到這裡來訂做一些首飾。

這家玉器鋪子不在主街上，舒清淺拐進窄窄的巷子後，停下了腳步。主街人來人往，這條巷子裡卻是一個人都沒有，她的右手狀似無意地搭在腰間，那裡正繫著舒辰瑜送給她的軟鞭，接著回身問道：「閣下已經跟著我走了一條街了，不知有何貴幹？」

牆角處的衣袍微微晃動了一下，一道人影從牆後閃出。

那人戴著兜帽，遮去了大半張臉，讓舒清淺一時間無法辨認出是何人，她搭在腰間的手又稍稍握緊了一些，警戒地看著那人。

「舒二小姐。」那人走向舒清淺，伸手輕挑起兜帽的邊緣，讓舒清淺能看清他的臉。

舒清淺愣了一下，方想起眼前這人是誰，她有些疑惑地開口道：「蘇大人？」此人正是當日在暢文苑被明德帝欽點為滄州府尹的江南才子蘇謹。

蘇謹低聲道：「此處人多眼雜，舒二小姐可否換一個地方說話。」

舒清淺皺眉問：「不知關於何事？」

見蘇謹伸手在手心寫下了幾個字後，舒清淺略作思量，方點頭道：「大人請隨我來。」

舒清淺帶著蘇謹穿過巷子，從某間酒樓的後門進去。

夥計將二人攔下。「二位貴人，這裡是後廚，您二位要是想用膳，煩請從前面進來。」

舒清淺笑了笑。「本小姐與你家先生是熟人。」說完便拿出一塊玉石給夥計看。

夥計確認了一下玉石。「原來是貴客。請隨我來。」夥計邊說邊領著舒清淺往樓上包間而去。將二人送上樓後，夥計笑道：「這房間是我家先生平日待客的地方，小姐可以在裡頭放心說話。」

舒清淺點頭。「有勞。」

夥計替二人將門關上，自己則下樓守在樓梯口。

待屋中只剩下他們兩個人時，蘇謹方摘下兜帽。

舒清淺在桌邊坐下，又道：「蘇大人請坐。」

蘇謹並沒有坐下，而是朝著舒清淺彎腰作了一揖後，方開口道：「本官同舒二小姐賠禮了。今日貿然來尋舒二小姐，實屬無奈之舉。」

舒清淺無奈地笑了笑。「蘇大人不必多禮，有話請直說。」

蘇謹也不再多言其他，他在舒清淺對面坐下，道：「幾個月前，本官於滄州境內曾遇到一名北域人。滄州位於數城交界之處，出現異域人並不奇怪，可那北域人行跡頗為可疑，我便讓人攔下他，查了一下身分，卻發現其身分並無問題，但我總覺不妥，便差人偷偷地跟蹤那北域人。」蘇謹言及此，眉頭不自覺地皺了起來。「誰知我派去跟蹤之人，卻再也沒有回來了。」

蘇謹又道：「派出去的人平白無故地失蹤了，這件事自然不能善罷甘休——活要見人，死要見屍，本官便又遣了一隊人馬去搜尋失蹤的那個人。可誰知三日之後，有一黑衣人趁夜潛入府衙，拿刀抵著我，威脅我不准再繼續追查，否則所有被我派出去的人、包括我一家老小的下場，都將與失蹤那人一樣。」

聞及此，舒清淺也皺起了眉頭，如今太平盛世，竟還有如此猖狂之人，居然敢明目張膽地威脅朝廷命官。

蘇謹從懷中取出一物，繼續道：「本官一面應下黑衣人的要求，一面乘機從他腰間拽下一物。」說著將手中一形狀特別的玉牌遞給舒清淺。「此玉牌乃當日蘇某拽下之物，本也沒指望能靠這個找出什麼蛛絲馬跡，可待黑衣人離開後，我一看清此玉牌，卻是大吃一驚。」

舒清淺看著手中玉牌，忍不住開口問：「為何？」

蘇謹下意識地壓低聲音。「此玉牌本官曾在京中見過，二殿下身邊的隨從身上都掛著這種玉牌。當日在京中偶然瞧見這玉牌，因其形狀有些奇特，所以本官的印象特別深刻。」

「蘇大人懷疑二皇子與此事有關？」舒清淺並未發表太多看法。

蘇謹點頭。「北域一直對我朝虎視眈眈，與之合作無異於與虎謀皮，倘若二皇子當真私下與北域互通有無，本官認為茲事體大——但京中權貴也不知何人可以信任，唯有舒二小姐對本官有知遇之恩，所以才會趁此次進京述職的機會，特意先來尋舒二小姐。」

舒清淺道：「僅憑這一塊玉牌與蘇大人的一面之詞，怕是難以斷定二皇子與北域人私下有來往。」

「這一點本官自是知曉。」蘇謹笑了笑。「否則我便是直接拿著證據，去陛下面前揭發此事，而不是先來尋舒二小姐了。」

舒清淺問道：「蘇大人希望清淺怎麼做？」

蘇謹無奈地搖了搖頭，面上露出幾分愧疚。「本官不才，無法解決此事，但良心驅使，又不能對此事視而不見。今日將此事告知小姐，也是強人所難，為小姐徒增事端，所以無論小姐如何處理，本官都願意配合。」

舒清淺看著蘇謹，將他的神情盡收眼底，最後點了點頭道：「此事待清淺與合適之人商議後，再行決定。」她將玉牌收好，又問蘇謹道：「不知蘇大人現居何處？」

蘇謹道：「本官擔心被人跟蹤，特意安排了一個替身在進京的隊伍裡，我則快馬加鞭先行來京，如今也不敢住在城內客棧，只能暫時借住在城外的道觀裡。」

舒清淺道：「在滄州車隊抵達之前，大人還是少露面為好。清淺一會兒讓人為大人在此地安排一間房，等車隊入京後，大人再進宮述職吧。」

蘇謹確實需要一處隱秘的棲身之所，也不推辭，起身道謝。「如此，便多謝舒二小姐了。」

舒清淺喚來樓下夥計，讓夥計幫蘇謹安排地方住下。

夥計也沒多問，領著蘇謹便朝另一座小樓走去。

舒清淺看著蘇謹的背影，面上看不出表情。她思索著蘇謹剛剛所言之事，之前北域王來京時，二皇子便與北域王子有過私下接觸，如今太子被廢，依照二皇子的性格，為了那個位置而做出勾結外敵之事也不是全無可能。但現在僅憑蘇謹這一番話，想要查二皇子與北域之間究竟有何陰謀，也無從下手……

她覺得有些頭疼，不禁想起章昊霖來。不如等章昊霖回京，再將此事告訴他，他定能拿出主意的，舒清淺如此想著，不覺思念更甚。

「舒二小姐可要在此用飯？」思索間，那夥計已經替蘇謹安排好房間，又折了回來。

舒清淺謝絕道：「過會兒本小姐就要回去府上了。」想了想又道：「蘇謹那兒，你再安排一些人暗中盯著，比如他見了哪些人、去了哪些地方，都要多加留意。」

夥計點頭。「舒二小姐放心。」

舒清淺笑道：「有勞你了。」

夥計忙擺手道：「我家先生之前就吩咐過了，見到小姐便如見到三殿下，您有什麼事儘管吩咐便是。」

聞言，舒清淺臉上不自覺地露出一抹笑容，隨口問道：「聽平陽伯說你家先生前幾日也去和縣了？」她口中的先生正是指李覓，而這間酒樓乃章昊霖掛在李覓名下的私產。

那夥計答道：「是的，先生已去了有七、八日左右，今日就要回京了。」

舒清淺有些意外。「今日回京？那三殿下也會一起回來嗎？」

夥計點頭道：「三殿下也會一起回來，此時已近午膳時分，估計馬上就要到城外了。」

舒清淺無語，為何一個夥計都知道的事情，她卻不知道？

得知這個消息，她也不急著回去了，只是託人傳個口信回府後，便讓夥計給自己牽來一匹馬，獨自策馬朝城外奔去。

果如那夥計所言，舒清淺剛出城沒多久，便遇上回京的章昊霖一行人，人馬不多，只有章昊霖、李覓與數名暗衛。

章昊霖一看到舒清淺，馬上驚訝地問：「妳怎麼來了？」

舒清淺指著李覓幽怨地道：「他酒樓裡的夥計告訴我你們今日回京的。」

章昊霖被她怨念的目光弄得渾身不自在，卻沒反應過來她為何不悅。

一旁的李覓哈哈一笑。「那夥計乃專門負責聯絡事情的傳信之人，消息自然靈通。」

舒清淺聞言，心中頓時豁然開朗。

章昊霖看著舒清淺瞬間由陰轉晴的神情，更加有些摸不著頭腦，不待他想明白，舒清淺便已親暱地伸手摸了摸他滿是鬍渣的下巴，心疼道：「怎麼比之前又瘦了？這次回來可得好好補補才行。」

章昊霖伸手捉住舒清淺的手，低頭輕吻了一下她的指尖。「嗯，聽妳的。」

李覓自覺地讓開十餘步，留給二人空間。

舒清淺騎著馬與章昊霖並肩走在前面，進城前，章昊霖特意轉頭看了舒清淺一眼。

舒清淺被他看得有些莫名其妙。「怎麼了？」

章昊霖笑道：「往日妳不是總想著要避嫌麼，今日怎麼大大方方地與我走在一起了？」

舒清淺愣了一下後，隨即振振有詞地道：「如今爹爹已知曉我二人的關係，還有什麼好避嫌的？難不成你還擔心咱們的關係被其他人知曉麼？」反正過兩日章昊霖便要來自家府上拜訪，如今他們之間也算是正大光明了。

章昊霖笑道：「我恨不得將你我之間的關係昭告天下，免得妳被旁人覬覦。」

進城後，章昊霖必須先進宮面聖，舒清淺便沒先將蘇謹之事與他說，只讓他處理完事情之後再來找自己。

章昊霖進宮面聖，李覓也先回了住處，舒清淺則留在暢文苑等章昊霖出宮。

承陽宮中，明德帝問了一些關於和縣的災情後，便不再多問，只是簡單褒獎幾句，便讓章昊霖先退下，眉眼間滿是倦意。

章昊霖出了承陽宮後，正巧碰上迎面而來的福全。「奴才給三殿下請安了。」

章昊霖問道：「本皇子看父皇臉色不佳，可是最近身子不適？」

這種涉及皇帝身體狀況之事，本不能多言，但福全卻毫無隱瞞，低聲道：「陛下這段日子以來一直疲倦得很，晚上睡不好又多夢魘，之前找太醫來看過，卻也看不出什麼問題來，但奴才覺得陛下的情況似乎不大好。」

章昊霖點了點頭，沒有多言，待福全告退後，他也大步朝宮門外走去。

宮門外不遠處停著一輛馬車，章昊霖徑直朝馬車走去，而車內坐著的人，正是一直等候在此的祁安賢。

馬車緩緩前行，章昊霖突然開口道：「父皇的身子確實不大樂觀。」

祁安賢的目光暗了暗，低聲道：「有些事不能再拖，該準備的都要準備起來了。」

章昊霖沈默片刻，方點了點頭。「該做什麼，你都吩咐下去吧。」

此時在三皇子府中，原本等在暢文苑的舒清淺已被暗衛悄悄地帶回三皇子府。

如今京中眼線繁雜，舒清淺也擔心章昊霖頻繁出入暢文苑，會被有心人利用了去，相較之下，還是三皇子府比較適合談事情。

章昊霖一下馬車，早早便候在門口的蕭管家立刻迎了上來。「殿下，您回來啦。」

章昊霖一走進內院便問：「清淺來了嗎？」

蕭管家笑道：「舒二小姐已經來一會兒了，正等著您呢。」

章昊霖大步走進廳內，只見舒清淺正端坐在椅子上發呆，就連章昊霖走至她身邊也未察覺。他伸手在她腦門上彈了一下，舒清淺方回過神來。「這麼快就回來了？我以為得再等好一會兒呢。」

「父皇的精神不大好，我也不便久留。」章昊霖在舒清淺身旁坐下。「剛剛在想什麼，想得這麼入神？」

舒清淺看著他。「你還記得蘇謹嗎？」

章昊霖一臉茫然，顯然一時間想不起來這號人物。

舒清淺提示道：「就是今年文試時，在暢文苑被陛下欽點的那位江南才子。」

「難怪聽著有些耳熟。」章昊霖恍然。「怎麼好端端地提起他來了？」

舒清淺嘆了一口氣，無奈道：「他現在人在京中，今日特意來尋我，還帶來了一個不知真假的消息。」

章昊霖靜候下文。

舒清淺將今日遇到蘇謹之事，一五一十地全部說與章昊霖知曉，待她說完，章昊霖的眉頭也越擰越緊。

她慶幸道：「還好你今日回京了，不然這事兒我還真不知該如何處理。」

章昊霖問她道：「妳的看法呢？」

舒清淺同樣毫無隱瞞，將自己的看法全說出來。「我找不到蘇謹冒險來找我並編造這樣一個謊言的理由，再加上二皇子一直野心勃勃且不擇手段，若說二皇子為了那個位置而與外人勾結，也不是全無可能。」她想了想，又說道：「之前文試的時候，我就挺欣賞蘇謹的，所以我的看法可能會有所偏頗。」

章昊霖卻搖頭道：「早在和縣出事之前，安賢便在京中發現二哥似與外族勾結——」言及此，他似是突然想起什麼，頓時止住了聲音。

舒清淺不解。「怎麼了？」

這時候，祁安賢已從門外走進廳內，笑看著章昊霖道：「我還以為得等到日落西山，你方能想起我還在你府上呢！」

章昊霖乾咳了兩聲，與祁安賢道：「清淺有要事商議。」

舒清淺瞬間明白了眼前的情況，顯然是某人因為她而忘記了好友的存在，現在正在找臺階下呢，她自是很給力地將臺階遞了過去。「滄州府尹今日前來尋我，與我提及一事。」她言簡意賅地將蘇謹之事又說了一次給祁安賢聽。

待舒清淺說完後，祁安賢素來帶笑的臉上竟嚴肅了起來。

章昊霖問道：「之前關於二哥密會外族之事，可有繼續追查？」

祁安賢道：「這次和縣大震後，章昊瑄這段時間便把心思都花在四皇子身上，外族之事許是被擱置了。自那日之後，我派出去追查的人，都沒有得到更進一步的消息。」

章昊霖搖頭。「沒有消息並不表示沒有事發生。」祁安賢同意。

「嗯，世上可不會有這般巧合之事。」

舒清淺亦道：「若蘇謹所言屬實，那二殿下所謀必定是見不得人之事，不然也沒必要對一名朝廷命官狠下殺手。」

雖未明說，但三人心中都清楚，自古以來但凡涉及勾結外族，所謀之事必定是謀朝篡位、賣國求榮等大逆不道之事。

章昊霖的面色有些難看，他雖從不主動去追逐那個位置，但在他心裡，無論是他哪位兄弟繼承大統，這天下、這江山還是姓「章」，這一點是不會變的。可沒料到二哥竟會做出勾結外敵之事，他可以容忍老四或者老二任何一個人登基，卻絕不能容忍我朝皇位被外族人染指！

舒清淺看著章昊霖的臉色，不難猜出他心中所想，卻也無法多言。身而為人，很多時候並不是自己想，便能成為什麼身分的人；而是你是什麼身分的人，便要去做什麼樣的事情。

祁安賢跟隨章昊霖多年，對章昊霖的心思變化亦瞭如指掌，他朝屋內另外二人擺擺手。「該說的事情說完了，我也不打擾你二人了。」說罷便大步走出門外。

祁安賢離開三皇子府後，抬頭看了看天，被微風吹起的衣袍是一如既往的隨興，然而他眉眼間的神情卻流露出滿滿的期待與躍躍欲試。

遠處天邊已被染黑，怕是很快就要變天了，祁安賢卻不急著回府，而是直奔李覓的酒樓。他也清閒了好一陣子，是該忙起來了。

祁安賢離開後，便又只剩下章昊霖與舒清淺二人。

舒清淺伸手戳了戳章昊霖的手，卻反被一手握住，章昊霖看著她欲言又止。

舒清淺問：「為何這般看著我？」

章昊霖輕輕嘆氣。「我只想給妳無拘無束、輕鬆自在的生活，可似乎要事與願違了。」

舒清淺失笑道：「傻瓜！」

章昊霖不解地看著她，舒清淺繼續道：「若真沒了拘束，那就不叫人了，叫畜牲。」

章昊霖被她的話語逗笑。「妳知道我不是這個意思。」

舒清淺伸出另一隻手，輕撫上章昊霖的側臉，緩緩地道：「你心中所想我都明白，我既然選擇了站在你身邊，便會支持你的想法與你所做的事情。我可以享受你為我營造的幸福生活，也可以與你並肩站在一起，成為你最後的支柱。」

舒清淺說話時的腔調，總是軟軟的，但此時落在章昊霖耳中，卻是最有力的迴響。他感受著舒清淺掌心傳來的溫度，看著她微微上挑的嘴角，終是難以忍耐地傾身覆了上去。

兩人原本是坐在長榻上的，中間隔著一張小方桌，章昊霖伸手掃開礙事的桌子，唇舌相接間，兩人順勢倒在了鋪有軟墊的長榻上。

待章昊霖鬆開舒清淺時，舒清淺原本紅潤的嘴唇，變得更加嬌豔欲滴。

章昊霖摟住舒清淺，兩人耳鬢廝磨間，他低聲問道：「我找人看過日子了。三日之後，我便上門拜訪左相大人與左相夫人，如何？」

第五十一章　爹娘

突聞章昊霖此言，舒清淺在甜蜜之餘卻有些隱隱擔憂。

如今政局繁雜，而章昊霖正是身處漩渦中央之人，照此情形，按兵不動當為上策。雖說她與章昊霖之事僅僅只是兒女情長，但在此時局，於外人眼中看來卻不會如此簡單，而這些外人不僅僅是章昊霖的那些兄弟，也包括金鑾殿上多疑的那位。

章昊霖見她不語，便伸手捏了捏她的下巴，問道：「怎麼不說話了？」

舒清淺想了想後，才回答道：「得你此言，我自是高興的，不過在如今這局勢下，我不希望你因為我而變成眾矢之的。」她捧住章昊霖的臉，看向他的眼眸深處。「等日後局勢清明了，再提此事也不晚，我可以一直等著你。」

章昊霖眉頭微挑，搖頭笑道：「這局勢一時半會兒也清明不了，唯有妳，才是我最明確之事。」雖然他從來不是衝動之人，但為了心愛之人，偶爾衝動一次又何妨？更何況，即便出現什麼不可預料的後果，他也有足夠的能力，可以護舒清淺周全。

舒清淺聞言，自是歡喜。她轉念一想，即便以後有再多的困難，至少他二人還可以一起去面對，如此想來，心中更是暢快幾分。

章昊霖看著舒清淺蹙起的眉頭漸漸舒展開來，知曉她定是想通了，不過他依然開口寬慰道：「妳莫要擔憂其他，我會先以晚輩之禮前去拜訪令尊、令堂，畢竟舒相已然知曉妳我之事，我若什麼都不做，未免太過失禮。」他耐心解釋。「其實我更想直接去父皇那兒請旨賜婚，但一則妳尚未行成人禮，二則我也覺得如此行事太過草率，怕惹得令尊、令堂不滿，所以還是想先親自登門拜訪。」

舒清淺知曉章昊霖此舉，完全是出於對自己爹娘的尊重，或者說是對於她的尊重，她心頭最後一絲憂慮也在章昊霖的耐心解釋下消失殆盡。「三日之後，我在府中等你。」

舒清淺陪著章昊霖一道用過午膳後，便先行離開，回到左相府。

回到府中，舒清淺獨自在房內小憩，一直等到大半個時辰過後，估摸著母親午睡應該醒了，她這才換了身衣裳，來到母親的院中。

舒清淺過去的時候，舒夫人正在替舒菡萏即將出世的寶寶縫製小衣裳。

一旁紫娥見舒清淺來了，笑著招呼道：「二小姐您來得正巧，剛剛夫人還說到您呢！」

舒清淺親暱地在舒夫人身旁坐下。「說到我什麼？」

「快幫娘看看這身小衣裳。」舒夫人將手中的小衣裳遞給舒清淺。「妳看看這顏色與繡花，可還好看？」

舒清淺看著手中可愛精緻的小衣裳，笑道：「這是您親手做的，自然好看了，到時讓姊姊給小外甥穿上，肯定十分可愛。」

紫娥為舒清淺倒上一杯熱茶。「二小姐，先喝杯茶暖暖身子，老奴記得妳一到冬天就會手腳冰涼的。」

舒清淺接過茶杯，笑著道：「就知道紫姨最關心我了。」

紫娥滿臉慈愛地說：「老奴也算是看著您和大小姐長大的，如今大小姐即將為人母，等到二小姐也成親了，老奴就算是想關心都關心不到嘍。」

既然紫姨已說到話頭上，舒清淺也不再繞彎子，她看了看紫姨，又看了看她娘，開口道：「娘親，女兒今日過來，是有一事想與您說。」

舒夫人還在擺弄著那件小衣裳，隨口問道：「何事？」

舒清淺道：「過幾日，會有位客人來府上拜訪您與爹爹。」

「是何人要來拜訪？這種事妳與妳爹爹說便——」舒夫人起初還不以為意，不過話說到一半突然反應過來，猛地抬頭看向舒清淺。「為妳而來的客人？」

舒清淺被母親這樣看著，不禁有些不好意思，只得點了點頭，低聲應道：「是。」

一旁的紫娥也明白過來，頓時驚訝不已。

舒夫人素來帶笑的臉上不禁嚴肅起來。「那人是誰？」

舒清淺默默地深吸一口氣，輕聲吐出幾個字。「三皇子章昊霖。」

舒夫人沈默了，沒再說話。

母親的反應讓舒清淺心中不安，她試探地開口道：「娘，您不責怪女兒？」

舒夫人望著舒清淺頗為不安的模樣，笑道：「娘見過三皇子幾次，無論從哪方面來看，都算得上是人中龍鳳，娘還有什麼好責怪的？」不待舒清淺開口，舒夫人繼續道：「且以他的身分，能率先上門拜訪，定然是極為尊重妳的，難道娘還要從中阻攔你二人不成？」

聽舒夫人這樣說，舒清淺的不安也消失了，開口道：「三皇子今日剛從和縣回京，擔心怠慢了女兒，便找人選了個日子，欲早些登門拜訪您與爹爹。」

舒夫人微微頷首，又繼續擺弄起手邊的小衣裳，還不忘叮囑幾句。「他是皇子，身分貴重，卻能以此心待妳，這是極好的。不過妳爹爹是朝中重臣，陛下向來忌憚皇子與權臣結交，此事妳記得早些與妳爹爹說一聲，免得徒增不必要的麻煩。」

舒清淺點頭。「女兒一會兒便去爹爹那裡。」

舒夫人揮揮手。「妳爹爹如今就在書房，妳直接去吧！」

待舒清淺出了院子，舒夫人臉上輕鬆的神色才緩緩褪去，眉頭不自覺地微微蹙起。

一旁的紫娥見狀，忍不住問道：「夫人，三皇子不似其他兩位皇子那般野心勃勃，也不失為良配，您是有什麼顧慮嗎？」

舒夫人無奈地搖了搖頭。「一個從小沒了母妃的皇子，卻能在皇城安穩度日，要麼是個無能的庸才，要麼便是絕頂的人才。清淺素來眼光高，能入得了她眼的人，又怎麼會是平庸之人？」

紫娥不解。「這樣不是更好嗎？三皇子日後定能護二小姐周全的。」

舒夫人目光深沈，卻未再多言。像三皇子這樣的人，又怎麼會放任其餘兩個無能的兄弟坐上那個位置？如此一來，面對日後種種艱險，清淺也無法獨善其身；更有甚者，等到三皇子真的成為全天下最尊貴的那一位，誰又知道人心會不會變呢？

紫娥見舒夫人不開口，卻仍舊憂心忡忡的模樣，安慰道：「夫人，兒孫自有兒孫福，您也不要太擔憂了。更何況咱們二小姐本就是個絕頂聰明的，當初靜安師父便說過，二小姐日後可是大有作為呢！」

舒夫人點頭。「紫娥，妳說得對！兒孫自有兒孫福，興許我家清淺注定是要與其他人不一樣的。」

舒清淺來到書房後，她輕輕地敲了敲門，走了進去。「爹爹，女兒有一事想與您說。」

舒遠山放下手中的書，抬頭看著小女兒，靜候下文。

由於自家爹爹早就知曉她與章昊霖之事，舒清淺也比較容易開口，直接將章昊霖三日之後欲先登門拜訪一事，說與舒遠山知曉。

舒遠山的反應比舒夫人更為平常，點了點頭道：「爹知道了。可與妳娘說過？」

舒清淺道：「女兒剛從娘親的院子裡過來。」

舒遠山示意舒清淺先坐下，方又開口道：「三皇子可有與妳說過現在朝堂上的局勢？」

「說過一些。」舒清淺實言道。

舒遠山沈吟了片刻。「那妳可知三皇子如今的處境？」

舒清淺目光微垂，緩緩地吐出幾個字。「不進則退，退無可退。」

舒遠山幾不可覺地輕嘆了一聲，道：「妳既知曉，想必也是經過慎重思考的。」他的目光落在端坐於自己面前的小女兒身上。「有些事情只要邁出第一步，便已失去了往後退的機會。妳可明白？」

舒清淺神色不變，開口道：「女兒明白。」她沒有一絲猶豫與退縮。

舒遠山的表情稍稍柔和了一些。「有的時候，目光不要看得太遠，一步一步看清腳下就可以了，看得太遠反而容易迷失方向。」

舒清淺似是想到了什麼，良久方抬頭看向父親。「爹爹此言，女兒定然謹記。」成大事者目光當然要長遠，然而她作為章昊霖身邊最親近之人，更重要的是看清腳下，不忘初心。

舒遠山知曉舒清淺定然已明白他所言為何，頗為欣慰地點了點頭。「妳先出去吧，順便將妳大哥叫過來。」

片刻後，舒辰瑾便出現在書房，問道：「爹，您找我？」

舒遠山道：「你明日送一封帖子至三殿下府上，邀三殿下三日後來咱們府上核對和縣賑災糧款之事。」

舒辰瑾有些莫名其妙，頗為不確定地道：「邀請三皇子？」當今聖上最忌諱結黨營私，如此瓜田李下之事本該避免的，如今爹爹怎地還主動提了出來？他不禁眉頭緊鎖。「爹，難道您已經決定站在三殿下那邊了？」

舒遠山嘆氣。「如今怕不是老夫能決定的了。三日後，三皇子會為了清淺登門拜訪。」

舒辰瑾詫異過後，心中了然。「您暫時不想讓這件事被陛下知曉？」

舒遠山點頭。「這是其一。如若清淺以後真嫁給三皇子，那咱們舒家自是得站在三皇子這邊，可如今局勢敏感，老夫不想三皇子因此而惹來一身不必要的麻煩。」隨後又道：「其二，雖然三殿下此舉誠意十足，但老夫還是想為清淺留一次後悔的機會。」

若章昊霖直接登門，陛下不可能不知道此事，唯一的結果便是直接賜婚。然而以舒辰瑾之名邀章昊霖上門，陛下頂多會疑心舒辰瑾與章昊霖有私交，除非章昊霖去請旨賜婚，否則陛下不可能會想到章昊霖是為男女之事登門的。

舒辰瑾明白父親心中的擔憂，也贊同父親此舉，當下便寫好帖子，邀章昊霖三日後來府上一聚，好商議和縣糧款事宜。他將帖子裝進信封後，便命人送至三皇子府上。

夜色漸深，祁安賢一身素色衣袍，外頭還罩著一件寬大的黑色披風，整個人幾乎要掩沒在這夜色之中。他步伐輕盈快速地穿過城中小巷，最後從偏門走進了德盛酒樓內。

酒樓內早有夥計在等候，正是前日接待過舒清淺的暗衛林風。

林風見祁安賢進來，立刻領著他朝某處小樓走去。「伯爺，請隨屬下來。」

祁安賢邊走邊解下厚厚的披風遞給林風。「蘇謹住進來之後，可有什麼異常舉動？」

林風道：「蘇謹這兩日一直待在房內，連吃食都是由屬下親自送進去的。」

林風帶祁安賢來到蘇謹的房門口，伸手輕扣了兩下門板，雖然夜已深，但房內卻立刻傳來聲音。「何人？」

蘇謹自受到威脅後，便一直淺眠，每晚都是稍有異動就會瞬間驚醒，已經接連數月未曾好好睡過一覺了。

林風在門外道：「是小的。蘇大人莫要緊張，有貴人想見您。」

門內立刻傳來一陣窸窸窣窣的聲音，想必是蘇謹正在穿衣下床。須臾，門便從裡面打開。

祁安賢抬腳走進房內後，林風馬上為他二人關上門，獨自守在門外。

祁安賢進屋後，逕自走到桌前坐下，方抬頭看向蘇謹，依舊是如常帶笑的面容。「可認得我？」

由於是匆忙間下床開門，蘇謹的外袍只是鬆鬆垮垮地披在身上，不過這並不影響他行禮的動作。「下官見過平陽伯。」

蘇謹雖只在暢文苑遠遠地看到過祁安賢兩次，卻一眼便認出了祁安賢的身分。

身在等級分明的官場，若想要高升，除了自身的學識能力之外，更重要的一點是要將遇過和沒遇過的權貴與上級們都一一牢記在心上，保不齊什麼時候，其中之一便會成為自己仕途上的貴人。

祁安賢點了點頭，三言兩語間便已看出蘇謹是一個什麼樣的人，於是也不再繞彎子，直奔主題道：「蘇大人與舒二小姐所言之事，我已經聽說了，不知蘇大人如今作何打算？」

蘇謹知曉自己現在的處境，也知道自從找到舒清淺說出此事後，便已將自己的前途與安危全交給了舒清淺，因此眼前的貴人想要讓自己怎麼做，自己就得怎麼做。

蘇謹恭敬地道：「下官人微言輕，能力、資質尚淺，實在是走投無路，方會設法來尋舒二小姐相助。」他頓了頓，繼續說道：「只要不是通敵叛國、謀朝篡位此等不義之舉，下官願聽從伯爺安排。」

祁安賢看著蘇謹，意味不明地笑了笑。

祁安賢的長相在世人眼中，乃溫潤如玉、翩翩公子的模樣，然而被他盯著的蘇謹，卻感到一股莫名的壓力，誰也不知道在他文雅笑容下掩藏的真意。

就在蘇謹不安地以為自己說錯了什麼的時候，祁安賢方收回目光，道：「蘇大人如今似乎也只有我給你的這一條路可以走了。」

蘇謹明白眼前之人不會聽信任何虛言假語，略有猶豫後才開口道：「下官知道空口白話難以讓人信服，當日來尋舒二小姐之前，下官便已做好最壞的打算。」

雖然蘇謹感激舒清淺的知遇之恩，但舒清淺到底只是個官家小姐，即便再有能力，對這種國家大事想必也是無能為力。當日蘇謹之所以會來尋舒清淺，其實更多的是希望借舒清淺之口，將此事說與左相知曉。

那日見舒清淺簡簡單單便為自己尋到了安身之所，再加上這兩日對林風的觀察，知曉此人定是高手，蘇謹這才重新考慮起舒清淺身後之人，直到此刻見到了祁安賢。

與祁安賢說話間，蘇謹的腦子一刻也未停歇。

在見到祁安賢的那一刻，蘇謹下意識地以為平陽伯便是這間酒樓的主人，但轉念又思及平陽伯與三殿下的關係，於是心下已十之八九地確定林風、舒二小姐與平陽伯應該都是三殿下的人。

身在龍蛇混雜的官場，他一個毫無根基的小官是否站對位置，顯得尤為重要。如今四殿下魯莽有餘、機敏不足；二殿下有通敵之嫌，且可能正在追殺他；其餘皇子年歲尚小，唯有三殿下堪當大任，而他需要的正是這樣的明主與伯樂。

祁安賢聽罷蘇謹所言非但沒有認同，反而冷笑道：「你既已做好最壞的打算，還來尋舒二小姐，豈不是要將禍水引至舒二小姐身上？」

蘇謹面露愧色。「此事乃下官有愧於舒二小姐，然而身為朝廷命官，明知有人通敵叛國，又怎能為了自保便避而不報？來尋舒二小姐實在是無奈之舉。」

祁安賢雖步步緊逼於蘇謹，心下卻十分理解。

一個沒有背景的小官碰上此等事情，身家性命受到威脅，不但不退縮，反而努力在絕境中尋求突破，也算是個明事理的耿直之人了。且蘇謹管轄的滄州緊鄰北域，日後定能派得上用場。

祁安賢笑道：「蘇大人可知舒二小姐不但未與你計較此事，還拜託我定要護你周全？」

如今祁安賢已全然接受了舒清淺，因此蘇謹是忠於章昊霖或忠於舒清淺都沒區別，畢竟那二位可以看作是一體的了。此時自己以舒清淺的名義對蘇謹動之以情，也是在為舒清淺籠絡人心。

蘇謹垂下眼瞼，遮住了眼中的一絲動容。「舒二小姐性情直爽，為人仗義，數次有恩於下官，下官定不敢忘。」

祁安賢這才指了指一旁的空椅子道：「蘇大人不用太過拘禮，咱們坐下說話吧。」

蘇謹這才微微鬆了一口氣。「多謝伯爺。」

祁安賢問道：「不知我能為蘇大人做些什麼？」

蘇謹說了聲「不敢」，又道：「蘇某一人的生死無關緊要，但家中父母妻兒卻是無辜的。」

祁安賢擺手道：「蘇大人放心，你家二老與妻兒們，我已經安排人手照看了。」

蘇謹一陣後怕，幸虧自己沒有惹怒這位平陽伯，原來自己一家老小早已被盯上了。

祁安賢見蘇謹一臉驚嚇的表情，忍不住笑道：「蘇大人不必緊張，並不是所有人都像章昊瑄那般不擇手段的。」

蘇謹也意識到自己的多慮，忙道：「物以類聚，人以群分，伯爺與舒二小姐交好，定然也是慈善之人。」

「慈善說不上，但做人的底線還是有的。」祁安賢又道：「我明日會安排高手隨行蘇大人左右，護送你與滄州車隊會合，並保你平安進京。」

蘇謹道：「一切全憑伯爺安排。」

祁安賢繼續道：「蘇大人無須太過擔心，只要你不妄動，讓暗中之人覺得你對他沒有威脅，我相信沒有人會願意冒險在京中對一個朝廷命官下手的。」

蘇謹贊同道：「伯爺言之有理，下官這些時日確實有些草木皆兵了。」

祁安賢道：「通敵之事我自會追查，蘇大人就不要插手了，先將自身安危顧好再說。」

見蘇謹點頭後，祁安賢又道：「蘇大人可知我與你說這麼多，意味著什麼？」

蘇謹緩緩開口。「蘇某明白，這亦是蘇某自己的選擇。」

祁安賢起身，拍了拍衣袍。「蘇大人早些歇息吧，這座酒樓很安全，好好睡個覺吧！」

蘇謹送祁安賢出門，待祁安賢離開後，蘇謹又獨自在桌前坐了一會兒。

他知曉今晚這大半個時辰內他所作的決定，將足以影響他的後半生，然而他心中沒有徬徨，唯有期待。

蘇謹吹滅蠟燭上床，今晚終於可以睡一個安穩的好覺了。

次日上午，一輛每日都會給德盛酒樓送菜的馬車，如往常一般，送完菜便直接出了城。

誰都沒有注意那馬車上年過半百的車夫，今日卻換成一名皮膚黝黑的壯年男子。

第五十二章　拜訪

近日明德帝身體不適，每日早朝若非緊要之事，朝臣們也都如約定好一般不會多言，所以這段時日的早朝時間倒是大大縮短了許多。

早朝過後，章昊霖與祁安賢並行在長長的宮牆之下，章昊霖開口問道：「你可見過蘇謹了，覺得他如何？」

祁安賢不置可否。「一個有點腦子也想往上爬的人，雖然有些小心思，但大是大非還是分得清的，是個做官的材料。」

章昊霖問：「可以用嗎？」

「可以是可以。」祁安賢頓了頓，意味不明地看著章昊霖繼續道：「但他肯毫無保留地為我們所用，看的可不是你我的面子，而是對他有知遇之恩的舒二小姐的面子。」

章昊霖挑眉望向祁安賢，反問道：「你是想誇我眼光好嗎？」

祁安賢：「……」——我是想誇你臉皮厚！

這日一早，舒清淺早早便醒來了，緣由無他，因為今日便是章昊霖上門拜訪之日。

舒清淺後來也知曉了爹爹借大哥之口邀章昊霖之事，她又怎會不知曉爹爹如此行事的用意？心下那些許擔憂瞬間蕩然無存，更是平添幾分感動，果然爹爹永遠都不會讓她受到一點點的委屈。

梳妝打扮過後，舒清淺簡單吃了點清粥，便專心在院中逗貓。小妖被她從西南帶回來之後變胖許多，看上去越發可愛了。她抱著小妖坐在院中曬太陽，一手輕捏著小妖軟綿綿的爪子，一手輕撫著牠毛茸茸的背，小妖則窩在舒清淺的腿上，慵懶地舔著毛。

舒清淺人雖坐在院中，心思卻早已飛遠，不知章昊霖此刻出門沒有？小妖似乎感覺到了她的心不在焉，頗為不滿地「喵嗚」一聲，才又低下圓圓的腦袋繼續舔毛。

此時，隔著幾條街道外的三皇子府中，一早便是一派忙碌景象。蕭管家帶人清點著準備帶往左相府的兩大車禮物，章昊霖更是早早就起身穿戴整齊，就連一旁的石印都忍不住在心裡吐槽，平日裡就算是面聖，也沒見自家主子這麼緊張過。

一向淡定的章昊霖此刻確實有些緊張。雖說幾乎天天上朝都會見到左相大人，但今日他要拜訪的卻不是左相夫婦，而是舒清淺的爹娘。思及舒清淺，章昊霖的心情便好了幾分，待今日前往左相府拜訪過後，他與舒清淺至少也算是得到父母認可的了，想到此處，剛剛的緊張不自覺地化為一絲期待。

由於章昊霖此次上門，是以舒辰瑾之邀為由前往的，自然不能明目張膽地將禮物從正門搬進左相府，於是他在正門下車入府後，兩車禮物則從後門直接駛入相府。

章昊霖進門後，舒辰瑾早已在門口等候。「三殿下這邊請。」

廳堂之上，左相夫婦正端坐於主位。按理章昊霖貴為皇子，自是無須向朝臣行禮，然而他卻拱手朝二人行了個晚輩禮。「晚輩見過舒大人、舒夫人。」

舒遠山點了點頭，沒有開口；舒夫人則一臉慈祥地笑道：「三殿下多禮了，快請坐。」

章昊霖入座後，舒辰瑾親自為他倒上茶，便退出了廳堂。

舒夫人笑咪咪地打量著章昊霖，眼前之人清雋文雅的模樣，比她印象中的還要好看上幾分。「三殿下與清淺之事，我已聽清淺說了，今日你能親自前來，我也看到了你的誠意。」

「晚輩知曉清淺尚未行過成人禮，今日卻依然冒昧前來拜訪，實屬失禮。」章昊霖斟酌著開口道：「然晚輩與清淺既已相識相知，便沒有不讓二位高堂知曉之理。」

舒夫人點了點頭。「不知三殿下今後有何打算？」

章昊霖認真地道：「待明年清淺的成人禮過後，只要清淺願意，晚輩隨時能夠迎娶她過門。」皇子成婚本應由天子欽賜，然而章昊霖言辭間竟隻字未提明德帝。

一直未曾開口的舒相出言反問：「若是陛下不允呢？」

章昊霖道：「晚輩既能做出此承諾，便是有十足的把握可以兌現。」他的語氣一如平常，卻擁有讓人信服的魔力。

片刻的安靜過後，舒相道：「三殿下中午就在敝府用膳，煩勞夫人去與廚房說一聲。」

舒夫人明白舒相這是有話要與章昊霖單獨說，便起身與章昊霖道：「三殿下在這裡多坐一會兒，妾身去吩咐下人準備午膳。」

章昊霖起身朝舒夫人道謝。「有勞夫人了。」

舒夫人走出廳堂後，還不忘替裡面二人將門關上。

待廳堂內只剩下二人後，舒相起身走進偏廳，並與身後之人道：「乾坐著也無趣，陪老夫下盤棋吧！」

章昊霖隨著舒遠山走進偏廳，面對面坐在棋盤前，兩人間的距離近了許多。

舒遠山開口道：「近來陛下的身子似乎越來越差了。」

章昊霖知曉舒遠山這句沒頭沒尾的話背後之意，他眉眼低垂，專心地看著棋盤上的落子，回道：「既為人臣，也為人子，不忠不孝之事晚輩不會做。」

舒遠山得了章昊霖這句話，嚴肅的表情稍微鬆動一些，言語間也多了幾分真切。「清淺雖聰慧，卻依舊是名女子，老夫只願她可以平安喜樂地過一生。」

提及舒清淺，章昊霖的語氣不自覺地柔軟起來。「晚輩知道。」

舒遠山道：「三殿下身分貴重，老夫本不欲清淺與你相交，不過有些事情也不是老夫能決定的。」言及此，舒遠山難以察覺地輕嘆了一口氣。「清淺是個固執的性子，她今日既是自己選擇了三殿下，日後即便受到再大的委屈定也不會與他人說，你莫要辜負了她。」

章昊霖抬頭，迎著舒遠山的目光，緩聲道：「晚輩會永遠記得今日是懷著何種心情上門求娶清淺的。」

另一頭，舒夫人安排好午膳後，剛從廚房出來，便遇上小跑步而來的舒清淺，忍不住笑罵道：「如此慌慌張張的樣子若被人看了去，娘看誰還敢娶妳？」

舒清淺吐了吐舌，討好地挽住舒夫人的手臂。「娘，您見到三殿下了嗎？」

舒夫人道：「見了。」

舒清淺忙問：「您覺得他怎麼樣？」

舒夫人笑道：「儀表堂堂，氣宇非凡，乃人中龍鳳，我家閨女的眼光還真不錯！」

聞言，舒清淺立刻笑開了花。「我眼光好，那也是隨您呀。」

舒夫人寵溺地道：「貧嘴！」

舒清淺有些疑惑。「那您怎麼會在這兒？」章昊霖也不至於這麼快就走了吧。

舒夫人道：「妳爹爹在與他說話呢！娘來吩咐廚房準備午膳。」

舒清淺立刻追問：「爹爹覺得他如何？」

舒夫人見舒清淺恨不得立刻飛去前廳的模樣，忍不住開口道：「妳爹既然打算留三殿下一道用膳，心中定然是滿意的；再說妳與他如今都兩情相悅了，難不成娘和妳爹還能棒打鴛鴦不成？」

舒清淺撒嬌道：「女兒就知道您與爹爹最疼我了。」

說話間，母女二人已走進舒夫人的院中，舒夫人在暖爐旁坐下。「妳可想過和他在一起後，你們的將來？」

舒清淺在舒夫人身邊坐下，開口道：「他若不負我，無論日後是一無所有，還是權傾天下，我都會安心陪在他身邊，做我力所能及的事。」她頓了頓，又道：「若他日後變了心，那也只能怪我識人不清，一拍兩散。」

舒夫人搖了搖頭。「妳還年輕，把夫妻之事想得太簡單。尋常人家若有了孩子，也不是說散就能散的，更何況在天家？嫁給這般身分的人，娘怕妳日後受委屈。」

舒清淺倒是看得開。「人生在世，無論是苦是樂，總會有不圓滿的地方，我相信只要我不負自己，便沒有人能負我。」

舒夫人見舒清淺如此說，也不再多言，二人又說了一會兒話，估摸著前廳的兩人應該談完了，這才起身一道往前廳而去。

待舒夫人與舒清淺來到前廳時，章昊霖與舒遠山正好下完一盤棋。距離午膳時間還有一會兒，舒夫人與舒清淺道：「三殿下第一次來咱們府上，妳帶他去四處轉轉。」

舒清淺本就想找機會與章昊霖獨處，便愉快地接下任務，帶著章昊霖離開了前廳。

待走出一段距離後，舒清淺才慌忙地問道：「我爹沒有為難你吧？」

看著舒清淺緊張的模樣，章昊霖失笑道：「我是上門提親的，又不是上門搶親的，舒相作何要為難我？」

舒清淺被他的話逗笑。「你今日不是來拜訪的嗎？怎麼現在又成提親了，還真敢說！」

章昊霖笑道：「因為我心裡就是這樣想的。」

舒清淺並未帶著章昊霖四處亂逛，而是領著他在花園涼亭坐下。看著章昊霖今日明顯精心打扮過的模樣，笑道：「你今日穿得倒是好看，難怪我娘會誇你氣質不凡了。」

章昊霖無奈道：「我今日一大早就起來了，生怕會出什麼差錯。」他順手指了指腰間的玉珮。「妳看，連這塊玉珮都是我特意挑選的。」

舒清淺以雙手撐住下巴，目不轉睛地看著章昊霖。「真沒想到能有一日和你這樣坐在咱府裡聊天。」

章昊霖笑道：「日後成了親，咱們每日都能如此聊天。」

舒清淺也跟著笑了。「等到每日都能見面時，便沒有這麼多話可以說了。」

章昊霖不以為然。「即使沒話說，我看書，妳撫琴，只要待在一起，亦是一種樂趣。」

不遠處剛爬上假山的小妖見到了舒清淺在這裡，馬上輕盈地跳下假山，又熟練地跳上舒清淺的腿。

舒清淺心情頗佳地將小妖舉到章昊霖面前。「小妖，妳還認得這個人嗎？」

章昊霖伸手欲抱小妖，卻惹來小妖凶狠的一爪子，章昊霖無語。「妳把牠養得這麼胖，脾氣也大了不少。」

舒清淺笑道：「以前在西南的時候，小妖就不喜歡你，現在更加討厭你了。」

章昊霖伸手，趁小妖不注意，悄悄地戳了牠兩下，舒清淺立即擋開他的手。「幼稚。」

章昊霖忽然道：「什麼時候有空，我們再一起去西南看看外祖父。」

舒清淺點頭。「好。」

章昊霖這一趟相府行過後，他與舒清淺之事雖不說塵埃落定，卻也稱得上是八九不離十了，兩人之間更是添了幾分親密與肆意。

話說當日被祁安賢派人護送出城的蘇謹，此刻已隨著滄州車隊一道抵達皇城。正如祁安賢所言，待車隊離京城越來越近時，反倒沒有再遇到任何襲擊。

兩日之後，蘇謹面聖述職，期間並未說什麼不該說的話，章昊瑄便也不再將蘇謹這一無關緊要之人視為威脅。

無論朝中局勢如何波濤暗湧，至少近來表面上看起來依舊安穩和諧，而除夕之夜便在這種平和的假象中到來了。

明德帝今年並未在宮中大宴群臣，只是舉行了一場家宴，與妃嬪、皇子們一道吃個團圓飯。許是因為身體每況愈下的緣故，近來他越發依戀這種父慈子孝、其樂融融的生活，而今日既是家宴，便沒有人會蠢到去惹明德帝不高興，妃嬪、皇子們都是挑著他愛聽的話說。

坐在上位的明德帝身旁，是深居簡出、許久未出席宴會場合的皇后娘娘。自前太子出事之後，日日吃齋唸佛的皇后也是越來越清瘦了。

明德帝看著眼前其樂融融的一幕，心情頗佳，竟主動握住皇后的手關切道：「皇后如今也不能與年輕人相比了，還是要多注意一下自己的身子。」

皇后的嘴角一絲笑意，回道：「多謝陛下關心，臣妾自吃齋唸佛以來，雖說清瘦了一些，但精神卻是越發好了。」

宴席近尾聲時，外面竟飄起雪花，最終這場除夕家宴在眾人「瑞雪兆豐年」的期待中落下了帷幕。

成年皇子們各自踏著雪，出宮回府，背道而行的情景與剛剛在宴席上言笑晏晏的模樣形成強烈的對比；宮妃們亦在宮女、太監們的擁護下回到自己的寢殿；明德帝則陪同皇后一道去往鳳臨宮中。

左相府內，今年除夕的團圓飯雖然少了已經嫁為人妻的舒菡萏，但舒辰瑾與梁問雪卻為舒家添了一對龍鳳孫兒。

一大家子人熱熱鬧鬧地坐在一起吃完團圓飯後，發完紅包的梁問雪先帶著一雙兒女回屋休息；舒夫人則帶著紫娥去了佛堂，為新的一年誦經祈福。

舒清淺本打算先回屋休息，但不知怎地卻想到若自己明年真的與章昊霖成婚，今年就是在相府與家人一起過的最後一個新年了，思及此，她決定留下來與爹爹和哥哥們一起守歲。

待舒清淺回到自己的院子，已是放完爆竹之後的子時。

外頭雪花紛飛，地面上已經積了一層薄薄的雪，她披著厚厚的披風，踩著雪走進小院裡，卻被屋簷下站著的那人驚得停住了步伐。

舒清淺以為是自己太睏，所以產生了幻覺，她用力地眨了眨眼睛後，發現不遠處的章昊霖仍然站在那兒看著自己笑，這才確定不是錯覺。

她連忙走過去，拉起他的手進屋，掌心瞬間傳來一片冰涼的觸感。舒清淺拉著章昊霖在暖爐旁坐下，頗為心疼地道：「你在這兒站了多久啦？這麼冷的天，也不知道先進屋裡去坐一坐。」

章昊霖想要伸手捏一下舒清淺的臉，卻想起自己的手太涼了，便老老實實地將手放在暖爐上回溫，口中反駁道：「站在妳院子裡邊賞雪，邊等妳回來，可比獨自坐在屋中枯等有意思多了。」

舒清淺起身替章昊霖倒了一杯熱茶。「你看看你，手腳都凍僵了，還敢貧嘴！趕緊喝一杯熱茶暖暖身子，免得染上風寒。」

章昊霖接過茶杯就喝，一杯熱茶下去，暖意席捲全身。「我從宮中出來後，本想直接回府的，可看著家家戶戶歡喜團圓的模樣，不由自主地便跑來找妳了。」

舒清淺接過他手中的空杯子，又為他倒上一杯茶。「你是怎麼進來的？」

章昊霖望天。

舒清淺無語地看著他。「你是翻牆進來的？就不怕被當成賊了？」

章昊霖難得露出孩子氣的笑容。「大過年的，我就想見見妳，被當成賊也值了！」

舒清淺笑著搖了搖頭，她用自己溫熱的手摀住章昊霖微涼的雙頰，問道：「晚上在宮中可吃飽了？要不要我讓人再去給你準備些吃的？」

「不用。」章昊霖目不轉睛地看著舒清淺。「我今晚只想和妳待在一起，看著妳就一點也不餓了。」

舒清淺嫌棄道：「人家過年都是長了一歲，你怎麼跟小了一歲似的。」

章昊霖伸手捉住舒清淺的一隻手，放在自己唇邊輕吻了一下。「那妳可還喜歡我？」

舒清淺的臉頰微微發燙，在燭火映照下，她的眸子亮晶晶的。「喜歡。只要是你，我都喜歡。」

第五十三章　朝會

氣氛在二人的對視下變得微妙，原本寒冷的屋子內不知是由於暖爐的緣故，還是其他原因，似乎也變得暖和起來。舒清淺看著近在咫尺的章昊霖，突然笑了。

章昊霖寵溺地望著她，亦不自覺地露出笑容。「想到什麼了，這麼高興？」

舒清淺眨了眨眼。「不告訴你。」她反問道：「那你又笑什麼？」

章昊霖嘴角的笑意更濃了，道：「一想到妳今年要嫁給我了，就忍不住高興。」

舒清淺一臉幸福地在他懷裡蹭了蹭，不一會兒卻嘟囔道：「有點睏了呢！」

章昊霖站起身後，用雙手抱著舒清淺來到裡屋的床上。「睏了便早些睡。」

舒清淺無語地從床上坐起。「沒換衣裳怎麼睡？」

章昊霖失笑道：「要我幫妳換嗎？」

舒清淺瞪他。「登徒子！」

章昊霖伸手捏了捏舒清淺的臉。「就算我是登徒子，也只對妳如此。」

舒清淺懶得與他耍嘴皮子，她朝站在床前之人勾了勾手，待章昊霖湊近，她便輕輕地在他唇邊親了一下，隨即下逐客令道：「你趕緊回去吧！再晚天都要亮了。」

章昊霖感受著嘴角殘留的溫度，伸手揉了揉舒清淺的頭髮。「我走了，妳早些休息。」

待章昊霖離開，舒清淺更衣、洗漱之後便睡下了。外頭依舊不時會傳來爆竹聲，在濃濃的年味中，舒清淺帶著專屬於她的那份甜蜜，進入了夢鄉。

章昊霖卻不如舒清淺這般愜意，他出了相府，回到自己府上梳洗過後，換上朝服，便馬不停蹄地趕往宮中參加元日朝會。

天色微亮，聲勢浩大的大朝會在禮樂聲與百官的朝拜中開始了。

繁雜的儀式過後，明德帝賜百官入座飲茶，只有一品以上官員與有爵位的皇親貴族能入殿落座，其餘百官則在殿外入座。殿外還飄著小雪，寒冬的早晨滋味並不好受，一杯熱茶剛倒上便沒了熱氣，相比之下，殿內的溫度要宜人得多。

幾位皇子坐在百官之前，依次向明德帝獻上新年賀詞，明德帝也給幾位皇子賞賜了一些金玉如意。唯有輪到四皇子章昊天時，明德帝道：「你勇武有餘，但有時候做事缺乏通觀全局的目光，今日起，你每日下朝後便跟著徐太傅學習兩個時辰的為人處世之道。」

明德帝此言一出，章昊瑄立刻黑了臉，而殿內朝臣亦露出不同的神色。徐太傅乃前太子章昊澤之師，明德帝如今令四皇子與之學習，無疑是表明了自己欲立四皇子為太子之意。

一場大朝會，便在百官各異的心思中散了場。會後，明德帝又單獨留下章昊天，並傳旨讓皇后來一道用膳，更是確立他欲親近嫡子的想法。

而宮外，暢文苑亦是一派熱鬧景象，好幾個門口處都設有不少布施攤子，上面擺有年糕、花饃、餃子等一系列年節吃食，暢文苑還安排專人為那些排隊的人分發吃食。

舒清淺早上給家中眾人拜過年後，便來到暢文苑安排布施。何先生回家過年了，只有李夫人一人在暢文苑，因此她這幾日一有時間便會過來幫李夫人處理一些雜事。

暢文苑本是掛在太子府名下，然而前太子出事之後，這暢文苑倒也沒有衰敗，人氣不減反增。一則因為原有的人氣積累，諸多文人學子已習慣將暢文苑視作切磋、交流之所；二則明德帝當日親臨之事仍歷歷在目，門匾上的「暢文苑」三字還是御筆親書，再加上當初太子出事，明德帝遷怒了不少太子黨的官員，卻依舊放任暢文苑蓬勃發展，無疑也是一種認可。

若說當初暢文苑欲有什麼大動作前，還得先向前太子請示，如今的暢文苑更像是舒清淺的私人產業，行事也方便、自由了許多。

章昊霖與祁安賢一道從宮中出來後，便準備回府用膳，順便談論一下今日朝堂上之事。然而當章昊霖路過暢文苑時，見此般熱鬧景象，他馬上毫不猶豫地改變了路線，直接抬腳走進暢文苑，熟門熟路地從小路來到舒清淺的小院。

祁安賢則忍不住在一旁默默吐槽，看這樣子章昊霖沒少來這地方，果然在兒女情長面前，什麼國家大事都可以先放在一旁。

前段時日，舒清淺將她在暢文苑的院子題名為「聽雪居」，如今院子被白色的雪花薄薄地覆蓋住，使得這個名字異常應景。

章昊霖走進院子時，舒清淺正在將門窗上的剪紙貼得牢固一些，她聽見有人進來，便停下了手邊的動作，回過身子。

舒清淺見是章昊霖來了，嘴角立刻上揚道：「你怎麼來了？」

章昊霖走近道：「朝會剛散，方才路過暢文苑就想著進來瞧瞧，妳果然在這裡。」

說話間，祁安賢也進到院子裡了。祁安賢一邊懶洋洋地與舒清淺打招呼，一邊抱怨道：「今日天未亮便進宮了，我本來還想早些回府休息，誰知卻被帶到了這兒。」

舒清淺失笑。「都這個點了，你倆吃過飯了嗎？」

祁安賢撇了撇嘴。「早膳都尚未吃過，更別說午膳了。」

舒清淺道：「那正好，咱們一起吃吧！廚房下了不少餃子。」舒清淺邊說，邊吩咐丫鬟去廚房端幾盤餃子過來，招呼兩人進屋。「屋裡暖和一些，先進來坐坐。」

三人進屋後，舒清淺從桌上拿了兩塊切好的年糕，往那兩人一人手中遞了一塊。「先吃點年糕吧，墊墊肚子。」

祁安賢接過年糕咬了一口，年糕的香甜瞬間充滿口腔。「今日倒是來對地方，年糕和餃子都有得吃，也算是過年了。」

舒清淺給三人一人倒了一杯熱茶後，方坐下道：「說得像是你以前過年都不吃年糕和餃子一般。」

不待祁安賢開口，章昊霖卻道：「往年也吃，但今年是妳準備的，自然不一樣。」

祁安賢一臉受不了的模樣，沒想到向來正經的老三說起情話，倒是信手拈來。

舒清淺瞪了章昊霖一眼，示意他還有人在，得注意場合；章昊霖則吃著年糕，露出無辜的表情。兩人的眉來眼去落在祁安賢眼裡，讓向來臉皮厚的祁安賢恨不得此刻馬上離開這個讓他感覺自己很多餘的地方。

沒一會兒，丫鬟便提著食盒過來了，食盒裡不僅有餃子，還有一些點心。

舒清淺讓丫鬟將食盒放下後便出去，她則親自將吃食擺上桌。

熱呼呼的餃子與點心，看上去便讓人很有食慾，章昊霖與祁安賢確實也餓了，兩人埋頭吃掉了一大盤餃子後，才放下筷子。

祁安賢端著熱茶、漱了個口，吃飽喝足後，方開口說起剛剛朝會上之事。「陛下今日如此直白地點名章昊天，真不知心裡是作何想法。」

章昊霖卻不意外。「父皇重嫡子，這也不是一天、兩天的事了，自前太子過世後，皇后膝下的嫡子便只剩四弟一人。」

左右這邊也沒有外人，祁安賢毫不掩飾自己的嘲諷道：「咱們陛下如此明顯地偏袒章昊天，真不知是幫他，還是害他。」當初太子在時，若明德帝能公正地對待每位皇子，太子也不至於被妒火攻心的章昊瑄迫害至此。

章昊霖打斷沈浸在八卦中的祁安賢，開口道：「如今父皇屬意四弟，再加上父皇的身子每況愈下，二哥近期定然會有所行動。」

祁安賢同意道：「不出意外，北域應該就是章昊瑄的後盾了，我會再增派些人手去盯緊他的行動。」

章昊霖點頭提醒道：「麗妃那邊也要讓人留意。」

祁安賢點了點頭。「如今陛下的身子狀況不好，宮中可不止蘭芷宮一處要盯著，另外滄州那邊我也會安排下去。」

章昊霖也不再多說，祁安賢與李覓總是可以替他將所有事情安排妥當。

舒清淺為二人換掉杯中冷掉的茶水，看著眼前二人雲淡風輕地談論著此等機密之事，她知道這一年注定不會太平。

不過無論朝中上下有何大事，眾人都不約而同地選擇延至正月之後再作處理，因此一直到元宵節之前，京中都是一派熱鬧繁榮的景象。

正月十五、十六素來都是才子佳人相約看燈吟詩、猜謎玩鬧的日子，而暢文苑這個京中最大的才子佳人聚集之所，自然也是早早就掛起了形態各異的花燈，亦設置了不少詩文遊戲供眾人玩樂。

已擁有暢文苑全部主導權的舒清淺，便打算趁著這次機會好好地發揮一番。從吃喝玩樂到姻緣牽線，她分門別類地設計了大大小小等十餘個節目，保證每個人只要進了暢文苑，就算痛痛快快地玩上兩天也還覺得意猶未盡。

這一日，許久未見的安樂公主也來到暢文苑找舒清淺——元宵是極少數公主們能夠出宮遊玩的節日，她自然是要出來透透氣的。

舒清淺看了一圈，卻沒看到安樂公主身後有任何僕從，不禁疑惑道：「靈曦，妳一個人過來的？」

安樂公主在舒清淺身旁坐下。「我與三哥一道來的，可他一進門就被人拉著說話，我就先來找妳了。」她心情頗佳地說：「今日這裡好熱鬧，我剛剛隨意看了看，好幾個地方的活動都很有意思。」

安樂公主正準備拉著舒清淺陪她四處逛一逛，聽雪居這座小院的院門再次被推開，她們二人抬頭望去，皆露出高興的神色。進門之人乃是安樂公主剛剛提及的章昊霖，舒清淺是因為看到章昊霖而開心，然而令安樂公主驚喜的，卻是章昊霖身後之人。

安樂公主立刻欣喜地叫出聲。「盛言風！」

舒清淺看著面前恨不得要將目光緊鎖在對方身上的安樂公主與盛言風，不自覺地露出了會心的笑容，緊接著抬眼看了看章昊霖，示意他先與自己一道出去。

章昊霖雖不大想讓靈曦與盛言風獨處，卻又無能為力，只得看著那二人叮囑道：「你們就在這暢文苑中轉轉便可，午膳時還是回到清淺這院子裡來一道用膳。」

舒清淺看著章昊霖還準備繼續囉嗦的樣子，連忙伸手拽住他的袖子，直接將人拉出院子。「靈曦與晉王難得見面，你就別妨礙他倆了。」

聽雪居中，盛言風揉了揉章靈曦的腦袋。「才幾日未見，妳怎麼瘦了這麼多？」

章靈曦數著手指道：「什麼叫才幾日，這都快半年沒見了！」
盛言風低聲笑道：「我現在不是來找妳了嗎？」
章靈曦這才想起來，便問盛言風道：「你怎麼會來京中的？我沒聽說你要來呀。」
盛言風伸出一隻手指，豎在嘴邊做噤聲狀。「妳可要替我保密。」
「你偷偷進京的？」章靈曦驚訝地瞪圓了眼睛，她就算再不關心政事，也知曉藩王未上報就直接進入皇城的後果。
盛言風聳聳肩，理所當然地道：「這是妳和我在一起的第一個元宵，我當然要來和妳一起過。」
章靈曦愣了愣，隨即露出一個好看的笑容。「你這人真是……」她在盛言風還來不及反應之前，踮起腳在他的唇上輕輕吻了一下，輕聲道：「謝謝你。」
因為盛言風的到來，原本一心想要出去湊熱鬧的安樂公主，反倒更享受與盛言風待在這小院中一起度過的兩人時光。
盛言風聽著外面時不時傳來的笑鬧聲，問安樂公主道：「妳平時不是最愛熱鬧的麼？今日怎麼沒嚷著要出去逛逛，寧願待在這冷冷清清的院子裡？」
「在你進來之前，我確實很想出去看看，但現在你來了，我便不想出去了。」安樂公主坐在院中的秋千上輕晃著雙腿，目光卻一直停留在眼前之人身上。「而且有你在，這院子也不冷清呀。」

盛言風站在一旁，替安樂公主推著秋千，臉上是從未有過的溫柔。「真想明日就帶妳一道回晉州。」

安樂公主以腳尖點地，停住了秋千。「你明日便要走？」

盛言風無奈道：「從京中趕回去，快馬加鞭也得十日有餘，待出了正月，事情也多了，我能在正月裡得個空來京中看妳，已是極限。」

安樂公主明白盛言風乃一方之主，平日事務繁雜，如今能為了自己耗上大半個月趕路來京城看她，已是十分任性之舉。可她仍難掩心頭的失落，心裡很想像個無理取鬧的孩童那般纏著盛言風，不讓他走，或讓他帶自己一起走，然而她並不是不懂事的孩子，最後只是道：「這次就算了，可你日後定要記得當初對我的承諾。」

盛言風輕撫著章靈曦的臉頰，柔聲道：「相信我，好不好？」

章靈曦輕輕地點了點頭。「好。」

元宵過後，盛言風一早便要離京，安樂公主人在宮中，不能親自相送，因而此時送盛言風出城之人乃三皇子章昊霖。

盛言風看著與自己並肩騎馬前行的章昊霖，笑問：「三殿下如此正大光明地送在下出城，就不怕被人看到？」

章昊霖道：「被人看到也無妨，畢竟沒人知道你來京城了，估計也認不出你來。」

雖然章昊霖的語氣如常，然而盛言風卻聽出其中的不滿之意，他依舊帶笑道：「只要能見靈曦一面，其他的都不重要。」

章昊霖顯然不願意與盛言風繼續這個話題，開口道：「希望你下次來京時，可以正大光明地過來，如此不但是對你自己負責，也是對靈曦負責。」

盛言風明白章昊霖這是在提醒自己，點頭承諾道：「我會的。」

說話間二人已走出城門外很遠了，不遠處便是官道，盛言風勒馬停住，客氣地道：「三殿下請留步。」他想了想，又添了一句道：「如今京中局勢隨時都會變，若有什麼需要在下幫忙的地方，儘管開口。」

章昊霖並未接話。

盛言風見章昊霖一臉嚴肅的神情，擺手道：「殿下無須這樣看在下，我說這話並不僅僅是因為靈曦。」他看著遠處的官道，緩緩地說：「我相信所有人都希望能迎來一位明君。」

如今除了章昊霖，其他幾位皇子在盛言風看來，實在難當大任；再加上他與章靈曦的關係，自然是更加支持章昊霖了。

章昊霖聽盛言風這樣說，也沒有多作表示，只是輕輕點了點頭，朝盛言風抱拳道：「路途遙遠，一路順風。」

盛言風揮了揮手，便策馬而去。

第五十四章　成人

元宵過後，年味也開始變淡了，所有人漸漸回復到日復一日的日常生活。

年前離京辦事的李覓終於返回皇城，一抵達，便直接從德盛酒樓的暗道來到三皇子府上。

下朝的章昊霖回府後，就在自己的書房內見到了正坐在書桌前喝茶的李覓，他意外道：「你何時回京的？」

李覓放下杯子，聳了聳肩。「我今日一到京中，就直接來找你了。」

章昊霖在另一旁的桌子前坐下。「去了這麼些時日，連年都沒回來過，查到什麼了？」

李覓開口道：「章昊瑄與北域勾結確有其事，與我們之前的猜測大致相同。大概初三、初四的時候，魏明府上的那位老管家在他老家與一名來自北域皇城的人碰面。」

章昊霖知道初一那日父皇對章昊天的舉動，定會惹得章昊瑄的不滿，但卻未曾想到，章昊瑄竟連一刻都沒猶豫便行動了起來，章昊霖目光晦澀。「看來，二哥的野心就快要壓不住了。」他頓了頓，又道：「可知道他們碰面時都說了些什麼？」

李覓搖頭，卻道：「他們的談話內容雖不得而知，但是並不難猜。」

章昊霖頷首，古往今來謀權篡位的手段無非那幾種，確實不難猜。

右相府內，章昊瑄坐在椅子上，目光決絕地看向魏明。「外祖父，我不想再等了。」

魏明知道章昊瑄言下之意，卻遲遲未開口。

章昊瑄的臉上帶著幾分怨恨的神色。「父皇近來有意無意地在提拔老四，不知哪天尋個由頭，就會下詔立儲了。」他望著外祖父，此刻急需有人站在他這邊，認同他所說的話。「等到父皇的詔書下來，再想要行動便遲了。」

魏明今日在朝堂上也看得明白，陛下如今幾乎已認定身為嫡子的章昊天為太子。思及此，魏明答非所問地說：「章昊天那邊你安插了人手，章昊霖那邊可有安排？」

章昊瑄回道：「雖然老三翻不出什麼花樣來，不過孫兒還是有安排幾個眼線盯梢。」

魏明提醒道：「若論能力，章昊霖可比章昊天強出不少，你萬萬不可掉以輕心。」

章昊瑄不以為然。「老三能力再強又有何用？有時命好比能力重要多了。」比如無能的太子與老四，只因嫡子的身分，就算再不濟，在父皇眼中都是寶。他嗤笑道：「這幾年來若非有西南王為老三撐腰，而他也算有分寸，要不早在宮中時，老三就被人玩死了。」

章昊瑄的話雖說得直接，可顯然魏明也贊同他的話，卻還是不忘再次叮囑。「話雖如此，但小心駛得萬年船。」

「孫兒知道。」章昊瑄顯然不願再將話題浪費在章昊霖這個無關緊要之人身上，他繼續之前的話題道：「外祖父，我這幾日便讓人傳信去北域，如何？」

魏明的臉上看不出喜怒，似在考慮章昊瑄所言，片刻後，方緩緩點頭道：「去吧，要做得隱蔽一些。」

立春過後，舒清淺終於迎來了自己的成人禮。她選擇在南安寺，由靜安師父為自己舉辦一場法會儀式，來迎接這個特別的日子。

尋常貴族女子在成人禮時，都會在府上舉辦一場宴會，邀請同齡的貴族子女出席。一來為慶祝成人，二來行過成人禮之後，便可談婚論嫁，藉此機會尋得良配。

不過於舒清淺而言，如今朝堂上風雲暗湧，此時大舉操辦宴席，實在不妥；再則她早已心有所屬，這樣的宴會只令她徒增煩惱。

南安寺內，舒清淺焚香沐浴後，在靜安師父的帶領下完成了整個祈福儀式。

儀式結束後，舒夫人與身懷六甲卻堅持要來觀禮的舒菡萏，被安排至茶寮休息、飲茶，舒清淺則開口喚住靜安師父。「靜安師父請留步。」

靜安師父見舒清淺似是有話要說的模樣，便回身在軟墊上坐下。「二小姐，請坐。」

舒清淺在師父的對面盤腿坐下，剛下意識喚住靜安師父，現在卻不知道該說些什麼。

因一年前，她在這南安寺中重生醒來，不過短短一年的時間內，她體會到上一世從未有過的溫情。如今爹娘健在，手足情深，還有心愛之人陪伴在身側，甚至連她不再奢求的名聲與地位竟也悄然而至。舒清淺有些恍惚，彷彿這一切都是她臆想出來的一場完美夢境。

靜安師父看著舒清淺猶豫的模樣，開口道：「二小姐有心事？」

舒清淺搖了搖頭。「也不算是心事。」她斟酌著開口道：「只不過感覺如今擁有的一切，似乎有點不真實。」

靜安師父望著她，眼神中流露出一種看透世事的睿智豁達與令人安心的沈靜。「種下什麼因，便會結出什麼果。」靜安師父的聲音如同一汪平靜的潭水，卻有著令人信服的魔力。「厚德方能載萬物，只有德行能配得上自己的名聲和地位時，內心才能獲得真正的安寧。」

舒清淺的不安源於上一世求而未得的一切，如今一下子全部圍繞在自己身邊，如同一個將要渴死之人，突然誤入一片湖泊，此人一邊欣喜地喝著水，一邊卻忍不住擔心這片水源會不會突然消失，因為這一切來得太過容易。然而一如靜安師父所言，老天爺帶她進入這片水源，並不僅僅是為了解決她一人的饑渴，而是讓她將這片水源帶給更多需要之人。

靜安師父慈愛地道：「妳是個極有靈性的聰慧之人，只要不被眼前的名利所迷惑，日後定能為世人帶來諸多福澤。二小姐不必因為眼前短暫的迷惑而止步，只要心懷善念，衝破眼前混沌後，二小姐定會有所得。」

「心懷善念……」舒清淺喃喃重複著靜安師父的話，心中似是有所感悟。

靜安師父沒去打擾舒清淺的沈思，只靜靜地撥動手中的佛珠，心無旁騖地打坐、誦經。

舒清淺告別靜安師父出來，已是小半個時辰之後，她看著門外的春光，心情頓時輕鬆自在了許多。她本欲前往茶寮尋找母親與姊姊，卻意外地在廊下看見一人。

「舒二小姐。」待舒清淺走近，那人抱拳與舒清淺行禮問候。

舒清淺驚訝道：「你怎麼在這兒？三殿下也在？」這人正是章昊霖的貼身侍衛石印。

石印道：「我家主子在後山。」

舒清淺抬頭一瞥天色，距離午膳還有時間，便道：「麻煩石護衛帶我過去。」

後山中，李覓的那間竹屋內，章昊霖一聽見腳步聲，便起身走到屋外。

舒清淺笑著在章昊霖面前站定。「你在等我嗎？」

章昊霖笑容溫柔。「明知故問。」他邊說著，邊牽起舒清淺的手進屋。

進屋後，章昊霖從桌上拿起一只錦盒並打開。舒清淺見錦盒裡放著一支精巧的玉釵，釵頭鑲嵌著一塊潔白圓潤的玉石，她覺得有些眼熟，一時也想不起來在哪見過。

章昊霖將玉釵取出，為舒清淺戴上，開口道：「今日是妳的成人禮，這支玉釵便當作我送給妳的禮物。」他替舒清淺整理了一下碎髮。「釵子上的玉與我一直佩帶在身上的玉珮，是從同一塊玉石上打磨而來，禮物雖不算貴重，卻是我的一分心意。」

舒清淺伸手摸了摸頭上的玉釵，目光又落在章昊霖腰間的那塊玉珮上頭，對於他的這分用心，心中感動不已，嘴角不禁揚起甜甜的笑容。「虧得你有心，還將那塊玉石留著。」

章昊霖解釋道：「本是想留著再做一塊玉珮的，可如今給妳做了簪子，才更能體現出它的價值。原本在成人禮這天，該由妳家中的親人或長輩送妳髮簪，我這樣做實屬逾矩；但日後我將是要與妳一起走完後半生之人，如此想來，今日送妳這髮簪也算是合情合理了。」

聽著章昊霖自然而然地說出這般承諾之言，舒清淺的臉上微微有些發燙，她連忙以調侃的話語掩飾住心中悸動。「強詞奪理！你倒是會為自己找理由。」

章昊霖捉住舒清淺的手，反問道：「難道我說得不對？」

舒清淺望著章昊霖認真的神情，終是忍不住笑道：「你說的自然都對。」

章昊霖似又想起什麼，伸手拿過那只裝著髮簪的錦盒打開，裡面還有一層，放著一只玉鐲。他拿起鐲子，戴上舒清淺的手腕，笑道：「最後剩下的一點玉石，我讓人用來打了這只玉鐲。畢竟簪子無法日日戴著，然而鐲子卻能如我這塊玉珮一般隨身攜帶。」

在舒清淺成人禮之後兩日，祁安賢收到了一封來自滄州的密函，他看過之後，立刻遣暗衛將密函送去三皇子府上。

章昊霖看著密函中所陳之事，沈默了良久，方將密函放在燭火上化為灰燼。

幾日之後，明德帝突然在朝堂上暈倒，雖經太醫救治後已無大礙，但這種「暫無大礙」能持續多久，誰也不知道。

就在明德帝暈倒一事過了月餘之後，北域王派人送來一封信，差點沒將明德帝又氣得直接暈過去。信上道北域近年來甚為欣賞中原文化，為了能與中原文化更相融合，希望明德帝可以將臨近北域的平海鎮與琳琅城贈予北域，以促進兩族文化交流。

平海鎮緊鄰北海，乃是重要的海上貿易通道，而琳琅城更是內陸商貿聚集之地，素有小滄州之美譽，這兩座城鎮皆為我朝重鎮。北域此等蠻橫無禮的要求，無異於重重地打了明德帝兩耳光，明德帝當即便命人將北域使者抓了起來，關進地牢。

就在明德帝還未想好該如何回絕北域此等無禮要求之時，北域那邊卻先一步有了動作。是年五月，北域以明德帝無故關押北域信使為由，兵分三路進攻中原。

朝堂上，明德帝連夜召集眾大臣商議對策。邊關已安定了太久，面對這突如其來的戰爭，幾乎讓所有人都有些措手不及。

明德帝的目光落在鎮北將軍林准身上。「林將軍，你對此事有何看法？」

林准出列道：「卑職以為北域此番行動乃虛張聲勢，北域兵馬雖驍勇善戰，但在數量上卻遠不及我朝。如今兵分三路同時進攻我中原，實非明智之舉，卑職懷疑其中有詐。」

不等林准說完，一兵部官員便出言反駁道：「林將軍怎能如此肯定北域是虛張聲勢？北域人無禮教約束，行事素來隨意。」那名官員振振有詞道：「如今北域大多數的兵馬已集結在漠城與北海，而另一隊兵馬不日也將抵達琅門關外，如此周密且浩大的行動，若要說是虛張聲勢，微臣實在不能認同。」

該官員話音方落，眾大臣紛紛在底下竊竊私語。

兩人的觀點都有支持者，明德帝皺眉，思考了片刻，轉而問魏明道：「魏相怎麼看？」由於林准是舒遠山的妻弟，明德帝顯然意識到這一點，便刻意避開舒遠山，直接詢問魏明。

魏明上前一步，回道：「微臣以為，如今北域兵臨城下，無論是不是虛張聲勢，我朝都應做好出兵的準備。漠城、北海皆為重要關隘，琅門關更是皇城的最後一道屏障，此三地無論哪一處失守，都將危及國之根本。」

明德帝點頭，示意魏明繼續說下去。

魏明道：「如今漠城、北海雖有駐兵鎮守，卻遠不能抵擋北域入侵，如今當務之急便是增派人手前去支援；而琅門關幸得有險峰與湍急的江流為天然屏障，暫時不用太過擔心，但仍得加派人手，以防萬一。」

「魏相所言有理。」明德帝贊同。

一番商議過後，明德帝遣派林准與林沐陽父子分別率兵前往漠城與北海。

父子二人回府後馬上收拾行李，即日點兵出征。

而此時的暢文苑中，舒清淺正在看著幾篇剛入園的才子所寫的新鮮文章。

每年春季即使沒有春試，京中的文人才子也會增多，再加上隔壁太學院招收了一批新的學生，因而暢文苑最近也比以往要熱鬧許多。

文人一多，文章便也多，不少仰慕舒清淺之名的學生，都很樂於將自己的文章先給舒清淺看過之後再公開。於是舒清淺天天都能在聽雪居的書桌上，看到不少新文章，她也樂得在聽雪居中一坐便是一整天，專心致志地閱讀著這些文章。

章昊霖進門時，見到的便是舒清淺正在埋頭苦讀的情景，他自然而然地走到舒清淺身後問道：「看什麼呢？這麼入迷。」

章昊霖的聲音突然從背後響起時，讓舒清淺被驚得跳起來，她頗為不滿地轉頭看向身後之人。「你就沒有一次不嚇我。」

章昊霖無奈地道：「但我沒有一次是故意的。」看著舒清淺瞪圓的眼睛，他忍不住笑道：「不過，妳被嚇到的時候就像一隻小兔子，很可愛！」

「懶得理你。」舒清淺不再與章昊霖多費口舌，目光又重新落在自己手中的文章上。

章昊霖見狀，便站在舒清淺身後，隨她一道閱覽文章。

舒清淺看畢後，見章昊霖也在看，便等他看完後才問道：「你覺得這篇文章如何？」

章昊霖評論道：「觀點明確，思路清晰，且能打破常規，大膽地反其道而行，以解決問題，有點意思。」

舒清淺知曉章昊霖從不輕易評判，能得他一句「有點意思」已是十分不易。

舒清淺又看了一下文章上的署名後，方將這篇文章放到一旁，又伸手取來另一篇，準備繼續看，卻被章昊霖壓住手。「妳這樣一篇接一篇地看著，也不休息一下，眼睛不累？」

舒清淺眨了眨眼。「不累，左右我也喜歡看，比待在府中有意思。」

章昊霖笑道：「難不成我還不如這些文章有意思？」

舒清淺忍不住笑出聲來。「哪有你這樣自降身價，與一堆文章比較的？」她邊說卻邊將手邊的文章收拾好，放在了一旁。

章昊霖頗為嫌棄地看了一眼桌上那疊厚厚的文章。「父皇現在都沒妳這般忙碌。」

舒清淺聽他這樣說，不禁狐疑地打量了他一眼。「如今北域都向我朝開戰了，局勢這麼緊張，你怎麼還跟個沒事人一樣，居然有空來暢文苑？」

章昊霖看著舒清淺，微微挑眉。「妳如此聰慧，會猜不到北域為何出兵？」北域既然已與章昊瑄勾結，那現在這些所謂戰事便都只是假象，如無意外，絕對不會真的打起來，說到底無非是一場見不得人的交易罷了。

舒清淺故作不解地道：「我一個小女子，怎會明白國與國之間這般複雜的紛爭？我也只能在暢文苑這一方天地中，看看文章，品品詩詞，終日與才子佳人為伴。」

章昊霖倒是認真思考起舒清淺這番隨口胡謅的話語，最後得出結論道：「妳確實適合待在此等清雅之地，不用去操心其他俗事。」

舒清淺戳了戳他的臉。「你還沒回答我的問題呢？」

章昊霖寵溺地看著舒清淺，開口答道：「老二與老四他們，一個心懷不軌，勾結外賊；一個悶頭前進，以為太子之位已是自己囊中之物。而父皇的年紀也是大了，現在只想趕緊將唯一的嫡子扶上東宮之位。這裡頭似乎沒有我什麼事，我自是天天有空來尋妳了。」停頓了一下，又不忘添一句道：「再說，我只想天天與妳待在一塊兒，不去理會那些糟心事。」

舒清淺失笑道：「這王權紛爭，在你口中倒像是幾個娃娃在扮家家了。」

章昊霖同意。「這兩者之間本就差不多。」

第五十五章　淑妃

次日早朝，明德帝在百官面前宣佈由四皇子章昊天率一萬將士，前往琅門關抵禦外敵，只待整頓好兵馬之後，便即刻出發。此舉乃為了安穩人心，再說琅門關比起北海和漠城，相對安全得多，若章昊天此行能立下戰功，明德帝也好名正言順地封他為太子。

一日之後，章昊天便帶著大隊人馬浩浩蕩蕩地踏上征程，而城牆上，章昊瑄、章昊霖與眾大臣們，則一起目送著章昊天離京。

章昊霖看到站在自己身邊的章昊瑄，面色不僅沒有不善，甚至還透露出些許期待，心下不禁有些疑惑。

皇城距離琅門關，快馬加鞭也不過三日的路程，然而卻在短短兩日過後，軍中便傳來噩耗——四皇子章昊天遇刺，身受重傷！

信使送來消息，一押送糧草的小兵由於白日裡衝撞了四皇子，被當眾毒打後懷恨在心，是夜便悄悄潛入大帳中刺傷四皇子。雖然匕首刺偏，四皇子保住了性命，但卻傷及大腿，經過軍醫們診治後，皆道殿下日後能否行走都是個問題。

無論事發經過如何，如今四皇子已不能帶兵出征，但軍中不可一日無帥，明德帝在緩過神之後，立刻著手安排人選。

適齡皇子中只剩下章昊瑄與章昊霖二人，不過章昊瑄卻突然派人入宮請太醫回府，最後太醫帶回來一個消息。「二殿下許是前幾日染了風寒，昨夜裡忽然高燒不退，現在還躺在床上，神志不清。」

明德帝剛剛接受了心中最屬意的那個兒子已為殘疾之事，如今再聽到噩耗，也不及多想，連忙命人去太醫院，將最好的御醫都派去二皇子府上替章昊瑄診治，務必要確保二皇子平安無事。

由於章昊瑄告病，能夠帶兵出征的便只剩下章昊霖。

明德帝將章昊霖召來宮中，對於這個兒子，他的心情一直都是極為複雜的。

他至今仍記得自己第一次見到章昊霖母妃的情景，當時還是長靈郡主的她，讓明德帝無比驚豔。後來他登基為帝，長靈郡主為了保住西南，選擇嫁進宮中，成了他最寵愛的淑妃。

明德帝一直以為自己的寵愛，能夠讓淑妃與其他妃嬪一樣真正地愛上自己，然而淑妃對他卻始終若即若離，即便他二人行著最親密之事，他仍舊感覺淑妃離自己很遠、很遠。

淑妃身上那種超脫淡然的氣質，往往讓他覺得自己十分骯髒不堪。他只要一看到淑妃乾淨的笑容，便會想起自己曾經為了權力所做過的那些不擇手段之事，然而越是如此，他越是迷戀淑妃。

後來章昊霖出生了，原本對於這個他與淑妃所誕下的兒子，他也是極為寵愛的，但隨著章昊霖年紀的增長，明德帝覺得這個兒子與淑妃越來越像了——不只長相相似，就連那令他無地自容的乾淨與純粹，也如出一轍。

再之後靈曦出生、淑妃病逝，他對靈曦之所以表現出十二萬分的寵愛，不僅僅因為靈曦是淑妃的女兒，而是靈曦雖然長得像淑妃，性格卻與淑妃大相逕庭。

然而對於章昊霖這個兒子，明德帝便不那麼待見了。他能夠忍受淑妃淡然的性子，是因為他愛她，甚至迷戀她，而失去母妃庇護的章昊霖，自然沒有這般待遇。

這些年來，明德帝不是沒看見章昊霖的優秀，淑妃的兒子又怎麼可能不優秀？但章昊霖越優秀，他心底的那種難堪與嫉妒感便越強烈，於是他刻意無視章昊霖。所幸章昊霖的性子也如淑妃一般不爭不搶，安安穩穩地過了這麼多年。

此刻，章昊霖正垂首站在明德帝跟前。「父皇尋兒臣來，不知有何事吩咐？」

章昊霖的話將明德帝從回憶中拉回現實，這是他多年以來第一次正視這個自己曾經最寵愛的兒子，明德帝無法否認，眼前這個兒子要比他所有的兒子都出眾。

回憶觸動了他心中最柔軟的地方，明德帝似乎又看到當年那個長袖善舞、如九天玄女一般的長靈郡主，語氣中不自覺地充滿溫情。「霖兒，這麼多年以來，你可曾怪過父皇？」

章昊霖沒想到明德帝竟會與自己這樣說話，一時間竟愣在原地。看著明德帝已經有些蒼老的臉，章昊霖莫名憶起那個曾經如尋常父子一般，將自己舉在肩上笑鬧的父皇。

章昊霖搖了搖頭，堅定地說出兩個字。「從未。」接著又抬起頭笑了笑。「母妃曾告訴兒臣，說兒臣的爹不是尋常人，所以無論何時，都要試著去理解父皇。」

「淑妃……」明德帝聽著章昊霖口中提及之人，彷彿能想像出淑妃是用何種語氣說出這些話的。良久後，所有的回憶都化為一聲嘆息。「這些年大概真的是朕做錯了，如今應該是老天爺對朕的懲罰。」

章昊霖開口道：「有些事情並不是人力所能改變的，身在天家，有得必會有失，還望父皇放寬心。」

明德帝苦笑，他將自己最脆弱的一面全然暴露在這個兒子面前。「有得必有失，這麼簡單的道理，偏偏很多人一輩子都明白不了，想當年你娘也總是能如此輕易地解決朕心中的困惑。」

那一日，明德帝拖著章昊霖說了不少往事，比如他是如何遇到淑妃的、淑妃是多麼聰慧美麗、他又有多麼懷念淑妃……

章昊霖走出宮中的時候，見紅色的夕陽已低垂於空中，不禁感慨父皇是真的老了。

至於母妃，得不到的永遠是最好的。如果母妃還健在，不知如今又會是何種光景？只可惜這個世上並沒有「如果」二字。

一日之後，章昊霖帶著十餘個輕騎便踏上前往琅門關之路，相較於之前四皇子章昊天出征時的聲勢浩大，章昊霖可謂是低調得有些離譜了。

皇宮內，明德帝正在軟榻上閉眼小憩。

一旁的福全見明德帝似乎已經睡著，便輕手輕腳地走過來替明德帝蓋上一條薄毯，沒想到就因為這一個輕微的動作，明德帝倏地睜開了眼睛。

福全連忙輕聲告罪。「是奴才吵醒陛下了。」

明德帝擺了擺手，示意無妨，轉眼看了看外面的天色，問道：「這個時辰，估計老三也該出發了吧？」

福全道：「聽說三殿下今日一早便上路了。」

明德帝又緩緩地閉上眼睛。「福全，你跟在朕身邊這麼多年了，也算是看著朕的這些皇子長大的。依你看，如今誰才堪當大任？」

福全誠惶誠恐地說：「皇子們個個都是人中龍鳳，奴才不敢妄議。」

明德帝道：「你這狗奴才，讓你說便說。」

福全垂首道：「其他的奴才不懂，但若要說對咱們這些奴才的態度，除了大殿下之外，就數三殿下最為可親了，就像當年的淑妃娘娘一般，對咱們這些下人從來都不擺架子。」

明德帝聽福全提及淑妃，瞬間勾起了他的回憶。「是啊，若淑妃還在，朕如今便不至於連想找個可以說話的人也找不到了。」

福全亦感慨道：「這麼多年來，在後宮諸多娘娘裡頭，奴才只遇過淑妃娘娘這麼一個好主子。奴才至今還記得，當年奴才家裡的老父親走了，只剩下瞎子娘親一人，淑妃娘娘知道此事後，還特意去求了皇后娘娘，破例將奴才才十六歲的妹子放出宮去，回家伺候娘親。」

明德帝喃喃自語地道：「是朕對不起淑妃啊，虧待了她的兒子這麼多年……」

而此時的章昊霖離京不過半日時間，章昊天便在眾人的護送下回到了皇城。

皇后早已帶著一眾太醫，於四皇子府中等候多時了。

除了趕路的辛勞，再加上大腿受傷的折騰，章昊天整個人瘦了一圈不說，人也憔悴得幾乎與離京時的神采奕奕判若兩人。

見兒子變成這副模樣，皇后強忍著眼淚，讓太醫趕緊替章昊天醫治。

看著太醫們一個個神色凝重又直搖頭的樣子，皇后整個人幾欲崩潰。

章昊天此時能做的只有靜養，畢竟太醫們就算醫術再高，也無法將章昊天那條傷及經脈的腿復原，只能開出一堆奇珍異草來為章昊天進補，希望能有奇蹟出現。

離琅門關最近的一座城池便是滄州，章昊霖並未直接前往琅門關，而是在滄州府內稍作停留。

滄州府尹蘇謹一大早就等在城外，待章昊霖抵達後，便直接將章昊霖帶到府衙。

由於蘇謹早就收到章昊霖的書信，讓他多加注意琅門關戰事，因此他幾乎要比那些在戰場上的兵士們還清楚現在的戰況。蘇謹道：「北域雖聲稱在琅門關外有五萬兵馬，但據下官估計，他們的人馬不會超過兩萬人。」

章昊霖沒有開口，示意蘇謹繼續。

「如殿下所料，北域天天在琅門關外叫囂，卻沒有一次是真正出兵的。只要我們的人馬閉門不應戰，北域絕對不會主動出擊。」蘇謹斟酌了一下言辭道：「下官愚見，北域此次完全不像是要打仗，反而像是為了拖住我們的兵馬。」

章昊霖同意道：「既確定了北域只是佯攻，至少不必擔心琅門關與北海、漠城三處的戰事了。」

蘇謹猶豫了一下，還是開口詢問道：「既如此，不知殿下接下來準備如何行動？」

章昊霖道：「本皇子奉父皇之命在琅門關駐守，自然得留在琅門關。」

蘇謹聞言，頗為不解，追問道：「二皇子與北域達成此等協議，必然心懷不軌，此時殿下若不回京，難道不擔心京中會發生變故？」他想了想，又道：「若殿下不放心琅門關戰事，下官不才，願請命前往。」

章昊霖搖了搖頭。「皇城之事，本皇子自有安排。」又道：「近日你也辛苦了，先歇息幾日，之後還有更重要的事等著你去做。」

章昊霖並未在滄州停留太久，問完蘇謹事情後，便啟程前往琅門關。

與此同時，漠城、北海兩地的主將林淮與林沐陽，皆發現了北域人的反常行為，因懷疑其中有詐，父子二人都不約而同地上書回京，向明德帝稟明此事。

由於明德帝的精神越發不濟，很多事情都交由魏明和舒遠山打理。舒遠山主要負責朝堂上的瑣事，而北域戰事則由魏明負責，所以林准父子的書信未能直接送達明德帝手中，全被魏明給攔了下來。

皇城在數日的安穩之後，於某日清晨，皇宮方向突然傳來擊鼓鳴鐘的聲音。

剛起身的舒清淺錯愕地看往皇宮的方向，這是皇帝駕崩的信號，難道明德帝駕崩了?!

皇帝崩逝，整個皇城戒嚴，舒清淺穿戴整齊後便立刻出府，朝德盛酒樓走去。祁安賢十有八九得進宮，如今她想要瞭解情況，便只能去找李覓。

舒清淺來到酒樓後，被帶到後院獨棟的小樓裡，而李覓正在裡頭奮筆疾書，見舒清淺進來，方停筆道：「舒二小姐。」

舒清淺顧不上寒暄，直接問道：「陛下駕崩了？」

李覓嘆氣。「事出突然，我與安賢都未曾料到章昊瑄下手會如此之快。」

舒清淺聽出李覓的言下之意，不禁皺眉。「陛下的崩逝果真有問題？」

李覓實言道：「我們留在宮中的暗衛道，昨夜陛下寢宮的宮女、太監們都被調離寢殿，後半夜時麗妃曾出入過陛下寢宮，今日一早，太醫便宣佈陛下已經崩逝。世上不可能有這麼巧合的事情，唯一的解釋便是麗妃趁陛下睡著時，做了些什麼。」

舒清淺證實了自己的猜測，又問道：「不知先生接下來有何打算？」

李覓道：「這些事都在我們的掌握之中，雖比預料的要提前了一些，但並不會影響我們的計劃，舒二小姐不必擔憂。」

舒清淺點頭，這才放心一些。「如此便好。」她頓了頓，又問道：「不知先生與平陽伯可有去見過安樂公主？」

李覓道：「我已經安排了人手，會找機會將安樂公主接出宮來。」

從德盛酒樓出來之後，舒清淺立刻回府，本以為爹爹與哥哥都該在宮裡，沒想到竟一個不少地全在府裡。她疑惑地問二哥道：「如今陛下崩逝，皇城之中人心惶惶，你這皇城軍統領怎麼會閒在府中？」

舒辰瑜道：「二皇子第一時間便命兵部的人馬接替皇城軍，我不想看到那些糟心事，索性命手下的人都先休息，我自然也回來了。」

舒清淺疑惑。「兵部？」

舒辰瑜笑著彈了一下她的腦袋。「笨！兵部尚書是魏相的門生，二皇子如今就靠著那兵部撐腰了。」

舒清淺了然，她就說章昊瑄哪兒來這麼大的勇氣敢謀權篡位，原來是有兵部的支持！如今整個兵部可用人馬少說也有一萬餘人，而其他地方大部分的兵力又被牽制在戰場上，皇城之內，章昊瑄自是可以無法無天了。

舒清淺問二哥道：「如今你帶著皇城軍所有人罷工在家，章昊瑄不會找你麻煩嗎？」

舒辰瑜聳肩，無所謂地道：「兵部人馬就算比我皇城軍多上十倍、百倍，也是名不正、言不順的。妳等著瞧，章昊瑄遲早得來拉攏我。」

一如舒辰瑜所言，章昊瑄次日便派人來左相府，邀舒辰瑜去其府上小坐。

如今陛下崩逝，章昊瑄把持朝政，卻又遲遲拿不出即位詔書，明眼人都能看出其中的緣由，因此如左相這般忠義之士，大多都閉門在家。

章昊瑄若想成功繼位，必定得獲得大部分朝臣的支持，而統領著皇城軍的舒辰瑜，更是章昊瑄如今最需要的助力。這便是明德帝屍骨未寒，章昊瑄便迫不及待找上舒辰瑜的緣故。

舒辰瑜走進二皇子府，發現向來目中無人的章昊瑄竟親自等在廳堂外，以表其誠意。

舒辰瑜並不是有勇無謀的莽夫，就算昨日舒清淺未找他提及支持章昊霖一事，他也會選擇站在章昊霖這邊。不過此時面對章昊瑄的邀請，他也不能置整個舒家於不顧，還是得前來應付一下。

舒辰瑜朝章昊瑄拱手道：「二殿下。」

章昊瑄像老友般一邊拉著舒辰瑜走進內殿，一邊道：「舒統領年紀輕輕卻能力不凡，本皇子早就想結識舒統領，今日終於如願以償。」

舒辰瑜與章昊瑄在桌前坐下後，舒辰瑜笑道：「不知二殿下今日尋下官來有何要事？」

章昊瑄心中估量著，舒辰瑜既然願意前來，說明他心中還是偏向自己的，便直言道：「舒統領與皇城軍已告假多時，不知何時能休整好？這皇城可離不開舒統領的皇城軍。」

舒辰瑜模稜兩可地道：「皇城軍歷來都是陛下的親衛軍，如今先帝已逝，待新帝即位之時，我皇城軍定當追隨左右。」

章昊瑄滿意道：「能得舒統領此言，我便安心了。」

章昊瑄理所當然地以為舒辰瑜言下之意是：只要自己能夠即位，皇城軍便會自動歸順。

待舒辰瑜出了二皇子府後，麗妃方從偏殿走了出來。

明德帝崩逝，麗妃作為最受寵的妃子本應長侍左右，然而此刻在她眼裡，顯然能讓兒子順利即位才是頭等大事。

章昊瑄見麗妃出來，方開口道：「母妃以為舒辰瑜的態度可有問題？」

麗妃道：「這個舒辰瑜做事十分謹慎，不過只要你能順利登基，舒辰瑜那邊應該不會出什麼問題。」

提及登基，章昊瑄的目光突然變得陰沈。「不知父皇將傳位詔書藏在了何處？福全那狗奴才居然一口咬定沒有詔書。」

麗妃卻是笑了。「福全只是個奴才，雖跟在陛下身邊多年，但奴才就是奴才，只要對他好一點兒，跟著哪個主子不是跟？至於詔書，不過一張廢紙而已，那種東西沒有就沒有，能名正言順固然好，但有的時候，名正言順也只是錦上添花。」

章昊瑄聞言微愣，隨即點頭道：「母妃所言甚是。」

如今章昊瑄雖已把持朝政，離皇位只有一步之遙，麗妃行事卻是比往日更加謹慎。在這最後關頭，她不願有任何閃失，每個細節她都要親自過問並確認。「皇后如今已經被母妃軟禁在鳳臨宮中，不過章昊天那邊，他雖斷了一條腿，你也要時刻派人盯住他，絕不能有絲毫鬆懈。」

章昊瑄道：「母妃放心，兒子已日夜派人守著章昊天，連為他治腿的太醫，都是我們的人。」

「那就好。」麗妃稍稍安心了一些，又提醒道：「還有章昊霖那邊，在你登基之前，絕對要把他拖在琅門關。」

章昊瑄心中並不認為章昊霖對自己有太大的威脅，但還是答應道：「琅門關那邊，兒子會再仔細交代。」

琅門關外，北域的兵馬雖只剩下一萬餘人，卻是遲遲不肯退兵；而北域一日不退兵，章昊霖便得留守在琅門關。

關內，石印正守在章昊霖的房門外。

李副將走近，朝石印抱拳，客氣地道：「石統領，不知殿下可在房內？」

石印伸手將身後之門打開，也不多說話。

李副將看著被打開的門，瞧見屋內有一人正背對著門站著，李副將問：「三殿下？」

那人回過身，卻並不是章昊霖。

蘇謹看向大驚的李副將，嘴角挑起一抹意味不明的笑容。「來人，將李副將拿下。」

原本還空蕩蕩的屋子裡，隨即出現兩名黑衣護衛，身手俐落地將李副將按壓跪地。

李副將被壓得無法動彈，只能大聲喝道：「蘇謹，你冒充皇子，真是好大的膽子！」

蘇謹不為所動，只道：「你謀害四皇子，證據確鑿，本官領三殿下之命，將你收監。」

黑衣護衛也不管李副將如何掙扎，直接將人押了下去。

待只剩下蘇謹與石印二人時，蘇謹方道：「本官雖不才，卻也足以坐鎮此琅門關，石護衛不必一直守著我，如今三殿下那兒定然更需要人手。」

雖然章昊霖離開琅門關時，囑咐石印留下來協助蘇謹，如今章昊瑄安排在軍中的內應已經被抓，他也無須一直空守在此。況且，石印確實想貼身保護章昊霖，如今得了蘇謹此言，他也不客套，當日下午便快馬加鞭地朝西南方向，追著章昊霖而去。

第五十六章 帝后

章昊霖早在得到明德帝駕崩，章昊瑄把持朝政並限制自己入皇城奔喪的消息後，便命蘇謹在琅門關坐鎮，還留下石印協同蘇謹揪出章昊瑄在軍中安插的眼線；他則帶著一支暗衛連夜繞道西南，並先一步派人去西南傳信，讓西南軍隊在途中與他會合。

西南王之前就料到會有此事發生，早已將兵馬集結好，只待章昊霖的信號一到，隨時可整軍出發。西南王本欲親自與外孫一同領兵進入皇城，卻在出發之前，被某個人攔下。

盛言風領著晉州一萬兵馬在西南邊境停留，並親自上門拜訪西南王。

西南王本已整裝待發，卻被盛言風攔下，極為不悅。「西南的天下乃本王親手打下，早在三十年前，本王就想親自領兵攻入皇城！」當年他看著最疼愛的女兒嫁入皇宮，卻病死皇城，這是他一生中最悔恨之事，所幸外孫爭氣，他這個做外祖父的自不能扯他後腿。

盛言風好言解釋道：「王爺當年威名，晚輩自是知曉，只是晚輩已與靈曦兩情相悅，恕晚輩厚顏，亦將王爺與三殿下視為親人。如今靈曦被困皇城，三殿下亦需要支援，晚輩理當竭盡所能，還望王爺成全。再說這整片西南之地都離不開王爺，只要西南不亂，三殿下與靈曦才能無後顧之憂，望王爺三思！」

西南王並不是有勇無謀的莽夫，冷靜下來後，也深知盛言風要比自己更適合站在章昊霖身後；而一如盛言風所言，只要西南不亂，昊霖與靈曦便還有後路。他思忖片刻，便轉身進屋，從暗格中取出半塊虎符交給盛言風。「這半塊虎符足以調動西南一半的兵馬，再加上你晉州軍，僅憑章昊瑄手上那點養尊處優的人馬，根本不足為懼。」

盛言風鄭重地接過虎符。「晚輩定不負王爺所望。」

西南王朝盛言風揮揮手道：「早去早回，記得把靈曦一塊兒帶回來。」

皇城中，大行皇帝駕崩已有數日，新皇繼位一事迫在眉睫。

章昊瑄正主理著大行皇帝的喪事，待喪事結束後，他便會在魏明與百官的擁護下登基。而已經閉門數日的左相府，今日卻迎來一位不速之客。後宮嬪妃拜訪朝臣的舉措並不合規矩，不過如今春風得意的麗妃顯然不會在意這些小事，她揮手示意左相夫婦不必多禮後，便逕自坐上主位。「左相大人與夫人不必拘禮，本宮今日來不為政事，是為了家事。」

舒遠山與舒夫人在下首落座後，舒遠山道：「不知娘娘所言的家事，是指什麼？」

麗妃端起茶杯輕抿了一口，看向左相夫人道：「若未記錯，左相大人家的二千金如今也到出嫁的年紀了，不知可有許配人家？」

舒夫人道：「小女自小被寵得脾性驕縱，如今才剛過成人禮，尚未準備考慮婚嫁之事。」

麗妃笑道：「左相夫人自謙了！這全天下的才子怕是無人不知曉舒二小姐美名，就連本宮那皇兒自去年偶遇舒二小姐之後，亦念念不忘至今。」

聞及此言，舒相與舒夫人臉色微變，舒夫人強扯出一個笑容道：「娘娘說笑了，二殿下乃人中龍鳳，我家清淺脾性頑劣，又怎麼能入得了二殿下的眼呢？」

麗妃將手中的杯子放在桌上，收回目光，轉而看向舒遠山，溫柔地道：「左相與本宮的父親同朝為官多年，本宮也樂得親上加親，且以舒二小姐的聰慧，相信定能擔起一國之母的美名。」言下之意只要舒遠山支持，日後待章昊瑄登基，舒清淺便是皇后。

舒遠山目光微垂，沒同意卻也不曾反駁。「能得娘娘如此看重小女，乃小女之榮幸。」

麗妃滿意地點了點頭，站起身道：「既如此，那本宮也不打擾左相大人與夫人了。」

待麗妃一行人離開左相府，舒夫人不禁滿臉擔憂地看向舒遠山。「老爺，這麗妃與二皇子是何意啊？怎麼偏偏就挑上咱們家清淺了？」

舒遠山亦是眉頭緊鎖，他明白麗妃此舉為何。一來若得了自己的支持，章昊瑄即便沒有遺詔，但在左、右二相的擁護下登基，亦顯得名正言順；二來，他們看中的只怕不是清淺，而是清淺身後的暢文苑，若章昊瑄登基後立清淺為后，那大部分的讀書人都會將對清淺這個暢文苑園主的支持，轉嫁到章昊瑄身上。如此一舉多得之事，麗妃今日會親自登門示好，也不足為奇了。

舒遠山搖了搖頭，只道：「如今，只希望三殿下能早日回京了。」

舒遠山與舒夫人本有意隱瞞舒清淺此事，不過隨著大行皇帝的喪禮進入尾聲，章昊瑄登基之事也被提上了日程，朝中雖有不少反對的聲音，但章昊瑄顯然不會因此而卻步。

魏明為了減少登基阻力，便將章昊瑄欲立舒清淺為后之事散布出去。一時間不僅是皇城之中，連帶領軍隊朝皇城日夜趕路的章昊霖與盛言風，亦聽聞了這個消息。

看著章昊霖難看的臉色，盛言風有些想笑，沒想到一向淡然的三皇子也會有今日。

德盛酒樓的某間上房內，章靈曦正一臉愁容地看著舒清淺。「清淺，外面都在傳二哥要登基了，還打算立妳為后，妳就不擔心？」

自章昊瑄入主皇宮之後，祁安賢與李覓便對外宣稱安樂公主已出逃，並將她安頓在德盛酒樓；而舒清淺平日裡無事，就會過來陪她。

舒清淺擺弄著桌上的橘子，道：「那妳就不擔心自己會被送去北域和親？」

安樂公主搖頭道：「盛言風派人傳信給我了，說他會來接我，我相信他。」

舒清淺笑了笑，將剝好的橘子放在桌子上。「那就對了，我也相信三殿下！再不濟，我還可以陪著三殿下一道去西南，尋一處荒野，悠然過一世。」

二人在樓上說著話，樓下卻忽然傳來一陣凌亂的腳步聲。

安樂公主想去看看外面出了何事，卻又擔心自己露面會洩了行蹤，只能著急地看向舒清淺道：「清淺，妳快去看看外面怎麼了？」

舒清淺示意安樂公主不要站在窗邊，自己則伸手推開窗戶，皺眉看著街道上混亂的場景，不一會兒才關上窗。

安樂公主忙問道：「外面出了何事？」

「剛剛經過的那些人馬應該是兵部的，他們都往城門那邊去了。」言及此，舒清淺露出一個笑容。「應該是三殿下他們到城外了。」

果如舒清淺所料，章昊霖與盛言風此刻帶著三萬大軍，已抵達皇城外。

章昊瑄本還以為章昊霖此刻還被困在琅門關，如今卻被這突如其來的變故驚得趕忙命兵部調動兵馬，阻止章昊霖入城。

大軍壓城，城中百姓本來還有些驚慌，不過舒辰瑜帶著皇城軍在城內街道上穿行而過，並與周圍百姓道：「城外乃三殿下攜先帝遺詔回宮奔喪，眾人不必驚慌！」如此一來，百姓們不但不再慌亂，有些膽大的甚至還聚集到城門處圍觀「先帝遺詔」。

就在百姓越聚越多之時，不遠處傳來一聲高呼。「先帝遺詔在此，眾人跪拜聽旨！」

眾人應聲看去，只見舒辰瑾與福全扶著年歲已高的徐太傅，一步一步走上城牆，而徐太傅手中高舉的正是聖旨；另一側，舒遠山率著其餘非二皇子派系的官員們亦緩步登上城牆；而在匆忙之中聚集到城門下的兵部人馬，則被訓練有素的皇城軍攔在城門下進退不得。

徐太傅站在城牆之上，蒼老的聲音此刻顯得異常洪亮。「皇三子章昊霖秉性仁孝，品行端方，必能欽承付託，命其即皇帝位，以嗣大統……」徐太傅讀罷遺詔，便率先朝著城樓下的章昊霖下跪道：「臣恭迎陛下回京，吾皇萬歲、萬歲、萬萬歲。」

城牆上的百官亦隨著徐太傅，朝章昊霖行跪拜大禮。「吾皇萬歲、萬歲、萬萬歲！」

圍觀的百姓如夢初醒，先帝的崩逝與新帝的繼位於他們而言，顯然都沒有自己家中的一日三餐來得重要，此刻他們也不管是誰登基，便都隨著百官跪拜，迎接章昊霖入城。

皇宮之中，祁安賢帶著暗衛將毫無防備的章昊瑄與麗妃拿下。

麗妃不敢相信自己竟會在距離皇位一步之遙的地方落敗，尖聲道：「平陽伯，你好大的膽子！來人，給本宮將這個反賊拿下！」

祁安賢看著兩側不為所動的侍衛，聳聳肩道：「麗妃娘娘，這些人好像不聽您的了。」

麗妃狀似癲狂地吼道：「你們膽敢謀害本宮，本宮定要你們不得好死！」

祁安賢似笑非笑地看著麗妃，問：「娘娘當日給先帝下毒時，可想到自己會有今日？」

「你！」麗妃的眼眸都充血發紅了。「你血口噴人！」

祁安賢示意侍衛將麗妃拉下去。「是不是血口噴人，還請娘娘親自與先帝解釋吧。」

章昊瑄陰沈著一張臉，倒還算淡定，開口道：「為什麼是章昊霖？」

祁安賢頗為嘲諷地看著章昊瑄。「因為先帝遺詔上寫的便是三殿下的名字，哦，不對，現在已經是陛下了。」

章昊瑄道：「你們究竟是從何時開始設的局？」

「陛下為人坦蕩，行事磊落，一切皆是定數，從未設局。」祁安賢冷笑著看向章昊瑄。

「二殿下現在莫不是還指望魏相帶著兵部那虛張聲勢的兩萬人馬來救您吧？只怕如今魏相也

是自身難保。」

而此刻在城門處，魏明帶著兵部僅有的萬餘人馬，準備做最後的殊死搏鬥，阻止章昊霖入城。然而徐太傅剛剛在城牆上當眾宣讀的那份遺詔，顯然已動搖兵部將士們的心，畢竟他們只是最底層的士兵，完全沒必要成為魏明與章昊瑄篡位的工具。因此在李覓領著三萬大軍齊聲高呼「棄暗投明，可恕無罪！」之後，大部分士兵都扔下了自己手中的兵刃。

魏明見大勢已去，長呼一聲便欲自刎，李覓並未讓他得逞，一舉將魏明拿下後，便與百官及百姓們一道恭迎章昊霖回宮，自己則帶著兵馬直驅兵部，著手接管。

章昊霖在以舒遠山為首的百官擁護下，以及舒辰瑜所帶領之皇城軍的護送下，騎著馬朝皇宮前進，一路暢行無阻。

途經德盛酒樓，章昊霖下意識地抬頭，果不其然瞧見樓上窗口有一道久違的身影，正一臉溫柔地對他微笑著。他下意識地揚起嘴角，做出一個「等我」的口形。

舒清淺看著章昊霖的背影，心中竟是從未有過的平靜。她本以為若章昊霖成了一國之君，自己定會不知所措，然而此刻她心中卻只有安心與期待。

章昊霖無法脫身，盛言風卻是在看到窗口處的安樂公主時，毫不猶豫地勒住韁繩，立刻下馬跑上酒樓。

舒清淺看著久別重逢的二人，貼心地退出了房間，將空間留給這二人。

是夜，魏明與麗妃由於弒君篡位，證據確鑿，皆被賜毒，死於大牢之中，留下早已瘋魔的章昊瑄被遣送至先帝陵寢，替先帝守靈，終身不得離開。

三日之後，新帝繼位，封后大典同日進行，由於尚在孝期，典禮儀式一切從簡。

新婚之夜，舒清淺身著鳳冠霞帔，端坐在喜床之上。許是眼睛被喜帕遮住的原因，聽覺變得極為敏感，章昊霖剛走進殿內，舒清淺便聽出了他的腳步聲，她不自覺地屏住呼吸。

章昊霖伸手掀起喜帕，帕子下的臉龐，正是他日思夜念之人。他揮退殿內伺候的喜娘和宮女，坐至舒清淺身旁，牽起她柔軟的手，眼眸中只有眼前這一人。

章昊霖的聲音因為晚宴飲了不少酒的緣故，變得有些沙啞。「原本想給妳一個獨一無二的封后大典，如今竟是一切從簡，委屈妳了！不過，沒有妳在我身邊的日子，我一天都忍受不了，妳今日的委屈，我用一輩子來補償妳如何？」

舒清淺伸手拉過這個她愛慕了兩世的人，主動湊上前，吻住那張喋喋不休的嘴。

熱烈的親吻過後，舒清淺摟著章昊霖溫熱的身軀，感受著這份專屬於自己的溫度，帶著幾分迷戀道：「你可知我從沒想過要當皇后，但我卻一直都想要嫁給你，一直都想。」

章昊霖翻身壓住舒清淺，低頭在她耳側落下一吻。「終此一生，定不負卿。」

番外　心之所歸

春分過後，天氣開始回暖，暢文苑現在已經是春暖花開，一派生意盎然。

聽雪居內，一華裳女子正斜倚在廊下，翻看著手中的書冊，忽然間，一陣腳步聲打破了園內的寧靜。

華裳女子抬起頭來，待看清來人後，面上不自覺地露出極為好看的笑容。「陛下，您怎麼也來了？」

一身玄色衣裳的章昊霖走近舒清淺，伸手替她拂去不知何時落在髮間的桃花瓣，語調溫柔。「沒有妳陪著，朕連批摺子都沒心思了。」

舒清淺合上手中書冊，放到一旁，又拉過章昊霖的手，讓他坐在自己身邊，莞爾道：「陛下再這樣下去，不一會兒又該有大臣上摺子勸諫了。」

章昊霖溫暖的大手覆在舒清淺微微隆起的小腹上，似孩童般賭氣道：「朕才不理會那些老頑固，天天勸諫這個、勸諫那個，改天朕把他們都打發去編纂史書。」

舒清淺輕笑出聲，微微側過身子，靠在章昊霖的肩上，道：「是陛下為我破了太多規矩，他們囉嗦一些也是應該的。」

章昊霖為了舒清淺，空置了整個後宮，有人勸諫他納妃，他卻道「朕這一生，只娶一人」；他還許舒清淺能如婚前一般親自打理暢文苑，有老臣斥責此舉壞了祖宗規矩，他則說「朕的皇后不但母儀天下，更貴為天下師，何錯之有？」

舒清淺知道章昊霖愛她、敬她、更寵她，她感動地握住章昊霖的手，與他一起感受著新生命的存在，如今他們也即將擁有屬於自己的孩子了。

章昊霖嗅著舒清淺髮間淡淡的花香，言語間盡是寵溺。「規矩是前人的規矩，至於現在嘛，妳才是我的規矩。」

「又瞎說。」舒清淺嘴上埋怨，心底卻是萬分柔軟，她知道章昊霖因為她，必須承擔巨大的壓力，他雖不說，但她卻懂。

掌心忽然傳來一記輕微的波動，章昊霖興奮地看向舒清淺。「妳感覺到了嗎？是不是孩子在動？」

說話間，又傳來兩下波動，舒清淺亦激動地感受著與這個新生命的第一次交流。「他真的在踢我。」

章昊霖低頭在舒清淺髮間落下一吻。「謝謝妳。」

兩人又在廊下坐了一小會兒，舒清淺思及御書房裡那一大落摺子，還是主動拉著章昊霖起身。「今日出來好些時候了，我們回宮吧。」

章昊霖替舒清淺將兜帽戴好。「回宮後，再讓御廚給妳燉些湯喝，前段時日妳胃口不好，人都清瘦了，如今可得好好地補一補。」

二人回到宮中時，時辰尚早，舒清淺陪著章昊霖在御書房坐了一會兒，便去了章靈曦的宮中。

當日盛言風與章昊霖一道入京之時，舒清淺與章昊霖都以為盛言風會直接將靈曦帶回晉州，誰料盛言風卻是一點兒也不願意怠慢了靈曦，硬是不顧路途遙遠，自己先行回了晉州，準備好誠意十足的聘禮與迎親隊伍後，才重新趕往京城。

昨日盛言風已經派人先行傳話，說迎親隊伍快到京城了，將在二十八那日入京迎親。

安樂公主殿內，早已裝飾得一派喜氣洋洋，大紅綢布與瓜果隨處可見。

舒清淺來到公主殿內的時候，章靈曦正在試耳墜，見舒清淺來了，忙招呼道：「皇嫂，妳快來幫我選一選。」

作為章靈曦唯一的嫂子，舒清淺幾乎比自家親姊姊結婚時還要操心，事無巨細地替章靈曦操辦著。

舒清淺很認真地挑著耳墜，最後選了一個道：「這一副與妳的頭飾更相配。」

章靈曦毫不猶豫地將舒清淺選的那副交給宮女收好，她則拉著舒清淺在軟榻上坐下。「皇嫂，妳現在有了身孕，可得多休息才行。」

舒清淺看著章靈曦，依依不捨地道：「後天便是二十八了，到時候妳就要去晉州了。」

章靈曦也是一臉不捨。「我真捨不得妳和皇兄，晉州這麼遠，也不知道何時才能再回京來看看了。」

舒清淺笑道：「盛言風每年都會進京面聖的，屆時妳再與他一道回來。」

章靈曦開心地道：「等我下次回京的時候，我姪兒都會走路了吧？」她這般想著，忍不住笑出聲來。「那小小的模樣一定很可愛。」

舒清淺調侃道：「怕是到時候連妳也抱著個奶娃娃回來了。」

二人說說笑笑，言語間滿是幸福與美好。

三月二十八，宜嫁娶。

晉州的迎親隊伍從城外一直排到城內，規模浩大，乃藩王納妃的最高品級。

章靈曦頭頂著紅蓋頭，準備從宮中出嫁。

皇帝與皇后身為章靈曦在京中唯一的長輩，此時正坐在主位上，接受著新人的拜禮。

舒清淺看著盛言風牽著章靈曦的手走出大殿，眼眶竟不自覺地有些濕潤。

章昊霖在寬大袖袍的掩飾下，緊緊地握住了舒清淺的手，心中暗道：日後，陪伴靈曦走下去的人是盛言風，而陪伴妳舒清淺安享一世的人是我。

——全書完

2019年6月出版

福氣小財迷

文創風 755～757

都說傻人有傻福，這話確是不假，
攤上一對只想賣了她換錢的無情父母算她倒楣，
但既然老天垂憐給了她機會重來，這輩子她誓不走回頭路，
正確地說，她壓根兒就不想成親，再看他人臉色過活，
她如今只想著要賺錢，定讓未來順風順水！

縱有千種風情，更與何人說／風白秋

身為親爹不疼、後娘不愛的女兒，江雨橋的日子過得著實艱辛，
後娘是個慣會裝的，人前慈藹、人後毒打，她身上根本沒一塊好，
唯一支撐她活下去的，只有真心待她的同父異母弟弟，
可弟弟年紀尚幼，能幫的有限，也實在無法護她，
所以說，上輩子她就這麼被賣給了視人命如草芥的許家老爺當妾，
她在許家謹小慎微了二十年，最終仍逃不過被夫人下令杖斃的命，
幸好她是個有大福氣的，上天竟讓她重活一世，
再睜開眼時，她回到了十三歲被發賣的那一天，
相同的場景，不同的是，這回她不會再傻傻地被賣了，
攤上這樣無情的父母，這個家無論如何是不能再待了，
這輩子她誓不為妾，她的命運只能掌握在她自己手中！

文創風 759

不娶閒妻 下

國家圖書館出版品預行編目資料

不娶閒妻 / 安小雅著. --
初版. -- 臺北市 : 狗屋, 2019.06
冊 ; 公分. --（文創風）
ISBN 978-986-509-012-8（下冊：平裝）. --

857.7　　108006513

著作者	安小雅
編輯	江馥君
校對	林慧琪　周貝桂
發行所	狗屋出版社有限公司
地址	台北市104中山區龍江路71巷15號1樓
電話	02-2776-5889～0
發行字號	局版台業字845號
法律顧問	蕭雄淋律師
總經銷	知遠文化事業有限公司
電話	02-2664-8800
初版	2019年6月
國際書碼	ISBN-13　978-986-509-012-8

本著作物由北京晉江原創網絡科技有限公司授權出版

定價250元
狗屋劃撥帳號：19001626
網址：love.doghouse.com.tw　E-mail：love@doghouse.com.tw

版權所有．翻印必究　倘有倒裝、缺頁、污損請寄回調換